SHANGHAI STORIES CULTURE MEDIA Co.,Ltd.

故事会®

惊悚恐怖系列
HORROR SERIES

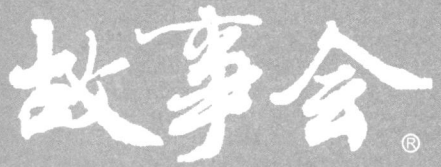

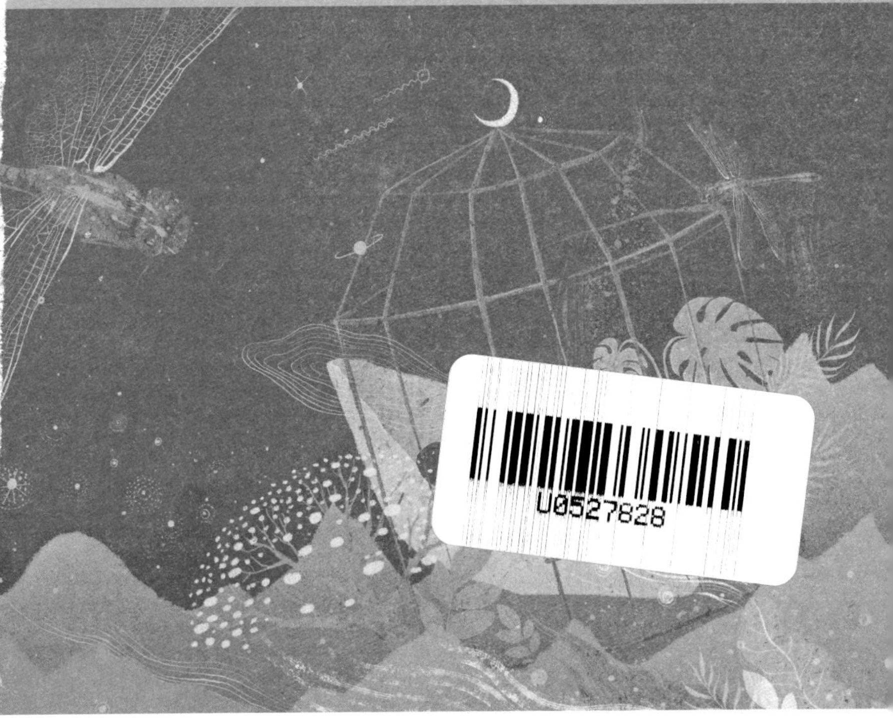

神秘的维纳斯

上海故事会文化传媒有限公司
上海文艺出版社

图书在版编目（CIP）数据

神秘的维纳斯／《故事会》编辑部编．——上海：
上海文艺出版社，2019

（故事会．惊悚恐怖系列）

ISBN 978-7-5321-6401-1

Ⅰ.①神... Ⅱ.①故... Ⅲ.①故事-作品集-中国-
当代 Ⅳ.①I247.81

中国版本图书馆CIP数据核字(2017)第161885号

书　　名：	神秘的维纳斯
主　　编：	夏一鸣
副 主 编：	吕　佳　朱　虹
责任编辑：	曹晴雯
发稿编辑：	吕　佳　朱　虹　姚自豪　丁娴瑶　陶云韫
	王　琦　曹晴雯　赵媛佳　田　芳　严　俊
装帧设计：	周　睿
封 面 画：	苏　寒
责任督印：	张　凯
出　　版：	上海文艺出版社
出　　品：	上海故事会文化传媒有限公司
	(200020　上海市绍兴路74号　www.storychina.cn)
发　　行：	上海文艺出版社发行中心（200020 上海市绍兴路50号）
印　　刷：	上海万卷印刷股份有限公司
开　　本：	787×1092　1/32　印张8
版　　次：	2019年12月第1版　2019年12月第1次印刷
书　　号：	ISBN 978-7-5321-6401-1/I·5119
定　　价：	25.00元

版权所有·不准翻印

上海故事会文化传媒有限公司
出品（00668）

想看更多精彩故事？
扫码下载故事会App

上海故事会文化传媒有限公司所有图书可办理邮购，免收邮费（挂号除外）
汇款地址：上海市黄浦区绍兴路74号(200020)；　收款人：上海故事会文化传媒有限公司出版发行部
联系电话：021-64338113
如发现本书有质量问题，请与印刷厂质量科联系 T.021-56928178

编者的话

一、中华民族自古以来便有讲故事的传统。五千年的文明绵延不断,五千年的故事口耳相传,故事成为中华民族弥足珍贵的精神财富。

二、创刊于1963年的《故事会》杂志是一本以发表当代故事为主的通俗性文学读物。50多年来,这本杂志得风气之先,发表了一大批脍炙人口的优秀作品,许多作品一经发表便不胫而走、踏石留印,故而又有中国当代故事"简写本"之称。

三、50多年来,这本杂志眼睛向下、情趣向上,传达的是中华民族最核心、最基本的价值观。

四、为让读者在最短的时间内阅读最大面积的精品力作,《故事会》编辑部特组织出版《故事会·惊悚恐怖系列》丛书。

五、丛书分为如下八本故事集:《等待第十朵花开》《飞动的黑影》《公馆魅影》《恐怖的脚步声》《日本新娘》《神秘的维纳斯》《匈奴古堡》《夜半口哨声》。

六、古人云:登东山而小鲁,登泰山而小天下。对于喜欢故事的读者来说,本丛书的创意编辑将带来超凡脱俗的阅读体验。

《故事会》编辑部

目录
Contents

闪灵·诡事

艳饵 …………………………… 02
我的邻居是幽灵 ……………… 08
骷髅血案 ……………………… 18
天堂散 ………………………… 21
照相机里有鬼 ………………… 25
花圈之谜 ……………………… 30
恐怖电梯 ……………………… 35
绝地逢生 ……………………… 39
第三具尸体 …………………… 42
隔墙有眼 ……………………… 46

噩梦·异事

魔猫 …………………………… 49
太平间里的交易人 …………… 56
神秘梦游 ……………………… 60
窗上怪影 ……………………… 76
一夜惊魂 ……………………… 82
致命三点 ……………………… 88
死亡表演 ……………………… 93
胡同恐惧症 …………………… 100

目录
Contents

探秘·险事

雪魂 …………………………… 106
空中大劫案 …………………… 123
夜车生死劫 …………………… 143
乌拉吵传奇 …………………… 150
小岛谋杀案 …………………… 167
吃人怪床 ……………………… 178
暴风雪之夜 …………………… 182
无价玉镯 ……………………… 192
楼兰惊魂 ……………………… 196
荒野秃鹫 ……………………… 202

夜谈·怪事

魔鬼的权力 …………………… 207
幽灵马车 ……………………… 214
神秘的维纳斯 ………………… 219
死里逃生 ……………………… 225
墙壁里的声音 ………………… 228
笑刑 …………………………… 232
杀人同谋 ……………………… 238
飞来的人头 …………………… 246

闪灵·诡事

shanling guishi

「他人即地狱」？不！你也有一座邪恶的地下室，从不见天日，直到那一刻来临……

艳饵

狄村先生年过四十，是东京国家科研机构的首席专家，住在东京某小区单身公寓。近来狄村发现对面一百米左右的另一座公寓的一扇窗户后面，有个人老是在上午九点钟以后，向他这边瞧着什么，而且一连好多天，天天如此。狄村先生开始还不在意，但到后来他觉得这问题不那么简单。

凭感觉狄村能辨认出对方是个女人，至于长相如何，身材怎样，就不得而知了。这天晚上狄村集中精力向对面多看了几眼，发现那女人所住的房间灯火通明，她似乎身着健美服，在客厅地毯上练健美。"啊，多好的女人，多美的身段，不过，她究竟长得什么样呢？"可怜无论狄村如何睁大了眼睛，运足了目力，也不能够再看清楚分毫。女人的脸似乎"罩着"一层面纱。狄村是个爱打破沙锅问到底的人，觉得要想个办法解决这个问题。

第二天早上，"笃笃笃"的敲门声惊醒了酣睡中的狄村。他穿着睡衣，来到门后,隔着门上"猫眼"看到一个陌生的年轻人,背个老大老大的包,一脸的风尘,正站在门外。

狄村显得有些不快了,打开门,不高兴地对那年轻人说:"你为什么打扰我?"

"啊,先生,打扰您休息了,实在对不起。可是,先生,我给您带来了一件东西,您也许会需要的。"年轻人说得飞快,不容狄村插嘴,就极为利索地从包内取出架望远镜来。

"先生,像您这种有身份有地位的绅士,观光啦,旅游啦,这东西一定是少不了的,要饱览名山大川,没有望远镜的帮助岂不大煞风景吗?"年轻人侃侃而谈。

狄村想到了那个女人,想到今晚就可以"揭"去神秘女人面上的"轻纱",心中不由升起一股异样的冲动。想到此,他忙说:"那好,就留一架吧!"说罢不作讨价就付了对方2万日元。

打发走了年轻人,狄村就迫不及待地走到面前,举起望远镜,向女人的窗口望去。呀!眼前的情景不由让他大为惊叹,女人的窗口如在眼前,似乎伸手可及。女人房内的一切历历在目,就连墙上挂钟的指针在一格一格地跳动,也看得一清二楚。喔,太好了。狄村心里一阵激动,因为他知道,再有五分钟,女人就会站在窗前往外张望了。他还知道,她一向很准时。

然而五分钟过去了,十分钟过去了……一个小时过去了,那女人并没有出现。狄村失望地放下望远镜,揉了揉发酸的双臂。

期盼已久的夜晚终于来临,女人房间的灯也终于亮了。狄村通过望远镜,立刻为女人绝世的姿容所震惊,所迷恋,对那女人忽然有了一种似曾相识的亲近感。过了一会,那女人拿了健身服坐在床沿,看样子要换衣服,只见她微微掀起的裙摆下露出两条白皙如脂的玉腿,狄村不由血脉贲张,心跳加快,眼睛紧紧贴在了望远镜上,等待那香艳刺激的一刻。就在这时,那女人忽又站起,走到窗前,拉拢了窗帘。狄村不由懊恼起来,慌忙调节望远镜的焦距。但无论他如何调节,留在镜头中的女人,也始终是个可望而不可及的朦胧倩影。

狄村满怀遗憾收起了望远镜，躺倒在床，可人像烙饼似的翻来覆去睡不着，直到凌晨三点多才迷迷糊糊睡着了。然而人尚未睡踏实，就听门外有人"通通通"敲门，他爬起来一看，又是上次来的那个年轻人，手里拿了个二尺多长黑乎乎的东西。

"先生，早上好，再次打扰您休息真是对不起。先生，看到我手中这个东西了吗？这是本公司的最新产品：'红外线滤波望远镜'，它能穿云透雾，即使在茫茫黑暗中也能让您明察秋毫。"年轻人滔滔不绝地说道。

"好了，好了，请您住口，我不需要它。"

"先生，先生，听说中国的黄山终年云遮雾绕，风光绮丽，实是人间仙境，世外洞天。先生，没准您会到黄山一游的。当您游览黄山最著名的'美女峰'时，恰恰有云雾一朵使您不能尽睹美女姿容。岂不落得终生遗憾？"年轻人一个劲地动之以情，晓之以理。

狄村想了想，说："好吧，我买下了。"

夜的大幕终于合上了，女人房间的灯又亮起来，而狄村先生的心，也开始了新的狂跳。因为那薄薄的窗帘在高级望远镜的视界中并不存在，就连健美服内的女人身体，也几乎一览无余。他痴痴地看着，看着，竟忘记了时间。

突然，狄村看到了他终生难忘的一幕：一个男人出现在女人的房间，挥动一把雪亮的弯刀，刺入那女人的胸膛，一时间血流如注，女人倒在地上，痛苦地挣扎着。男人打开床头的皮箱，乱翻了一阵，然后便匆匆离去，连门似乎也没顾及带上。

狄村是个善良而又不乏正义感的人，任何人有危险他都会挺身而出，拔刀相助，更何况遭难的是一位曾让他心动的女人。他马上放下手中的望远镜，不顾一切地冲到对面女人房间，俯身抱起奄奄一息的女人，轻声而急促地说："喂，小姐，小姐，你醒醒，千万要挺住！我马上叫救护车。"

"不用了，我快不行了，拜托您……您看看我……床头箱子里东西还在不在……"

狄村听话地放下女人,走到床边,打开箱子,里面空空如也,他焦急地说:"小姐,小姐,箱子里什么也没有了。"

"那好,谢谢——"一句话未说完,她就咽下了最后一口气……

几天后,邮差把一封信交到狄村先生的手中。信封正文全都是打印的,但没有落款,信中写道:

狄村先生:

听说您涉嫌一桩公寓谋杀案,目前警方正在对您展开调查。我们手头拥有三个警方尚未掌握的目击证人,他们将会证明您在案发现场,而且怀中还抱着死者。当然,我们掌握的证据远不止这些,比如您房间里的那两架高级望远镜等等。

以上证据足以把您送入监狱,甚至绞刑架。如果您还想呼吸人间自由的空气,不想身败名裂的话,请您务必在晚上10点,银座大街A厦B层D号房间一见。

狄村匆匆看完信,不禁呆若木鸡,他知道自己陷入了一场连环计之中。但现在还不得不照着做了。晚10点,他准时推开D号房间的门。房间很大,光线有些昏暗。狄村吃惊地发现两次卖给他望远镜的年轻人端端正正坐在沙发上。见他进来,年轻人慌忙站起,谦卑地说:"狄村先生,欢迎您的到来,请坐。"

狄村并没有坐,而是强抑愤怒地说:"信我收到了。我问你,你到底想干什么?"

"没什么,狄村先生,谁让您是工程科技的权威,手握重权呢!只要您在下个月的招标会上,投我们公司一票,让我们公司的产品,随你们即将发射的军用通讯卫星升入太空就行了。"

"这样你们就可以随时窃听我们的军事机密!"

"哈，狄村先生真是快人快语。我们知道您不缺金钱，不缺荣誉地位，您唯一所缺的只有女人，一个让您一见倾心的漂亮女人。说真的，为了让您能到这儿来，我们可真费了不少劲呢。"年轻人娓娓而谈，好似胜券在握。

"不错，我狄村是爱女人，但你们想以此种卑劣手段使我屈服，简直是痴心妄想！"

"狄村先生，'名誉'可是人的第二生命呀！尤其像您这种名人，'名誉'可是重于生命的。难道您就不怕身败名裂？一个享誉海内外、国人无限敬仰的大学者，夜晚闯入一个年轻貌美的女人房间，人们会怎么想？您可要三思呀。"

狄村被深深地震撼了。他慢慢低下了头，身子在微微发颤。但很快他又挺直了腰板，昂起了头，大声地说："我不怕，我什么都不怕！你们可以精心策划置我于死地，但我相信历史是公正的。"

"狄村！看来你是敬酒不吃吃罚酒了！那我就成全你！"年轻人咬牙切齿，露出满脸的狰狞，"你知道中国古代的凌迟吗？就是把人扒光了衣服捆在柱子上，用刀把身上的肉一片一片割下来。而人呢，要两三天才会死去。那滋味你也想尝尝吗？"

"我狄村一步走错就够了，岂能再做对不起国家的事，要杀要剐随你的便！"

年轻人勃然大怒，拔出一把雪亮的弯刀，逼上前一脚踢倒狄村，踩在脚下，弯刀一下刺破了狄村先生的胸肌，殷红的血立刻染红了衬衣。

"干不干！"刀尖一点一点在滑动。

"哼！随你便，老子要叫一声不算好汉！"狄村咬紧牙关，额头汗如雨下。

就在这紧要关头，房间突然灯火通明，从里间走出几个人来，为首一人打哈哈道："狄村先生，让您受惊了，请多多包涵。"狄村睁大眼睛，吃惊地看到站在面前的居然是自己的上司和几个副手，同他讲话的正是长官川岛先生。那个年轻人也忙搀起了狄村，拿出纱布药品为他止血包扎。

狄村如堕五里雾中，不解地问道："这，这是怎么回事？川岛长官阁下。"

"是这么回事，狄村先生，"川岛长官一脸严肃地说，"我们准备派您去美国参加一项绝密工程研究。这项工程研究关系重大，绝对不能有一丝一毫的漏洞。只是国家保密机关考虑您年过四十而一直单身，担心您在国外为色所迷，故而精心安排这场'考试'。当然，您后来的表现，证明您完全可以信任。狄村先生，一切都是为了国家，请您务必谅解。"

年轻人这时插话道："狄村先生，我是国家保密机关的特工，刚才我用刀子伤了您，让您受惊了。"

"没什么，能为国家流血我感到光荣。"

"狄村先生，您知道您所看到的女人是谁吗？"

"不知道，只是有些眼熟。"

年轻的特工说："她就是大影星山口小姐，她现在安然无恙。山口小姐说她很感激您能在危难时赶去救助，说明您心地善良，而她就想嫁这样的男人。川岛长官做的大媒。山口小姐留下了电话，等您约她吃宵夜呢。"

"我马上就去。"狄村先生边走边说，"不知哪里能买到红玫瑰？一个男人不结婚，总是让人不放心！"

(改编：赵海江)
(题图：箭　中)

我的邻居是幽灵

离纽约市不远的纽卡塞,有个房屋修缮店,店主叫凯思·奥尔逊。此人33岁,腰圆体壮。他的妻子珍妮弗·奥尔逊,虽说以前曾离过婚,如今已年近30,却依然美丽动人。

1979年4月,凯思与妻子从加勒比海的大巴哈马岛度假后,开开心心回到夕照溪胡同712号家里。

夫妻俩一进厨房,开了窗户,顿时怔住了。他们真不敢相信,10天前离这儿100码之外还是一片平地,眼下竟屹立起一座维多利亚式楼房。这房子是天上飞来的?地下冒出来的?真是个谜。

凯思怀着猎奇心理,放下行李就跑去想看个究竟。他到了那新屋前,见泥路上留有巨大的车辙印,又发现小楼的墙壁上到处有凹陷擦伤的痕迹,他终于明白,这座楼房不是新建的,而是从某个地方搬来的。

这楼有个巨大的外凸式窗子，像只眼睛，迎着下午的阳光，放出耀眼的红光。凯思走到前面门廊，见走道两面的玻璃窗，都是由若干六角形红玻璃构成，他再走到大门前，见门上有道扇形半圆窗，正中有个血红的圆盘，盘中是房屋的编号："666"。

凯思正望着那号码出神，忽听"吱"一声，那大门竟自动打开了。凯思以为是屋里的人打开的，就叫了几声，但没人应声。他感到奇怪，就抬脚进门，转了一圈，见有个六角形小屋，里面一切都是六角形的，十分奇怪。

凯思不禁耸肩一笑：看来这屋子的主人准是个六角迷。他边想边上了楼。楼梯尽头是一间浴室，凯思从浴室窗往外望去，一眼就把他和妻子的寝室看得清清楚楚。他不由暗叫一声：糟糕，看来回去得赶快给寝室装上百页窗。

他正想下楼，突听"当啷"一声响。他转身望去，只见浴缸里躺着一枚暗褐色的钱币。他弯腰捡起，感到钱是热烘烘的，好像是从灯泡边掉下的。他抬头望望，室内还没安装电灯，天花板也完好无缺。这钱币从哪来的？他看手中的钱，一边是大写的字母"SC"，字母间有个图像，隐约像个伞架；钱的另一面是一个磨损的男性侧面像。钱呈绿色，磨损得很厉害，也极难看。

他见太阳快落山了，打算下楼回家。他刚出门，忽然听到背后传来"唉"一声叹气，惊得他赶紧下楼。只见屋内红光一片，又见三扇窗户上出现了三个和真人一样的人像：左窗那人身穿长袖短衫，打着裹腿，英俊潇洒，满面笑容地把左手伸向当中窗户上的一个女人；那女人身穿中世纪服装，双手牵起裙子的下摆，迈着舞步，面含羞涩的微笑，接受他的邀请；右边窗户上的人像，苦着脸，一副情场失意的情态。他细看那人像的面孔，突然他吓得惊叫起来，原来那苦着脸的人像竟是他自己。

凯思惊慌地往门外奔去，只见一个没有头的幽灵堵住了他的去路，他吓得往后退了几步，那幽灵不见了，再走，幽灵又出现了，他定睛细看，原来是光线照着他的影子。他这才放心地关上门。他想起了在回家的途中，妻子曾提出要请她的朋友大卫·卡迈克尔来家吃饭，便匆匆往家中走去。

大卫·卡迈克尔是位古董商，和珍妮弗有着多年的友谊。此人42岁，长得英俊潇洒、仪表堂堂。凯思每每见到妻子与此人在一起，便顿生妒意。尤其近一年多来，大卫的妻子死后，这更使凯思多了一份戒心。

因此，这天晚上大卫来吃饭时，大卫、珍妮弗谈笑风生，而凯思则独坐一边默默无言。直到饭后，三人坐下闲聊时，凯思才拿出从那屋里捡到的钱币请大卫鉴别。

大卫见到钱币，虽能说出它是古罗马钱，但却说不出具体朝代，他答应去找钱币商看看。但令他惊愕的是，当他一接触那钱币，就感到手指酸麻，接着便是震动，震得他额上直冒冷汗，头脑里出现了幻觉。他听到有人用外国话发出狂叫，看到手中的钱币像刚铸出一样通红，又看到有人把这通红的钱币塞进一个被绑在柱子上的人的眼睛里，那人便发出临死前的哀号……大卫赶紧扔掉钱币，倒在地上呕吐起来。

凯思和珍妮弗大吃一惊，忙扶他睡下休息了一会，大卫才极力控制住自己，把钱币放进口袋里，告辞回家。

第二天下午，大卫戴上皮手套，把钱币放在皮夹里，像拿着炸弹似的来到钱币市场，请钱商鉴定。经鉴定，这个钱币是公元64年铸造的尼禄皇帝统治时的25分币，价值1000元。大卫为了探明这钱币那令人发悸的奥秘，他又花了8700元向钱币商买了一枚与此钱币相同但比它漂亮的钱币。

大卫怀着解开钱币之谜的心理，回到家里，先从《古代世界百科全书》中查明了尼禄皇帝的情况，然后开始实验。他先把新买的钱币捏在手中，毫无异常反应，再拿起凯思给他的钱币，顿时手指就酸麻起来。大卫闭上眼睛，忍受着灼热和那撕裂人心的惨叫，想从中了解这钱币的真相。过了一会，那流血与死亡的形象消失了，但却闻到一种野兽的臭味。突然一道白光在眼前一闪，出现了一个人。呀！是珍妮弗。他惊讶地睁开眼睛，见屋里一切正常，他本能地一张手，哪知那个钱币竟不翼而飞了！

钱币明明紧攥在手里的，怎么会飞走呢？他感到奇怪，但他又感到很困倦。他想喝杯威士忌酒振振精神，谁知酒一下肚，他却闭上眼睛做起噩梦来。

也是黑夜，天黑沉沉的，他站在乡下的大路边，他的眼前是一大片向前延伸的不毛之地。突然，他看到有什么东西冲破沙石地往地面上冒出，接着大片大片泥土翻开了，崩散了，从一个房顶上落下来。一座房屋从地底下升起，渐渐地看清了那是一幢蓝色的两层楼，有烟囱，有门廊，但没护墙壁。房上满是鳞甲，像只大爬虫，瞪着大眼直勾勾地瞪着他。

这时，他又看到房屋地基周围的土地开始流起血来。猛地"轰隆隆"一声惊雷，接着大雨哗哗而下，血流得更快了，房屋已完全冒出地面。但地基下不是泥土，而是人的身躯，血从屋基洞中向外流淌，漫过大路，往大卫冲来，大卫吓得大叫起来。

他醒了，但仍听到远处传来隐隐雷声，又听到身边发出"砰砰砰"的巨响。他翻身坐起，听清这响声来自隔壁邻居敲墙壁的声音，原来他梦魇时的大喊大叫吵得邻居发怒了。

再说凯思在大卫走后的第二天，他干完活，在回家吃午饭时途经那新屋，忽然看到那屋前空地上插了一块珐琅牌，上面写着："此屋出租。汤玛士·格林。"

格林是房地产商人，凯思和他很熟。以往凡是房屋出租前需要修理，他都推荐凯思。可这次却连个招呼也没打，凯思很不高兴，就找到格林，开门见山向他打听那新屋的情况及出租的事。格林告诉凯思，那房子是他受房主之托用船沿哈德逊河运来的，一切事均按房主宼斯特的吩咐在夜间进行的。说到这，格林耸耸肩说，宼斯特真是个怪人，至今他也没和他见过面，一切事都是在电话中进行的。当凯思问起那屋的出租时，格林更感惊诧。他说宼斯特虽然托他出租屋子，但他对谁也没说过，甚至他做的那个珐琅牌子还锁在他的贮藏室里，怎么会插到那儿呢？格林还告诉凯思，关于修缮房子，宼斯特已提出请他承担。

凯思辞别格林回到家里。就在这天夜里，巨雷把他和珍妮弗从梦中惊醒。凯思透过窗户见一个接一个炸雷劈在那新屋上，但奇怪的是那屋子却安然无恙，而屋子的起居室内却出现了红光，那光似乎是在什么人手上，跳来跳去。突然又是一个炸雷,震得墙壁都晃动起来。接着自家的门铃竟"嘀铃铃"响了起来。

这半夜三更是谁按电铃?凯思与珍妮弗急忙下楼,凯思先轻轻拉开门闩,而后猛地拉开门。咦,没人!再一看,原来是一只铲耙斜靠在门框上,压在电铃按键上了。但凯思又感到奇怪,这铲耙一年前是他亲自放在车房的工具架上的,它怎么会湿淋淋地靠在门框上呢?

这一夜凯思怎么也难入睡,一早起来想打电话,可电话坏了。他想大概是雷把电话线打坏了。可是就在这时,电话铃却响起来,他抓起电话,来电话的竟是那个神秘的寇斯特。他要凯思修那房子,并说反正你已进去过,怎么修你会知道,并说,若要去看房子,钥匙可以在前门廊找,说完挂了电话。可是等凯思再要打电话时,发觉电话又坏了。

尽管凯思脑子里有一连串问号,但他仍然去那新屋看房子、估价。他到了那屋的前门门廊,门关得紧紧的,他找遍了所有可能放钥匙的地方也没找到钥匙,他生气了。他觉得这个寇斯特说话不算话,他打算回去告诉格林,请他转告寇斯特,让他另请高明。

哪晓得他刚沿着门廊阶梯往下走,忽然"当"一声,从他身后的板壁里跳出了一把钥匙。他想准是有人扔来的,是谁扔的?他连忙楼上楼下,屋前屋后找了一遍,连个人影也没。

凯思最讨厌恶作剧,可现在有人跟他开这样的玩笑,他既生气,又迷惑。他只得悻悻拿起钥匙,打开门,看了一遍,回家了。

他回到家里,写好估价单,就打电话给格林,请他转告寇斯特。不料格林却笑着说:"寇斯特早上已来过电话,同意你的估价。他要你把屋外漆成深蓝色,室内装饰保留白色。"格林还告诉凯思,寇斯特规定这房屋只租给未婚的、离了婚的或是死了妻子的男性。

就在凯思遇到种种迷惑难解的问题时,大卫的日子更难过。

连日来,他一上床就做噩梦,大喊大叫,受到邻居的指责和抗议,弄得他神魂颠倒、疲惫不堪。他只得到市中心的精神病医院求救于灵异心理学家。可是医生经过反复检查和精神感应测验，折磨了大半天，只说他是由于妻子死了以后的性压抑所引起的一种暴烈的欲望，建议他去休养。

医生的结论使他啼笑皆非，但对叫他休养的建议他采纳了。他决定到海边去好好休个长假，并打电话告诉珍妮弗，说他要把那个新买的25分币交还给凯思。

珍妮弗接到大卫的电话，既意外又高兴。自从大卫上次在她家发生呕吐事件后，她一直为他的健康担心，曾多次打电话给他，都没打通。因此，她立即请大卫来她家吃饭。

大卫应约来了。晚餐时珍妮弗见大卫胃口特好，似乎像卸下了什么沉重的包袱。她暗暗感到宽慰。饭后大卫拿出那个新买的钱币给凯思，请他还给寇斯特，接着他告诉这对夫妇他要去海边休假了。

大卫辞别凯思夫妇，驾车经过那幢新屋时，东方的月亮已爬上了树梢，隐约看到那新屋黑色轮廓的阴影照在路面上，阴森森的。大卫忽然产生了一种冲动，他一扳车盘，直向前面那浓黑的屋影中穿去。可是车子一进屋影，忽然车身一震，车灯灭了，火熄了。大卫忙利用汽车运行的惯性把车开到离那屋的100码处停下了。他停下车后检查车子，发现车子没坏。他猛一抬头，只见那屋子的外凸窗里透出一片红光。那红光泻过门廊，对着他的车子射过来。那红光中一个长发披肩、一丝不挂的女人向他扑来。他认出来了，那女人是珍妮弗! 他惊得张大了嘴巴……

直到第二天早上，阳光洒在了他的车子上，他才朦朦胧胧听到有人在他耳边叫，他睁开眼睛，呆呆地望着面前的人。呀，珍妮弗! 不过此时的她不是一丝不挂，她已穿上了衣服，那长长的栗色头发已梳到了耳边。

原来早上珍妮弗起床后，远远发现大卫的汽车停在这儿，她觉得奇怪，就赶来了。她见大卫趴在车前的客座上，手上有个小洞，上面有血迹。她慌了，忙拉拉他的袖子，喊道："大卫，大卫! 你怎么啦? 你昨天晚上没回家? 你受伤了!"

大卫这才回过神来。他下了车，伸了伸腰，发觉蜷缩了一夜竟不觉酸痛,相反感到浑身舒坦。但他不能把昨晚见到的对珍妮弗明说,就朝她笑笑,说声没事,开车走了。

大卫回到滨河大道公寓的家里,顿时惊呆了,只见家里被搅了个天翻地覆。警察、侦探和大楼管理员正在侦查现场。原来他家遭劫了。然而更使大卫惊骇的是家里钱钞分文不少,而那翻动的混乱景象竟和一年以前他妻子被强盗杀害时一模一样。他想起妻子当年被杀死在厨房里,血洒在了冰箱上,他想看看有没有这个细节。他走到厨房一看,冰箱上也有鲜血。他的神经快要崩溃了。他忙从药箱里拿了一粒镇定剂,当他取杯倒水时,那杯里装满了红色汁液,那汁液洒在他手上,热烘烘的散发出一种刺鼻的动物尿的臭味。他慌得忙用水冲洗,没料他一周前失踪的那个难看的钱币竟躺在杯子里。

大卫把那钱币放进衣袋。大楼管理员低声对他说,你每夜大喊大叫,闹得整幢公寓不得安宁,邻居告了你,你不能继续在这儿居住了。

大卫望着屋里乱七八糟的样子,心想这儿是不能住了,得搬家,可往哪搬呢?真巧了,就在这时房地产商格林打来了电话,他告诉大卫说夕照溪胡同666号房主知道你要搬家,他愿意把房子租给你,室内一切装饰按你要求,房租从廉。大卫未及细想就同意了。

大卫搬来新居,珍妮弗非常高兴,而凯思则大感惊愕,他的心里立即有一股说不出的滋味。

大卫来到新屋,一看房子又涌起了奇异感。他记得上次见这房子是黄色的,而现在已漆成了深蓝色了,这正和他梦中所见到的一模一样。他走进屋里,见房间装饰得金碧辉煌,一副皇家的气派。

大卫自从到了新居,每天早上起来跑步锻炼,见凯思不在家就来看珍妮弗,过去他虽风度翩翩却彬彬有礼,可现在一见珍妮弗就露出了挑逗的笑,使她感到既激动又慌乱。她偷眼看看大卫,发觉他更加漂亮了。她常常去看他,又不敢在他家逗留,离开他又恋恋不舍。她处在矛盾中。

近日来,凯思心情烦躁,常常和珍妮弗发生争执。这天他为了缓和夫妻关系，和珍妮弗到餐厅进餐。两人面对面坐着，喝着酒，吃着碎羊肉。她感到今晚是个温馨的令人陶醉的春夜。她望望丈夫，觉得他又恢复了以往的脉脉温情，刚修剪过胡子更显得比平时漂亮了。她心里不由涌起了内疚和不安。

进餐后两人驱车回家时，珍妮弗默默无言，在心里把大卫和凯思比较，凯思高兴时倒也叫人喜欢，可大卫却任何时候都那么迷人。她觉得要跟大卫滑下去，来个风流韵事，真是水到渠成。

到了家，她刚换上绿丝袍，忽然电灯灭了，她吃了一惊，一转身，见凯思向她走来，一声不响地脱掉她的衣服，把她抱进卧室，放在床上。这时晚风习习，树蛙齐鸣，凯思吻着她……突然他俩被一阵凄厉的呼喊声惊得从床上一跃而起。凯思说："这是什么声音？鬼叫？野兽叫？"

珍妮弗凝神听听说："不是，那声音来自大卫家！"

这时大卫正在梦中。他见珍妮弗在六角形屋外的大厅里等他。她那栗色的长发飘拂在肩头，赤裸裸的身子闪着艳丽的红光。她一见大卫就把他搂进怀里。忽然有人敲门，接着听到一个沉重的脚步声进入大厅。凯思来了，但珍妮弗仍紧搂着大卫不放。凯思走来从他怀中拉开珍妮弗。忽然凯思的手指变成了蓝色，手上像蜥蜴一样长满了鳞甲，手臂粗得吓人，力气大得惊人，长长的指甲撕开了他的胸膛，撕得鲜血直冒。

大卫挣扎着，呼喊着，却动弹不得，叫不出声，只感到胸骨快折断了，透不出气了。

他醒了，发现一个人正用手摇他："醒醒，你这混蛋！"大卫睁开眼睛，认出他身边真是凯思！呀，不是梦！他惊慌地一拳打去，凯思敏捷地一把攥住他的手腕，举起手电筒朝他头上打去。

"别打！"大卫叫道。

凯思松了手问："你怎么啦？混蛋！"

"是做梦。"

"我还当出了什么事呢，大喊大叫，可吓人了。我听到叫声摸黑赶来的。

你快把窗关上，免得半夜三更大喊大叫吵醒我们。"

大卫想起来了，睡前明明关好窗的，是谁打开了？前门也锁上的，凯思怎么进屋的呢？

凯思走了。大卫想起寇斯特曾向他讨那钱币，他忙打开抽屉，不料那钱币又不见了。

第二天凯思下班后开了工具车回家的途中，突然车坏了，他只得打电话给珍妮弗。珍妮弗听完丈夫的电话后又打电话给大卫，可是一连打了六次都没人接。她从窗口望望对面，见大卫的奔驰车停在车道上。她想起昨晚大卫大喊大叫，又想起两周前大卫晕在车子上。她不放心了，她虽然怕与大卫在一起被丈夫看见生气，但她依然产生一阵冲动，决定去看大卫，还想和他谈谈。因为近日来她越来越感到大卫已从丧妻的哀悼中解脱出来，又开始对女人发生兴趣，而且冲着自己来了。珍妮弗虽然喜欢大卫，但更爱丈夫。她看出丈夫对她与大卫接近已从忧郁、妒忌到愤怒了。她非常珍惜与凯思的婚姻，她要向大卫说说清楚。

珍妮弗到了大卫家，大卫正裸着身子，只系了一条毛巾在寻找那枚失踪的钱币。他听到珍妮弗叫他，忙循声迎了出来。

珍妮弗见大卫腰间只围了一块浴巾来到大厅，顿时呆了。大卫见了她立刻满面欢笑，这时窗外变成了一片血红，他那笑容中露出了一种离奇的神色。她紧张了，只说了声："大卫，今后咱们别再见面了！"转身就往外走。

就在这时，珍妮弗听到凯思来了，她更心慌，她无法向丈夫解释此刻她和半裸体的大卫在一起。她刚走到大厅门前，凯思已进来了，他问："你来这里干什么？"

"我、我找大卫谈谈。"

凯思也不再多问，便擦身走进大厅，见大卫正在往腰间披毛巾，顿时妒火中烧。

大卫见了凯思却苦笑着说："凯思，你的妻子最终还是选择了你。"

凯思哪听他的，抢前一步，一拳狠狠打在大卫的肚子上，但大卫好像一点反应也没,仍茫然地望着凯思。凯思又逼近一步,对着大卫的脸部"砰砰"两拳,打得他嘴角流血,但他仍没一点自卫的打算。

珍妮弗惊叫着:"凯思,别打了!"可凯思根本不睬,又收回拳头打算再次出拳。

这时,突然从天花板上摇晃着掉下一个圆东西,"当"落在地上,凯思一看,是那个难看的钱币。大卫忙捡在手中。

哪知钱币一到大卫的手中,他的身子立马站直了,眼中喷出了凶光,握钱的拳头捏紧了,被打的脸扭曲了,变得冷酷而吓人。当凯思再逼近他打出一拳时,他敏捷地一手挡开来拳,一手抓住凯思的手腕,只听"咔嚓"一声,凯思的手臂被折断了。接着他一把抓住凯思的后颈,把他按在地上,一拳砸在他的后脑勺上。

珍妮弗听到凯思发出了凄厉的哀号,马上扑上来用拳头雨点般地打在大卫身上。大卫慢慢转过身,脸上露出了狰狞和仇恨,猛一拳挥去便打断了她的胸骨,她"呀"一声被抛到一边。珍妮弗情知不妙,她忍着疾痛往门外爬去,头刚伸出门外,这时突然听到头顶上传来一声厚重的陌生的声音:"挡住她!不能让她离开!"

这时,大卫腰间的浴巾掉了,成了赤条条的人。他抢步上前,骑在她的身上,用双手拉住两扇滑动移门的铁环,猛力一关,只听珍妮弗"呀"一声惨叫……

(改编:劳 沉)
(题图:王申生)

骷髅血案

　　为了招商引资，临河县于前几年在风景秀丽的城北郊外建了一批商品楼，完工后以十多万元一套的价格出售，不到半年就全部卖光。房地产开发商见行情不错，准备再扩建一批，可就在这节骨眼上，却发生了一桩奇案。

　　有个老人，是做药材生意的，就住在这批商品楼的12幢2单元三楼。这天，他从外地回来，吃过晚饭就进卧室休息了。第二天早上，他儿子见他久久不起来吃饭，觉得奇怪，开门一看，吓得一声惨叫，差点晕倒：只见昨晚上还好好的父亲，此刻已成了一具血淋淋的骷髅！警察立即赶赴现场，经过仔细勘察，发现门没破，箱未动，防盗窗的栅栏完好无损，连那老人衣袋里上千元的现金也还在。由此证明，凶手作案不是为钱，不为钱又为什么呢？一夜之间这一百来斤的血肉之躯成了一具骷髅，这到底是怎么回事呢？

　　一晃过去了两天，骷髅案没破，公安干警为此坐卧不宁。不料就在此刻，另一幢楼里又发生了一起惨案：那户人家傍晚来了个亲戚，因为没地方住，就在客厅里搭了个临时铺睡下了。天亮后,主人起来做早饭,发现睡在客厅里的亲戚已死,跟药材商同样成了一具骷髅,连五脏六腑都一点不留。

一个小小的住宅区,接连发生这样的奇案,于是谣言四起,人心惶惶。住在这个住宅区的人就像躲水灾、避瘟疫似的纷纷搬家,有的买房,有的租屋,有的投亲靠友,几天工夫逃得一个不剩。

人走了,房也空了,但还有供电、供水等许多设施,为了防止偷盗,同时也为了注意案子的一些蛛丝马迹,县公安局和城建局联合组成了守护队,由公安局刑侦队一位姓孙的科长带领,日夜巡逻,可是,五天过去了,什么情况也没发生。

第六天夜晚,值班巡逻的人突然发现一点亮光,走近一看,原来这微弱的亮光是从12幢3单元三楼的窗户里透出来的。他们当即将情况向孙科长汇报,孙科长马上带了一队警察来到现场,经过一番观察,孙科长决定自己带三个人从南阳台攀援上去看个究竟,其余的人则在下面接应,以求一网打尽,不让一个歹徒逃走。

这些人都是训练有素的干警,孙科长一声令下,一个个就像离弦的箭,"嗖"一下跃上一楼的阳台,接着三下两下登上二楼阳台。可是当他们正要再往三楼攀登时,一个个都呆若木鸡,谁也不敢动弹,只吓得毛发倒竖,骨软筋麻。你道为啥?原来上面防盗栅栏上爬满了密密麻麻的蛇!这些蛇五颜六色、粗细、长短不一,身体垂在外面,头在栅栏内,像是在观赏什么表演,又像是在吸食什么营养补品。

孙科长一见这情景,不觉倒抽了一口冷气,他知道,这么几个人要对付那么多的毒蛇,是绝对不行的。他判断:这些蛇没有进屋,里面的人怕是还活着。当务之急是救人要紧,于是便下令:"撤!"四个人撤到地上,孙科长又领他们进了3单元,由楼梯上了三楼,可是铁门紧闭,敲门吧,怕惊动蛇群,惹出大祸,再说,对屋里的情况不明,不可鲁莽。于是孙科长又上了四楼,撬开四楼的门,用绳子将自己从北窗往下垂吊到三楼,再从窗户里进入客厅,然后站到凳子上通过气窗往卧室里看。只见床上躺着个老头,身边点着个酒精灯,老头端着个老式的鸦片烟枪,正一口茶、一口烟,神仙般地享用着。屋里毒烟缭绕,一缕缕地从敞开的窗户往阳台上飘,爬在铁栅栏上的毒蛇正昂着头,张开嘴,大口大口地吸着。

孙科长探明情况后,马上向局里汇报,并调来了火焰喷射器喷杀蛇群,同时逮捕了吸毒的老头。据这个吸毒的老头交代,他名叫皇甫端阳,是个老中医,原本在城里和儿子住在一起,自从吸毒成瘾后,遭到儿子、儿媳的坚决反对,三天两头吵架,他一气之下便到这新开发的住宅区买了一套房子,还开了个中医诊所,生意不错,收入也不低。十多天前,他到妹妹家去了,说是去玩,其实是去买毒品,直到今天天黑才到家。本以为在这里吸毒神不知、鬼不觉,谁知那些蛇也会来凑热闹,把公安干警引了来⋯⋯

根据这一发现,公安局经过调查,才知道前两桩骷髅案的死者也是吸毒者,案情至此终于真相大白:建这批商品楼的野地本是蛇群出没之处,地下全是蛇窝,由于皇甫端阳长期吸毒,他喷出的毒烟,蛇吸到后竟也津津有味,还能镇痛提神,因此天天晚上都来吸毒烟,而且越聚越多。蛇和人一样,吸了毒也会上瘾,一天不吸就没精打采,比死还难受。十几天前,皇甫端阳出门买毒品去了,毒蛇一连几天没吸到烟毒,毒瘾发作,痛苦难熬,就四处乱窜,这样就窜到了2单元三楼。正好此时那个药材商也在吸毒,这些蛇就趴在窗口拼命地吸。这个药材商毒瘾不大,没吸多久就先睡了,可这些蛇却还没过瘾,因为窗门未关,又没有栅栏,蛇就一拥而上,将药材商含有毒味的血肉和内脏吃了个精光⋯⋯时隔两天,蛇群又碰上另一户人家的亲戚,于是便又有了第二起骷髅案。骷髅案的侦破,使人们大为震惊,从那以后,临河县再也没人敢吸毒了。

(张　曦)

(题图:刘斌昆)

天堂散

　　林子是山里的猎户，靠爹娘传给他腌制鹿肉的手艺，这些年赚了不少钞票。不过最近他很头疼，因为做腌制生意的人越来越多，野鹿本来就少，这么一来，狩猎就更难了，而那些城里的老客户又非盯着他的鹿肉不可，不管林子怎么跟他们解释，用其他兽肉来代替甚至可以做得味道更好，可老客户们就是不答应，说鹿肉的营养价值绝对是其他兽肉不可替代的。

　　三天前，城里来了一个姓吴的老客户，愿意出比平时高出十倍的价钱，要林子专门帮他腌制一头野鹿肉。这个出价实在太诱人了，林子立刻就答应了下来。整整一个星期，林子一直在山里转悠，总算老天帮忙，他猎到了一头野鹿。新鲜的鹿肉隔夜就要变味儿，于是林子当晚就动手腌制起来。林子干得挺欢，想到腌好的鹿肉马上就能换回那么多现钱，就更兴奋了。松油灯微弱的灯火在屋子里闪闪烁烁地跳跃着，橘黄色的灯光把林子的身影映照在墙壁上,拉扯得形同鬼魅。但不知为什么,林子总感觉暗夜里有一双眼睛在窗外窥视着他,让他感到心神不安。

这时候,门突然"吱呀"开了一条缝,阴冷的山风从门缝里吹进来,灯火"忽悠"一暗,林子在抬头的瞬间,看见真的有一双眼睛从门缝里看着他。谁?林子不由打了个激灵,他揉了揉眼睛,再看时,那双眼睛没有了,漆黑的夜色中,只有山风吹动着木门,发出刺耳的"吱呀"声。远处,不时传来母兽的哀号和幼子的啼鸣,林子突然觉得屋子里充满了一种从未有过的孤单和恐惧。

林子从墙上拿下那支用了多年的老猎枪,走出门去,在屋外遛了一圈,但什么也没发现。难道是自己看错了?也是啊,这几天他一直在山里转悠,没有好好睡过一个囫囵觉,身子疲惫不说,连神思也有些恍惚起来,他真想倒在床上美美地睡上三天三夜,可那个姓吴的老客户说好明天早上要来看货,所以丝毫不敢怠慢。林子关紧了屋门,定了定神,心里对自己说:"最后的关头,一定得格外上心,不能坏了自己的信誉。"

当窗外开始放白,屋内的松油灯火渐渐熄灭的时候,他终于封好了最后一坛鹿肉。林子直起腰,长长地舒了口气,随后就拿出一瓶酒,准备好好犒劳犒劳自己。他打开盖子,浓郁的酒香立刻就散发开来,压住了满屋的腥味儿,"果然是好酒!"林子不由赞叹了一声,从墙上割下一块鹿肉干,就盘腿上炕,自斟自饮起来。

酒是姓吴的那个老客户来订鹿肉时特意送的,说是从省城带回的陈年老窖。林子心里明白,老客户这么拉拢巴结,无非是为了自己这手绝活。想到这一层,他真想跪在地上给爹娘好好磕三个响头。半瓶酒下肚,林子渐渐感到头有点晕起来,眼皮也沉了下来。恍惚间,他听见"吱呀"一声响,好像木门被推开了,一双眼睛正幽幽地在门口看着自己。林子一惊:谁?再看时,那双眼睛又没有了。林子想:老客户不会这么早就上山来的,莫非是野鹿撞上门来了?对了,这眼睛有点像自己昨晚腌制的那只野鹿的眼睛!可现在能猎到一只野鹿已经很不容易了,怎么会又自己撞上来一只?林子不信,再想仔细看时,那眼睛却突然飘逝而去。啊,难道真是野鹿撞上门来了?林子如同被注射了一支兴奋剂，他使劲儿一翻身，摇摇晃晃地从炕上爬起来，拿起放在炕头的老猎枪，跌跌撞撞地追了出去。

清晨，山里的空气湿漉漉的，飞鸟的叫声显得空灵而又悠远，林子觉得那只野鹿就在不远的地方看着他，于是端起猎枪就想扣动扳机。突然，一只飞鸟"呼啦"一声从他身边扑过，把他吓了一跳，待重又端起枪时，那野鹿已经顺着弯弯曲曲的山径往葫芦岭上跑去，林子拔腿追了上去。葫芦岭三面都是悬崖陡壁，只有葫芦嘴这个地方才有一条羊肠小路可以上下。林子对这里的地形非常熟悉，过去捕野鹿的时候，他就是经常把野鹿赶上葫芦岭，然后堵死路口捕获成功的。所以现在一看野鹿上了葫芦岭，林子连连叫好，赶紧就追了上去。可是奇怪呀，怎么老是觉得眼前模模糊糊的，而且越往前追林子心里越觉得慌，端枪的手也颤抖起来。他只觉得自己的身子越来越轻，越来越轻，轻得如同一片羽毛……

当姓吴的老客户出现在林子小屋门前的时候，林子刚刚死去，他倒在通向葫芦岭的路上，眼睛瞪得大大的。老客户把林子背进小屋，放在炕上，拿过炕桌上林子喝剩下的那半瓶酒，往林子身上一浇，叹一声："可惜了我的好酒哇！当初要答应把腌鹿肉的秘密告诉我，何苦现在搭上一条命呢！"老客户在林子身上里里外外地搜寻起来，终于在他贴身的衣袋里找到一个封好了的兽皮囊，用尖刀挑开，里面是一张已经发黄了的纸，展开一看，果然是林子爹娘留下的腌鹿肉的用料配方。

老客户喜不自禁，把黄纸贴在嘴巴上亲了又亲，这才小心地揣入自己怀里。然后，他从屋外的柴草棚里拖进几捆干树枝，往炕上一放，"啪"的一声就按下了打火机。火苗立刻"呼呼"蹿了上来，老客户得意地哈哈大笑起来："林子啊，我昨晚在窗子外面看了一夜，你这一手活儿怎么做，都没逃过我的眼睛。你就放心吧，以后你的生意就由我来替你做了，赚来的钱也就由我来替你花了吧！"说完，他转身要走，可是猛觉得一阵头晕，身子轻飘飘的像要飞起来。他心里一惊:莫非这黄纸上洒了毒？是的，老客户没猜错！林子为防万一，确实在黄纸上洒了毒，这种毒药叫"天堂散"，它是山里人自制的一种用来对付野兽的毒药，无色无味，但只要丁点入口，开始恍恍惚惚，接着飘飘欲仙，最后在毫无痛苦中死去。

老客户拼命挪动脚步，想走出小屋，企盼外面的新鲜空气能够冲散自己嘴里的毒气，可是已经来不及了，此时的他已经浑身软得像没了骨头一样，恍惚中"扑通"一声就倒在了地上……大火瞬间就把小屋吞没了。

(张晓峰)

(题图：箭　中)

照相机里有鬼

赵彬是个天生胆小谨慎的人,可偏偏好奇心特别重。

这天下班后,他刚走出公司,就被一个戴墨镜的人给拦住了:"先生,要不要照相机?数码的,很便宜,我急着用钱,只卖两百块。"赵彬一听这么便宜,猜想他准是骗子,要不这东西就是偷来的,所以就没有搭理。谁知"墨镜"追上来,对他说:"你可以先看看嘛,来路绝对没问题,我可以给你看发票。我也是因为急着用钱,才出手的。再说,这相机有特殊功能,我就是想卖给你。否则,别人给两千我还不一定卖呢!"

赵彬听他这么说,好奇心被勾了起来:"有什么特殊功能?"

墨镜神秘地笑笑:"你买回家试试就知道了,天机不可泄露。"赵彬拿过照相机,翻来倒去地看,可实在看不出什么名堂。墨镜说:"我不骗你!你回去一试,就知道它有什么特殊功能了。不过有一点你记住,必须是你一个人在房间里的时候试。"赵彬听他说得这么神秘,想想不就是两百块钱嘛,玩个好奇也值,于是就掏钱买了下来。

回家后，赵彬放下提包就迫不及待地掏出照相机，对着自己试拍了一张，然后赶紧看图像效果。咦? 他觉得很奇怪：怎么自己头像旁边有两行小字? 放大一看，竟然是：鬼魂无处不在，只是常人看不到罢了。此机有拍摄鬼相功能，请慎用!

赵彬平时就怕人家说什么鬼啊怪啊的，这下神经立刻紧张起来。他忍不住对着前面沙发又拍了一张，这回看图像时，吓得嘴都合不上了：沙发上出现了一个狰狞的男人面孔，眼睛、鼻孔、嘴巴都流着血。"妈呀!"赵彬吓得惊叫起来，把照相机丢在了沙发上：难道这屋子里有鬼，只是自己看不到? 正当他不知所措的时候，他的新婚妻子韩丹回来了。韩丹见沙发上有个数码相机，好奇地问："怎么突然想起买相机了?"

赵彬怕吓着她，连忙掩饰道："是一个同事托我替他保管的。你别动!"韩丹看他怪怪的样子，揶揄道："不过一个相机而已，你干吗这么紧张啊?"

赵彬连忙解释："别人的东西嘛，自然要格外当心。"一边说，一边就把相机锁进了抽屉。

韩丹有点不开心："不会是给哪个……拍照了吧?"赵彬明知道韩丹误会了，可他没有心思给她多解释。

一晚上，赵彬都不敢往沙发上坐，总觉得自己走到哪，那个沙发上的鬼就会跟到哪。

后来，赵彬实在受不了了，就对韩丹说："我们搬家吧，搬到你们公司附近去，你不是一直嫌上班远吗?"

韩丹看赵彬心神不定的样子，不解地问："你怎么啦? 当初我说要搬，你一直说搬家太麻烦，怎么现在又突然想起要搬了?"

赵彬支支吾吾说："那时……那时……反正你明天就找房子吧，我们尽快搬。"

还好韩丹没再追究，一切顺利，周末的时候，他们已经搬到新租的房子里了。不过赵彬还是有些不放心，找了个韩丹不在的时候，拿出那个照相机,在房间里"咔嚓"又拍了一张。谁知一看图像,他吓得一屁股跌在了沙发上:图像上又出现了一个鬼,是个伸着长舌头的女鬼,披头散发的样子。天哪,难道到处都有鬼?他吓得再也不敢乱拍了。就是这两张鬼照片,把赵彬好端端的生活给搞得一团糟,工作的时候精神恍惚,回到家里更是恐慌,完全是失魂落魄的样子。

这天吃晚饭的时候,韩丹突然放下筷子,幽幽地对赵彬说:"你肯定有事瞒着我。如果你真有什么想法,就直接说吧!"

赵彬听出了韩丹的话外之音,真是哭笑不得,他不知道该不该把照相机的事对韩丹实话实说,便吞吞吐吐地问道:"丹,你相信鬼吗?"

"你瞎说什么呢?"韩丹不高兴地撇撇嘴唇,"要我说,有鬼的话,也是你自己心里有鬼!"赵彬一听,摇摇头,把已经到嘴边的话咽了回去。他告诉韩丹,自己什么想法都没有,让她别胡思乱想。

第二天是星期天,同事小雷过生日,请赵彬几个到家里喝酒。赵彬偷偷把那个相机带了去,趁大家都在喝酒的时候,悄悄来到里间,对准小雷的床照了一张,一看图像,天哪,一个穿清朝官服模样的僵尸鬼出现了。赵彬忍不住把小雷喊进屋,悄悄提醒道:"你这屋里不清静,有鬼!"

谁知小雷听了哈哈大笑:"你什么时候成巫师会看鬼了?"

赵彬认真地说:"真的,你是看不到的!"

小雷有些不高兴了:"我看你最近老心神不定的,反倒说我家里有鬼。你到底想干什么呢?做人可不能心里有鬼!"

赵彬再没心思继续喝酒了,他急急地从小雷家告辞出来,没有回家,而是直接去了公司。趁星期天办公室没人,他要去证实一下,公司里是否有鬼。一试,竟然鬼影子没了,不过照片上却又出现了两行字,放大了一看:晚上独自到荷花街189号去,你会获得神奇的力量。记住,只能你一个人去!

赵彬心里越发害怕了,但也更加迫切地想知道接下来到底会发生什么事情。他思来想去,还是决定立刻赶过去。走在路上的时候,韩丹打来一个电话:"你在哪儿啦,我刚才打电话到小雷家,小雷说你先走了,怎么这么久也没见你到家?小雷还说要我多关心关心你,到底发生什么事儿了?"

赵彬不知道该怎么回答,就随口说:"我要去公司拿样东西,一会儿就回去,先挂了吧。"电话那头,韩丹沉默了一下,没再说什么。赵彬来到荷花街的时候,一眼就看到187号,按说再往前走几步,189号应该就在眼前了,可是奇怪,往前是一片废墟啊!

赵彬向一个过路人打听,回答说:"189号以前是殡仪馆,搬走了。"赵彬听了,吓出一身冷汗。赵彬也不知道自己是怎么回家的,进门后发现韩丹不在,打她的手机也关机了。他这下急了:莫非家里闹鬼了?他抓起衣服就出门去找。还好,在街口他们经常光顾的一家大排档里,赵彬找到了韩丹,正独自坐那儿喝酒呢,已经喝空了两个酒瓶子。

赵彬赶紧跑过去,刚要开口,韩丹朝他嚷开了:"你别告诉我你去哪儿了,我也不想知道。不就是想分手嘛,何必这么遮遮掩掩?"周围的人都看着他们,赵彬恨不能找个地缝钻进去。可韩丹却不管不顾,继续嚷着:"你根本没去公司,为什么要骗我呢?你真以为我嫁不出去啊?哼……"赵彬知道韩丹喝多了,硬把她拽回了住处。他知道,现在再不说实话,两个人就只有"拜拜"了。于是,便一五一十对韩丹说了事情的来龙去脉。刚开始,韩丹还有些迷迷糊糊,可是很快,她酒就醒了。她抓过相机拍了一张,然后一看图像,果然有个鬼影子。不过,韩丹并没有像赵彬想象中那样吃惊和害怕,她若有所思地点点头,对赵彬说:"明天把相机给我用一天吧!你放心,我一定帮你把这个鬼除了。"赵彬本想阻拦,担心韩丹闹出更大的事来,可又怕因此引起她瞎猜疑,只好点头答应。

第二天,下班的时候,赵彬刚走出公司大门,韩丹就迎了上来,把相机往他手里一塞,说:"你看看,那天卖给你相机的人,是不是他?我今天约他见面时偷拍了一张,他旁边也有鬼呢!"

赵彬一看,果然是那个卖给他照相机的人,吃惊地问:"你认识他?"

韩丹笑着说:"你要是早和我说,这鬼早就除了。他是个搞程序设计的,我以前的一个网友,我跟他明说了咱俩的关系,他还死乞白赖地追我,居然在照相机上捣鬼,用这种怪招来吓唬你,真卑鄙。不过,你怎么连这也相信?真是个傻瓜!"

赵彬听韩丹这番解说,总算松了口气,挠挠头,自言自语道:"原来,他才是鬼啊!"

(原上草)
(题图:刘斌昆)

花圈之谜

清风镇上有一家花圈店,店主王老头没有什么嗜好,只是平日爱喝几口"绿豆烧"。

一天夜晚,天下着雨,王老头摆上一盘花生米,刚举酒杯眯了一口,忽然听见门口响起"笃、笃"两记敲门声。因为夜静,声音十分清晰。王老头放下酒杯,上前开门。

王老头打开门一看,只见门外站着一个六十开外的女人。她身穿黑色的老式旗袍,手拎一只黑色尼龙包,脸色苍白,精神忧郁,两眼无神,呆怔怔地有点儿心不在焉。

王老头干咳一声:"咳、大嫂这么晚了,你来做啥?"

他这一声,似乎把那女人从梦中惊醒,慌忙说道:"师傅,我,我想买花圈。"

王老头一听是来买花圈的,顿时来了精神。他忙介绍说:"噢,大嫂要买花圈,不知家中啥人故世?如果是长辈,就买白色的;如果是小辈,就买黄色的；如果是同辈，就买……"

王老头还要滔滔不绝地介绍，那女人却打断了他的话，惨然一笑道："我各买一只。"

一听这话，王老头心中又添了几分高兴，心想：今天能多挣几块钱了，于是笑着说："好，好，请大嫂自己挑选。"

那女人左挑右拣，挑好五只付了钱，又请求王老头代题挽联。说到写挽联，王老头那一手毛笔字可是远近闻名。他毫不推托，拿出纸，磨好墨，提起毛笔饱蘸墨汁问道："大嫂，写啥呀？"

"是呀，写啥呢？"那女人一双眼直楞楞地盯着王老头，自言自语地问道。

"什么，你也不晓得写啥？"王老头放下笔，从上到下打量了一下这个女顾客，心想怪了，今天难道遇上了神经病了？哪有写挽联题什么词自己竟会不晓得呢！

那女人见王老头直打量自己，沉吟了半晌才说："师傅请你在挽联上分别写上：'母亲大人千古'，'岳母大人千古'，'祖母大人千古'，'外祖母大人千古'，'妻秀兰安息'。"

王老头听了微微点头，心想：刚才差一点错怪了人家，于是又拿起了笔，蘸饱了墨汁，妙笔生花，一行字写得雄健挺拔。王老头一边写，一边和那女人说："过世的老人真是有福气。"这时，王老头又抬起头问那女人："老人的女儿、女婿尊姓大名？"不料王老头连问了三次，那女人一点反应也没有。王老头以为自己说的"尊姓大名"太雅了，那女人听不懂，就换个名词说："我说老人的女儿、女婿叫什么名字？"这时那女人才像听明白了似的。

"啊，啥名字呢？"那女人又自言自语起来，随后她望着王老头说："哎，师傅。你识字多，麻烦你帮我随便起几个名字吧。"

"啥？你讲啥？"王老头吃了一惊，差一点把毛笔抖落在地上。自己代人写挽联几十年，从来没有听说要帮忙代起死者家属姓名的稀奇事。

"大嫂，死者家属的姓名怎么可以随便起呢？你不要寻我老头子开心。"

那女人苦笑一声："是啊，是啊，家属姓名是不可以随便起的，我真是老糊涂了，我拿回去自己写吧。"说罢她不声不响地拿起没有落款姓名的花圈，挂在推来的小车上，走了。

女顾客一走，王老头又端起酒杯喝了起来，喝着喝着，不自不觉地又想到了刚才那个女人身上，苍白的脸色，忧郁的神情，总是浮现在他的眼前。他转而一想：嘿，管这么多闲事干啥？想到这里他又端起酒杯，想借酒力赶走脑海里那个女人的影子。二两土烧下肚，头有点晕乎乎的。这时他发现花圈丛中有一团黑乎乎的东西。他忙放下酒杯，走过去一看，原来是一只黑色尼龙包，看来是刚才那个女人遗忘的。王老头打开尼龙包一看，里面有一张病历卡，还有几帖中药。病历卡上写着姓名地址：李秀兰，花园街古月弄七号。王老头想：啥人丢了东西都很急，年纪大一些的女人更是急上加急，还好这儿离花园街并不很远，我替她送去吧。

王老头找到古月弄已是深夜11点了。古月弄没有一盏路灯，弄堂里昏昏暗暗，带着些酒意的王老头一脚高、一脚低摸到了七号门口。这时他见屋里点着一盏三瓦的荧光灯，门虚掩着。王老头扯着嗓门叫着："大嫂，大嫂。"屋子里却没有一点动静。他推门进去，屋里静悄悄，只有上面阁楼上隐隐的约传来轻微的"呼噜呼噜"的打鼾声。心想，一定是死了亲人，她哭累了睡着了。王老头朝着阁楼又叫了几声，还是没有回声，王老头办事认真，他想：既然人家把东西留在我的家里，那么我一定要把东西亲自送回到人家的手上。想到这里，王老头登上了阁楼。阁楼上漆黑一团，王老头朝打呼噜声方向看去，刚要招呼，只见一对绿眼睛正盯牢自己。王老头急忙问道："大嫂，大嫂，我是来送你的东西……"没等王老头把话说完，一个白影"呼"地一下直朝王老头扑过来。王老头吓得一缩脖子慌忙往旁边一躲。绿眼睛扑空，"咪呜"一声窜下阁楼。原来是只白猫。王老头气得对猫屁股"呸"地吐了一口唾沫，真是鬼迷张天师，被只白猫吓得灵魂出窍，给人家晓得不笑断裤腰带才怪呢。

王老头刚定下神，"嚓"地划根火柴一照，不料又惊恐万状。原来房间里放满了那个女人买来的花圈。正中台上安放着一只雕刻精致的骨灰盒。

骨灰盒上方挂着一张用黑纱围着的遗像,遗像上不是别人,正是刚才来买花圈的女人,这时王老头手里的火柴熄了。王老头觉得很纳闷,刚才明明还是个大活人,眼睛一眨变成了骨灰盒中的死人,就是立刻死,马上火化,也没有这么快呀!莫非自己是在做梦?想到这里王老头朝自己脸上狠狠地打了两记耳光,脸上顿时感到火辣辣的痛。不是在做梦。于是他壮着胆又划根火柴,揉揉眼睛,凑近骨灰盒一看,一点不错,确实是那个买花圈的女人。奇怪呀,那女人到底是人还是鬼?

王老头正撅着屁股在看骨灰盒上的照片,突然楼梯上响起缓慢而又沉重的脚步声,一步一步向楼上走来。王老头吓得心里一阵发怵,浑身汗毛根根竖起,他再也顾不得想什么,转身就想夺门而逃,不料和上楼梯的人撞了个满怀。王老头抬头一看,正是那个女人:苍白的面孔,浑浊的眼睛。王老头惊慌得大叫一声:"救命",可是喉咙里像被堵上了棉花叫不出声来了,只听见"咕噜"两声,王老头脚一软,骨碌碌从楼梯上直滚下来,跌跌撞撞奔回家。他一进家门。一眼就瞧见桌子上的半斤"绿豆烧",一昂头,"咕咚咕咚"地全部灌进了肚子里。不一会儿就觉得天昏地暗,像一滩泥似的睡去了。

第二天一大早,王老头就醒了。他想起昨夜的事情,觉得很奇怪,说那女人是鬼吧,谁见过鬼?说不是鬼怪吧,这骨灰盒上的照片又怎么解释?他想去报告公安局,转而一想,不行,还是自己再去调查一次,反正是大白天的,真是鬼也不敢出来。不过他担心阁楼上会是暗的,又随身带上能装五节一号电池的大手电筒。

王老头第二次来到花园街古月弄七号。他上前敲了敲门,见没人回答,便轻轻推开门,打开那只大电筒向阁楼走去。走到阁楼门口,一股异香飘来,他忙用大手电筒直射进去。只见那个穿黑色旗袍的女人跪在骨灰盒面前,这次王老头看得真切:是个活生生的人,便一步跨上阁楼,嘴里叫着"大嫂,大嫂"。

那女人也不答理,缓缓站起身,把手中点着的香插在骨灰盒前的香炉中,然后两手合十，嘴巴里喃喃地念着什么。半晌才回过身来，一看是王老头，便问道："你又来干什么？"

王老头想，这怎么回答呢？总不能说是来看看你究竟是人是鬼，便支支吾吾地说："我来问你花圈还要不要买。"

"要买花圈时我会再来买的。"女人的声音依然是冷冰冰的。

王老头想，这样兜圈子也不是办法，便试探性地问道："大嫂，这遗像上的人是——"

不料想那女人十分爽快地说："遗像上的人就是我。"

"真是你！？"王老头虽说思想上有所准备，但一听这女人说遗像的照片就是她时，心里还是有些惊慌，他结结巴巴地说"这、这骨灰盒？"

"也是我的。"

"啊！你，你究竟是人是鬼？"王老头此时再也顾不得忌讳了。

女人苦笑一声说："我是活死人。"

"你这话是什么意思？"王老头脑子又糊涂起来了。那女人听王老头问起，眼圈一红，伤心地哭了起来。

原来她叫李秀兰，是个孤独老人，最近她身体不适，到医院一检查，说是得了肿瘤。本来心情就忧郁，得病后更加沉闷了，自己也越发感觉病情加重。她想想自己生前无亲无眷，死后冷冷清清，连一只亲人送的花圈也没有，更谈不上有人为她超度亡灵，于是她想到了一个办法：不如趁自己还活着，先买好花圈骨灰盒，自己为自己超度亡灵，寻求安慰。

王老头听她这一番话，恍然大悟：原来她是自己给自己开追悼会啊！

（朱德谟）
（题图：陈柏荣）

恐怖电梯

这天,朱莉娅在一家俱乐部碰到了一个老人,老人名叫萨巴什。当老人在交谈中得知四十五岁的朱莉娅还是个老处女时,就直言相告说,他是某国的王子,到现在尚未婚娶,如果愿意的话,他想娶朱莉娅为妻子。这就是说,朱莉娅可以当王妃了。

朱莉娅知道,自己没受过多少教育,与萨巴什也不门当户对,他们的婚姻绝对不是什么爱情的结合,说白了,萨巴什看中的是她的处女身,而自己看中的是他的财富,各有所需罢了。

两人心照不宣,闪电般结了婚。可朱莉娅万万没想到,结婚仅三个月,萨巴什就生病而死。临断气之前,萨巴什交给朱莉娅一把钥匙,并告诉她,按照他们的风俗,朱莉娅必须在用作陵墓的府邸里住上一个月。作为报答,她将得到一块罕见的红宝石,红宝石就藏在府邸一个非常隐秘的地方,需要开动脑筋才能找到。

红宝石真是太美妙了，戴在脖子上一定光彩照人！朱莉娅一扫婚姻所带来的沮丧，开始想入非非起来。

几天后的一个下午，朱莉娅独自一人驾车来到了府邸。府邸建在一个偏僻的地方，朱莉娅赶到那里时，已是傍晚时分了。朱莉娅把车停在私家车道上，顺手从手袋里拿出府邸的钥匙。就在推开大门的一刹那，朱莉娅心里忽然涌起一股说不出来的恐慌，她这时倒盼望萨巴什原来的仆人还留在里面。

朱莉娅定了定神，打开门，犹豫着走进主厅。萨巴什曾经在此住过一段时间，据说他是非常喜欢这个府邸的，因此这里还留下了不少萨巴什的痕迹，但也许是久疏人气的缘故，这里的壁毯、家具等都已散发出了霉味。

朱莉娅往里走了一两步，忽然不知从哪里吹来一股寒气，她不禁打了个寒颤。大厅太冷了，老房子把冬季囚禁在它的石头里，寒气好像从石缝中渗出，用无形的爪子抓住每一个走进来的人。

朱莉娅刚刚跨进门内，站在那里，黑暗就开始降临，阴影从各个角落爬出，不断扩大它们的领域，直到占领整座府邸。朱莉娅转动着眼睛，看见了电灯开关，就立即过去摁下开关，阴影开始一片一片地散去。

"喂，"她朝里喊了一声，"里面有人吗？"声音沿着面前的楼梯向上传去，但并没有人回应。

朱莉娅不知怎的，竟然一时冲动起来，她决定当晚就去作个地毯式搜索，尽快找到那块红宝石。她心想，一旦找到那块红宝石，她也不准备在这个鬼地方呆一个月了。

她先从底楼开始，从一间屋子搜到另一间屋子。有间藏书室，里面装满了皮面精装的书，可能买来之后就没人读过，上面已蒙上了一层薄薄的灰尘。她想，红宝石不大可能藏在书房，于是来到另一间屋里，这里放的净是些马具，墙上挂着的是照片，壁炉上交叉挂着一对马球棍，散发着淡淡的马鞍气味……

底层已找了差不多了，可是还没有发现红宝石的蛛丝马迹。朱莉娅准备到楼上看看。楼上第一间是育儿室,里面堆着不少豪华玩具,桌上摆放着一个小男孩的照片,朱莉娅一眼就看出这个小男孩就是萨巴什了。她拿起照片,想仔细看看,不料从照片后面掉下一张纸片,上面写着这样一句话:热。你感到热,亲爱的。

热? 这是什么意思? 她想起来了,这是萨巴什在给她提供线索,暗示她红宝石所藏的方位。

她开始搜查放照片的那个柜子的抽屉,可什么也没有找到。只是在另一张照片的背后,她看到了另一张字条,什么热呀热的,内容都相差无几。渐渐地,她似乎明白,照片或者与萨巴什形象有关的东西,可能会透露红宝石的秘密。

此后一小时,她寻遍了大半个府邸,专门在绘画和照片后面寻找留言,让她感到泄气的是,从内容上看还是猜不出藏宝的地点,上面基本上大同小异,总是说她热了,或者说她更热了。

最后,她来到一间起居室里,看到一幅与萨巴什真人一样大小的肖像,朱莉娅心中不由得一阵激动:对,红宝石一定是在这里!

她用手在画框边缘的四周摸索,果然,她找到一个按钮。按下按钮,只听"吱"的一声响,肖像画移到一边,空位置上出现了一部电梯。

电梯用来干什么? 朱莉娅绞尽脑汁地想着。对,乘电梯可以到达地窖,啊,红宝石就藏在下面的地窖里! 想到此,朱莉娅用颤抖的手点燃了一支烟,想稳稳神,可心还是在"怦怦"狂跳,打火机差点儿烧到了自己的手指。

朱莉娅揉揉眼睛,朝肖像画走近了一步,这时她看到了萨巴什眼中流露出一副古怪的神色,不由本能地朝后退了一步。

下一步怎么办? 她再转过头看看已打开了的电梯。那电梯看上去好像是特制品,里面衬了丝绸,显得雍容华贵,说来也怪,这电梯对她来说就像有一种磁力,不知不觉间,她居然就跨了进去。

忽然,她眼前一亮,发现红宝石居然就在前面,镶嵌在电梯的按钮里。她伸手便去拿那颗红宝石,就在这时,电梯缓缓关上了门,接着就是一声轰响，电梯启动了，向下降去。

　　朱莉娅心里一阵恐慌，生怕这电梯就此一路坠落下去。然而，电梯并没有一坠到底，而是一级一级有节奏地往下降着。砰，电梯似乎着了底，朱莉娅心里的石头也落了地，她觉得自己刚才过于紧张了，她擦了擦额头上冒出的冷汗。

　　就在这时，从地底深处传来几下"咔哒、咔哒、咔哒、咔哒"的声音，接着便是一阵沉闷的吼声。朱莉娅刚放下的心重又提到了嗓子眼：这是怎么回事？与此同时，她头顶上的扬声器里，响起了一种似乎不祥的音乐，前几天她在萨巴什的葬礼上听到过。这时，她突然发现，这音乐声正陪伴着她随着电梯往下降。这到底是怎么回事？

　　朱莉娅头上的冷汗"嘀嘀嗒嗒"直往下掉。这时候，电梯内的空气越来越热，每一分一秒都充满了不可言喻的恐惧，朱莉娅用力按按钮，想让电梯停止下降。

　　"你更热了，亲爱的！"这时，扬声器里传来萨巴什古怪的声音。

　　电梯还在下降，朱莉娅的喉咙像是被扼住一样，越来越热，越来越热，热得她无法忍受。直到最后一刻，朱莉娅终于醒悟过来：萨巴什是个王子，按照他们古老的习俗，王子死时，要在柴堆上将王妃活活烧死。也就是说，电梯正把朱莉娅送入一个火炉，在她开动电梯的时候，火炉也同时点燃了。

　　啊，明白了！什么电梯，它实际上就是一具特制的活棺材！此刻，朱莉娅心中充满了悔恨、恐惧、愤怒和无奈，"萨巴什，"她尖叫道，"你——"

　　炉内的温度足以熔化红宝石，将朱莉娅最后的声音也吞没了……

(改编：李　华)
(题图：箭　中)

绝地逢生

手无寸铁的女人碰上个持刀的歹徒，你说咋办？是举手投降、任其宰割，还是奋起抗争，来个鱼死网破？除此有无第三条路呢？当然有，那就是——

青年女工杨小兰，聪明美丽，性格开朗，嫁了个丈夫也不赖，要貌有貌，要才有才。不幸的是，小兰脸上突然生了个瘤，而且长得特快，俏美的人一下变成了丑八怪。到医院一检查，说是恶性肿瘤，医生还悄悄告诉她丈夫："她这病，目前全世界都没人能做手术，别折腾了，买点好的给她吃吃吧。"

丈夫听了这些话，心都冷了一半，再看看她那模样，更觉得恶心，于是整天唉声叹气的，待她也一日不如一日了。但杨小兰并不责怪丈夫，反而笑笑说："我不想连累你，咱们离婚吧。"就这样，夫妻分了手，她过起了独身生活。厂领导劝她休息，她说："我是个快死的人，等死不如干死，活一天干一天，死了也算革命到底了。"她除了弄点偏方治病，还是照常上班。

这一天，她下班回来，正打算烧饭，突然闯进个人来，这小子二十四五岁，满脸杀气，手握一支枪，顶住杨小兰的脑门，喝道："老实点，不然就废了你！"

杨小兰先是一惊，随即明白了是怎么回事。她冷冷一笑，说："干啥？装腔作势的，你那烧火棍吓别人行，对一个癌症患者来说，不起作用！"

歹徒打了个激灵，问道："屋里还有什么人？"

"就我自个儿，过几天我蹬了腿，就没人啦！"

那歹徒牙齿咬得咯咯响："算你会说话。快，来点吃的，老子饿了。"

杨小兰一听，打开橱门，说："你看，生米你能吃？是不是等一下，我给你做点，俗话说同病相怜，咱俩都是要死的人啦，我不疼你疼谁？"

"闭了你那臭嘴。"歹徒吼道，"快弄吃的，老子吃饱了跟你玩一玩，丑我也将就啦，哈哈哈！"歹徒拽把椅子，端坐，举枪，看着她。

怎么办？杨小兰四下一看，厨房里只有个铁窗，慢说歹徒有枪，即使没枪，这膀大腰粗的家伙，对付个病弱女子，还不像抓只鸡一样容易？

杨小兰脑子里盘旋开了。她拿刀切肉，想用刀砍那歹徒，可离着远点儿。于是她拿着刀叉假装去找面粉，歹徒立刻吼道："把刀先放下。"你想想，就算是能靠近他，没等刀落下来，歹徒的枪早就响了。这该死的枪啊，落到坏人手里真是要命。

杨小兰又一次问自己：怎么办？在饭菜里下毒？可是没毒药，连安眠药也没有，如果让歹徒吃饱喝足流窜到外面，又不知该有多少人遭殃。而且那歹徒吃饱喝足了，说不定真会对自己施暴，然后再把自己掐死、勒死，或者打开煤气熏死……反正他不会让自己活着去报案。想到这里，杨小兰不禁打了个哆嗦，她从没怕过死，但这种死法她怕。

不过，杨小兰到底是杨小兰，炒好一个菜，她心里已经有了主意。她镇定自若地对歹徒说："好事成双，我再做一个菜，陪你喝点酒。"接着，她涮了下马勺，把它坐在打开的煤气灶上，然后拿过塑料油桶，把里面的油全倒在马勺里面，足足有二斤左右。她一边利索地干着这一切，一边愉快地哼起歌来，随后就开始细心地切肉、拣菜。

歹徒心里暗笑：臭娘们，打算灌醉我呀？哼，看我喝它两瓶酒照样打麻将。不过话到嘴边口气倒变了："大姐，快点儿，兄弟真饿了。"

"这就对了,"杨小兰朝他笑笑,"是应该态度和气点,和气生财嘛,伸脖子瞪眼的你累不累呀?今晚算是缘分,我这病鬼没人登门,说不上处出感情来,咱俩赶明儿到阴间成了鬼伴儿。"

"大姐,求你说点吉利的好不好?"

"看我这嘴。不过也没啥,人活百岁总是死,对不对?"

杨小兰有一句没一句地搭讪着。这时,马勺的油上烟了,她借身体的掩护伸手把煤气开关关了。她的心"怦怦"跳得厉害,成败在此一举,无论如何不能让这坏种到别处再去害人。杨小兰是左撇子,她端起马勺,后撤一步,说:"唉,这饭怕是吃不成了,咋断了气呢?"

歹徒一听,刚才不是好好的吗,怎么又生出名堂来,不由凑过来看。

说时迟那时快,就在这一刹那,杨小兰左手一马勺滚油整个儿泼在那歹徒的脸上,与此同时,歹徒的枪也响了,杨小兰倒在血泊中……

杨小兰醒来,已经是三天以后了,医生把她从死神的魔爪下夺了回来。歹徒那一枪打得真绝,恰恰从杨小兰的恶瘤处穿过,透后脑,没伤着大脑,却把个恶瘤打得踪迹全无。杨小兰在医院里住了半年,经过整容,仍然是天仙似的一个美人儿。她笑嘻嘻地说:"如今死不了啦,应该放点精力研究研究,子弹说不准能治癌,那东西谁不怕,何况是小小的癌细胞。"

再说那天枪响,惊动了左邻右舍,大家跑出来一看,只见月光下,那歹徒抱头鼠窜,手里还挥舞着枪。几个胆大的悄悄潜到他身后,一夺下他的枪,他就昏了过去。大家一看,他满脸没了皮,双眼看不见,有的地方已露出了骨头。送医院抢救,经审讯,原来这歹徒是个有七八条人命的杀人狂。杨小兰最大的遗憾是她出院后得知,那歹徒已被处决,血债累累,铁证如山,不需要杨小兰出庭。杨小兰后悔地说:"我应该给他送点好吃的,那家伙,枪打得太艺术了。"

(顾文显)

(题图:其 畏)

第三具尸体

在城郊小山脚下,有一幢孤零零的小楼,楼里住着一位年轻的姑娘。她叫吕小芬,是火柴厂的工人,也是市里小有名气的故事员。

这天晚上,她为了迎接省里举办的故事演讲比赛,正对着大衣柜的镜子练习她的参赛故事,突然传来一阵敲门声。吕小芬以为是她男朋友雷小鸣来了,连忙跑出房间,拉开了大门。谁知进来的并不是雷小鸣,而是一个陌生人。他身材高大,面色憔悴,头发蓬松,衣衫破乱,踉踉跄跄地进了门,伸出一双脏手,可怜巴巴地说:"姑娘,你行行好,给点吃的吧!"

吕小芬从菜橱里拿出两个冷馒头,那个人一把夺过,狼吞虎咽地吃了起来。吕小芬见他这模样,就问:"你是什么人?怎么弄成这样?"

那人端起桌上的半杯凉开水,"咕嘟咕嘟"一饮而尽,抹了抹嘴说:"这你别问,我只想借你这风水宝地,好好休息一下,天亮后我就走,我要到公安局报案去。"

吕小芬说："不，这里就我一个人，很不方便，我现在就陪你去公安局，他们会安排你休息的。"

那个人鼻孔里哼了一声，说："既然你不欢迎，我马上就走，但我有个小小的要求，请你给我煮杯咖啡！"

吕小芬一惊："怎么，你还要喝咖啡？"

那个人从腰里摸出一把匕首，往桌上一戳，虎着脸说："是的,我要喝咖啡，多放点糖！"

见了匕首，吕小芬知道来者不善，但她有什么办法呢？喊吧，四周没有人家；打吧，不是他的对手。她只得乖乖地给他煮了杯咖啡，又放了些糖，端到他面前说："你喝吧。"

那个人将一杯咖啡喝完，精神倍增，便朝吕小芬笑笑说："你不是想知道我的身份吗？我现在告诉你，我是个抢劫犯。前不久，我抢了一个储蓄所，被公安机关逮住，关进了监狱，我以为这下完了，不枪毙也是无期。谁知吉人自有天相，前天竟让我逃了出来，并且碰到了你这位既漂亮又善良的好姑娘，我是不会忘记你的。"他讲到这里，"嘿嘿"一笑，"啪"地站起，抓住桌上的匕首，对准了吕小芬的胸膛，命令道："走，到你卧室去！老子已经好长时间没和女人睡过觉了。"

吕小芬被逼得一步步往后退，当她退到床前时，突然叫了起来："你不能过来，这下面有两具尸体！"

歹徒一惊，问道："怎么，你也杀了人？"

"对，你快走吧，不然，你也成了杀人犯！"

"不，我不走，我要知道事情的真相。你说，这是怎么回事？"

"这是我们的家事，没有必要告诉你，你快离开这里吧。"

吕小芬越不肯讲，歹徒越想知道。他晃了晃匕首，凶狠地说："你快讲！"吕小芬没办法，只得答应："你既然一定要知道，那就请你坐下，我讲给你听。"

她喝了口水，像讲故事一样，讲述了她杀人的来龙去脉……

"这幢房子的主人是我父亲的姑妈。她中年丧夫，身边只有一个面黄肌瘦的女儿，叫宋丽娟。为了使财产不落外人之手，也为了给宋家传宗接代，老女人把我父亲接来作为养子，并将女儿许配给他。可我父亲根本不承认这桩婚约，并且在他大学毕业后，和一位姓杜的女同学结了婚。老女人知道后，气得暴跳如雷，大骂我父亲忘恩负义。正在她气得鼻孔朝天的时候，她女儿又病情加重，吐血死了。老女人因此越想越气，越想越恨，一个加急电报，将我父亲召回家来。她取出一张两千元的存单，满面笑容地对我父亲说：'孩子，过去我一直把你当亲生儿子一样看待，但我却只能留住你的身，留不住你的心，既然这样，你就远走高飞吧，这点钱算是我做姑妈的一点礼物。'她说完，又亲手煮了杯咖啡，加了些糖，端到我父亲面前说：'孩子，喝了这杯咖啡，提提神。'我父亲见姑妈如此通情达理，就高兴地把这杯咖啡喝了，并说：'姑妈，钱你放着自己用吧，你放心，我不会忘记你的恩情的。''这就好，这就好。'……他们这样谈着谈着，突然，我父亲觉得肚子一阵阵绞痛，'扑通'一声倒在地上，七窍流血，气绝身亡……"

歹徒听到这里，失声叫道："啊！那咖啡里有毒？"

吕小芬说："对，那白糖就是剧毒药品。老女人见我父亲死了，就将他的尸体砍成几块，埋进这床下的地底里。这就是我说的第一具尸体。"

歹徒急切地问："还有那第二具尸体是谁？"

吕小芬说："你别急，听我往下说呀。"她喝了几口水，又说开了……

"父亲死后，我母亲到处打听父亲的下落，经过五年的努力，终于得知我父亲已被那个老女人害死。本该到公安机关告发，但没有证据，她只得把仇恨埋在心里，直到我十七岁那年，母亲得了重病，她才把事情的经过详细地告诉了我，并要我设法报这杀父之仇。母亲死后，我以老女人孙女儿的身份，来到这幢楼里，并且对她百般奉承，逐步取得了她的信任和欢心。后来我终于发现了那瓶害死我父亲的白色毒药，于是我决定以其人之道还治其人之身，毒死老女人，为父亲报仇。

"一天晚上，老女人说：'小芬，给我煮杯咖啡，多放点糖！'我当然一一照办，并且看着她把一杯咖啡灌进肚子里。没过多久，她开始在床上打滚,接着'咕咚'一声翻落在地上,瞪着眼睛说:'你、你放的不、不是糖,是、是毒药!'当即口吐鲜血,死了。这就是埋在这里的第二具尸体。"

这时,歹徒的脸色已变得铁青,额角上虚汗直冒,他似乎觉得肚子已隐隐作痛。他想站起来,可是浑身无力,手里的匕首也跌落在地上。他无力地叫道:"你咖啡里放的不是糖,是毒、毒药……"

吕小芬说:"对,你就是这里的第三具尸体!"说完,她冲出家门,来到街边电话亭,一个电话打到公安局,报告了案情。

不一会,警车来到吕小芬家门口,几个公安战士冲进门去一看,歹徒倒在地上,已经断了气。

他们问吕小芬:"他是怎么死的?"

吕小芬说:"不知道,我只是给他讲了个瞎编的故事。或许是极度的心理恐惧,把他给吓死了吧!"

(李来复)
(题图:胡国强)

隔墙有眼

小王在单位附近租到一套房子,租金低得让人不敢相信。小王说是自己运气好,可单位里的人都说这里一定有原因,劝小王留个神。小王于是就疑上疑下起来:莫不是这房子里死过人吧?

果然,小王这天无意中听几个打拳的老头、老太在议论,说小区里一对小相好有一天不知为什么事情大吵了一夜,之后好像就再也没有见到过那个女的;而男的就开始天天深更半夜在房间里粉刷墙壁,在把房间重新装修过之后,也突然消失了。

他们说的该不会就是我现在租的这套房子吧?难道是这个男的把女的杀死后砌到墙里去了?

小王这么一想,就觉得后背阵阵发凉,再走进这套租来的房子里时,感觉就完全不一样了,总觉得好像有人在盯着自己。他吓得心里"怦怦"直跳,身子一软就倒在了床上,又突然发现床对面墙壁上的一片水渍怎么越看越像个人形,那姿势就好像一个女人挣扎着要出来的样子。

小王紧张得毛骨悚然,拉过被子蒙住头,动也不敢动。

这天夜里,他一直在做噩梦,梦见那对小相好在大吵大闹,后来男的一气之下用绳子勒死了女的,把女的尸体埋进墙里,女的一面挣扎一面大喊:"放我出来,放我出来!"喊声越来越凄厉,直到最后把小王给吓醒。

小王实在不能忍受这样的精神折磨了,也不知哪来的勇气,他"噌"地从床上跳起来,操起一把锥子就去捣床对面的那堵墙。

捣呀捣呀,终于捣开了一个小洞,他看见洞里面,一只眼睛正瞪着他。

天哪,难道人们的传说是真的?

突然,那只眼睛变成了嘴巴,并且开始说话:"隔壁,深更半夜的,你挖我们家墙壁干什么?吃饱了撑的!"

(改编:石　头)
(题图:李　加)

噩梦·异事

emeng yishi

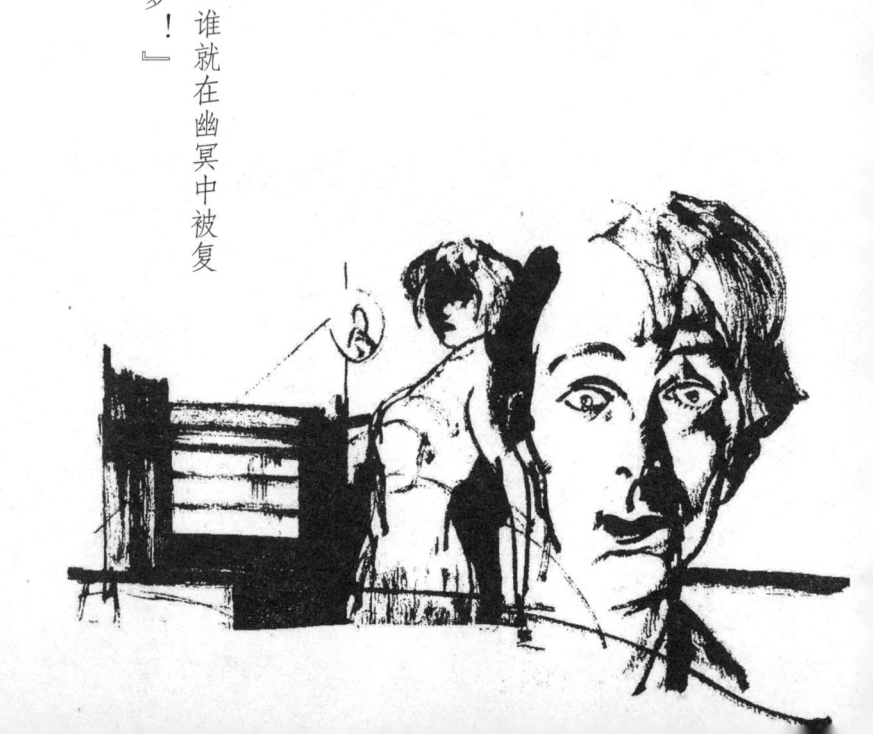

谁在太阳下微笑着吞食仇恨，谁就在幽冥中被复仇之手扼住咽喉：『欢迎来到我的噩梦！』

魔猫

一个宁静的星期天早晨,两和超级市场的大老板兼复利企业的总裁庄平栋,正兴致极浓地在花园里打高尔夫球,突然听到花园一角的车库那儿传来了妻子念娟的惊叫声。庄平栋赶忙奔过去一看,只见妻子脸色苍白,僵在那儿,眼睛瞪得老大地盯着车库的一个角落。庄平栋忙问:"怎么啦?"

念娟颤抖着说:"猫,猫,夏家那猫又来了!它们,它们来报仇了!"

庄平栋听说是猫,宽心地笑了一笑,就走进车库。车库里黑呼呼的,只见一个角落里射出四道蓝幽幽的光来,再定睛一看,只见两只像小狗一般的大黑猫,一只虎视着自己,一只在"格格格"嚼着什么。庄平栋扬扬手,做了个打的手势,喝道:"滚!"

谁知那猫非但没逃,一只弓起身子,示威性地向他发出"呜"一声叫;另一只似乎根本不把庄平栋放在眼里,仍在嚼它的东西。这一下把庄平栋惹火了。他伸手从壁上的木架上抽出一把铁钳,"啪"掷了过去,两只猫"喵一声，灵敏地一跳，避过铁钳，窜出车库，跳上花园围墙，又蹲在墙上，虎视眈眈地望着庄平栋。庄平栋怒不可遏，忙叫念娟拿来杀虫喷器，朝两只猫喷去。两只猫又"喵"一声，跳进花园，一会蹿上花架，一会跳进水池，像故意在逗庄平栋，累得他直喘粗气，却没碰到猫的一丝毫毛。庄平栋只得叫妻子来帮忙，不料念娟还没打到猫，那猫却主动进攻，"呼"地向她扑来，吓得念娟"呀"摔倒在地，两只猫在她身上一擦而过，向花园大铁橱窜去。

庄平栋哪肯罢休，折了一根树枝继续追打。当他追到铁栅时，忽然被一个人挡住去路，一看，是女儿美凤。美凤问道："爸爸你干什么？"

庄平栋说："你走开，我要打死这野猫！"

"爸，那不是野猫，是夏家的黑猫。它们是来玩的。"

"什么来玩？它们跑来捣乱，把你妈吓坏了，你看！"

美凤望了望母亲，说："爸，那猫没了主人，怪可怜的，你就可怜可怜它们吧！"庄平栋无可奈何地叹了口气，丢掉了手中的树枝。

这两只大黑猫来此捣乱，庄平栋早听妻子说了。近几个月来，两只猫常常窜来打扰，不是在小客厅里撒尿，就是在大客厅里拉屎；有时瞪着闪闪发光的眼睛，恶狠狠地望着念娟；有时蹿到花园温室内，咬坏念娟心爱的洋兰；有时深更半夜发出悚人的叫声，吓得念娟胆颤心惊。以往庄平栋听念娟说猫来报仇的话，只是一笑了之，从没往心上想，可今天他亲自碰到了两只猫来闹事，感到蹊跷了，不由地想到他与夏家不寻常的关系。

夏家是庄平栋的房客，名叫夏福清，是一家纤维公司的老板。他有个妻子和一个女儿。去年夏天，夏福清公司破了产，自己又得了肝病。面临厄运，生活发生困难，夏太太只得去当雇员，女儿也只得退学当售货员。但即便如此，也无法挽救厄运。夏太太只得来庄家求借，可是，庄平栋不但分文未借，还让念娟向夏太太催逼房租。

俗话说，祸不单行。就在夏福清贫病交加时，他又被警方确认为纵火嫌疑犯而遭拘捕。夏福清在入狱的第二天，上吊自杀了。可是，庄平栋竟趁人之危，逼夏家母女搬迁，而且指使手下人处处刁难逼迫夏家母女。他们在夏家大门上贴上"纵火犯"纸条，又收买流氓在夏门前焚化夏福清的人像。

面对如此精神挑战，夏家母女忍受不了了。一天，夏太太打了个电话给念娟后，母女俩双双自杀了。

夏家养有两只猫，庄平栋是知道的。一只叫阿墨，一只叫阿黑，生性机灵凶猛，不仅捉鼠，且能守门，常常把附近的野狗咬得不敢靠拢夏家的边。夏家母女死后，一座大房子就剩下两只黑猫了。

庄平栋是个聪明人，他当然明白夏家家破人亡，和他有直接关系。当然，庄平栋并不迷信，他不相信在科学昌明的时代，夏家母女的灵魂会附在黑猫身上来报仇。但面对黑猫那冷冷目光，再联系往事，他也不由得倒抽了一口凉气。

自从那天两只黑猫来捣乱后，念娟的情绪越来越坏，尽管庄平栋四处抓药求医，念娟仍日渐消瘦，弄得庄平栋心烦意乱，索性一个人搬到书房去睡了。

有一天，庄平栋外出巡视业务，来到离家不远的分公司，到了晚上，他打发司机驾车回去，自己独个儿踏着月色步行回家。他一边抽烟，一边漫步走着，不知不觉竟走到夏家的门前。他猛然想起，听说自夏家母女死后，这里常常闹鬼，便把烟往地上一丢，暗骂一声："他妈的，闹什么鬼！"便朝花园里走去。只见花园里一片荒芜，门庭也已剥落。他搓搓手正想离去，忽然听到"喵、喵"两声猫叫，庄平栋不禁一怔。就在这时，忽然见一个黑影"忽"地从他面前一闪而过，等他定眼看时，那黑影已闪入夏家。庄平栋感到奇怪，似乎看出那黑影是个穿着黑色套裙的少女。他觉得少女的身影很熟，刚想细看，忽然吹来一阵冷风，吹得他禁不住打了一个寒噤。

他慌忙截了一辆"的士"回家，在车上他想起了那少女的身姿活像自己的女儿美凤。

当他进入自家花园时，见妻子念娟正坐在水池边的帆布椅上，他信口问道："娟，美凤呢？"

"还没回来。"

庄平栋心一紧,忙又问:"哪去了?"

"我怀疑美凤去了夏家。"

"什么?去夏家干什么?"

"她去看两只猫。"

"猫?"庄平栋的眉头皱得更紧了。

念娟说:"我正要跟你谈这问题。先吃饭吧,吃了饭再说。"庄平栋哪有心思吃饭,便把妻子叫进书房。

两人坐下后,他没开口,默默地盯着她的脸,心里又是一怔:只不过一星期,妻子的脸色白得像纸,眼角添了不少鱼尾纹,往日的艳丽全消失了。他禁不住怜爱地说:"娟,你老了。"

念娟无精打采地叹了口气。过了一会,才怯生生地说:"你最近有没有发现美凤有点不对劲?"

"没有,你发现了什么?"

"我觉得美凤变了,变得不像美凤了。"

"什么?"庄平栋一听这话,"啪"从椅子上跳起来问,"快说,变了什么?"

"她吃东西变了。以往她从不喜欢吃鱼,可最近忽然喜欢起鱼来,而且喜欢吃生鱼。"她顿了顿又说,"美凤一向好动,可最近走路很轻,不讲一句话。我,我怀疑她变成了猫……"

"放屁!"庄平栋突然打断念娟的话,"你、你,我看你应该去看医生,简直越来越糊涂了!"

念娟大声坚持:"我没糊涂。我问你那天在车库里有一只猫在咬嚼东西,你看到吗?"

"看到了。"

"它嚼的是什么你看清楚吗?"

"灯光太暗,没看清,也许是老鼠吧。"

念娟突然大嚷道:"不,不是老鼠,那是人的手指,是个少女的手指!"说完捂脸大哭起来。庄平栋吓得一抖,忙上前用手拍拍念娟的肩头。念娟突然大喝一声:"别碰我!都是你干的好事,是你作了孽!"说完陡然站起来,恶狠狠地望着庄平栋。

庄平栋见一向柔和温顺的妻子如此失态,大为惊愕,就在这时,突然又听到一声猫叫,这声叫,叫得庄平栋心里一凉,叫得念娟大惊失色。夫妻俩正你望我,我望你时,一旁传来美凤的叫声:"爸爸,妈妈,我回来了。"

庄平栋见女儿回来,心里一块石头放下了。美凤打了招呼后,往二楼睡房走去,可奇怪的是,她走在那木制的楼梯上,竟然一点声音也没有。

女儿这一异常行动,使庄平栋刚安宁下的心又怦怦而动。他低声对念娟说:"你跟我一起去看看。"说完二人悄悄来到美凤的房前,轻轻一扭门,门上了锁,附耳听听,里面一点声息也没。他俩弯腰从钥匙孔朝里一看,惊得差点叫出了声。只见女儿美凤穿着黑套裙,像猫一样地伏在地板上,她的身旁蹲着一只大黑猫,那黑猫不时挥动利爪,轻轻拍打着美凤的面孔。美凤也用右手,抚弄着大黑猫,看上去犹如两只猫在嬉戏玩耍。

庄平栋看不下去了,折转身下楼而去。念娟匆匆朝钥匙孔里望了一眼,也慌慌张张追着丈夫奔下楼,她的脸色已变成了死人一般。

这一夜夫妻俩都没睡好觉,他们横想竖想,也无法解释女儿为什么会这样。

第二天一早,庄平栋步入餐厅,就见女儿美凤已坐在那儿。庄平栋看看她的脸,见她脸色红润,和平常一样,心里的疑团又消失了。等女佣送上早餐,美凤拿了一块面包,往嘴里一塞,站起来朝庄平栋微微一笑,说声:"爸,我约了朋友了,先走了。"说完,轻盈地走了。

美凤一走,庄平栋把念娟叫来,说:"我看美凤很正常,你别胡思乱想了。我明天去东京,一星期回来。你好好休息休息。"

过了一个星期,庄平栋回来了。念娟独自到机场接他。他一见念娟,又吓了一跳。他真没想到,只过七天,妻子居然恢复了原状,瘦削的脸庞丰满了,无神的双眼充满了光彩,瘪塌塌的胸脯也富有弹性地高高耸起。简直一点也看不出她已是个年过半百的人。

坐在汽车里，庄平栋忍不住问："派人去过夏家吗？"

"派过，但没找到那两只猫。"

"猫哪去了？"

"平栋，管它什么猫不猫的，咱以后不要提它了，好不好？"说着，她偎到他怀里，把手伸向他。庄平栋握着那手，觉得出奇的柔软，出奇的温暖，暖得他心里阵阵燥热，不由得把手向念娟胸前伸去……

庄平栋回家过了一星期，家里平安无事。但令庄平栋奇怪的是妻子每夜都要挑逗他行房事，有时甚至一次还不过瘾。他心想，过去妻子不曾有过每夜都有需求呀！难道是她更年期的反应？这么一想，他释然了。

这一天，念娟和美凤一早买了票去看粤剧。庄平栋吃过早餐便进书房办公。刚坐下，女佣阿媚走了进来，说她打算辞职不干了。庄平栋惊讶地问她为啥，阿媚脸露惊恐神色说："太太小姐夜尿。我每天给她们收拾被子，被子都湿了一大片，床褥上还有鱼鳞！"说着，她又递给庄平栋一个布包。庄平栋打开一看，里面是一只小鸟的残骸。阿媚说："这是我从太太的床底下找到的，是太太心爱的画眉鸟，是给猫咬死的！"庄平栋没听完，就颓然地瘫倒在座椅上了。

这天晚上，直到深夜12时过后，念娟和美凤才笑嘻嘻地回来。庄平栋接说倦了，不动声色地上床假睡，还故意发出鼾声，偷偷地窥探妻子的动静。到了破晓时，只见念娟悄悄起来，穿上睡袍，打开门，无声地出了房间。庄平栋立刻从床上一跃而起，暗暗跟着。他见念娟进了美凤的房间，接着两人轻飘飘地下了楼，穿过客厅，开了落地窗门，走入花园，来到水池边。庄平栋忙隐身在一株松树背后，忽然，见美凤一弯身子，伸手从水池里抓了一条活蹦活跳的鱼，送进嘴里大嚼起来。

看到这情景，庄平栋已确认那两只黑猫已经附在了妻子和女儿身上了。现在的念娟和美凤已不再是自己的妻子和女儿，而变成了两只猫！自己再和她们生活下去，有一天，也会像池中的鱼一样，被她俩活活咬死。

这么一想，庄平栋立时冷汗直冒，他不甘心这样不明不白死去。他一咬牙，转身上楼，回到书房，拿了一支左轮手枪，再回到花园，他打算打死这两个女人。他举起手枪，刚要扣动扳机，猛地又想到既然两只黑猫附上了念娟和美凤的身躯，那她俩的真正躯体被弄到哪儿了呢？他断定准是在夏家。于是，他转身骑了脚踏车，赶到夏家。

如今的夏家黑洞洞的一片死静，他刚停好车，突然听到二楼传来了女人的啜泣声。他抬头朝二楼一望，看到那熟悉的窗帘，他不由心里一抖，眼前出现了自己干的一件丧天害理的事来。

那是在夏家母女自杀的前两天晚上，庄平栋带着酒意，强奸了夏太太，而且兽性大发，一次又一次地一直摧残到天亮才离开。两天后，夏家母女就自杀了。现在，他听那哭声，很像夏太太，他惊诧地忍不住上了二楼。

他推开房门，一眼看到角落里正蜷缩着两只黑猫。黑猫一见他，立即从四只眼里放出刺人的电光，猫毛倒竖，那姿势好像立即要向他扑来。他惊骇了，一抬枪，"砰砰砰"一连开了六枪，两只猫被枪击中，躺倒在地。

不料，等庄平栋抹抹额上的冷汗，再定睛一看，呀！躺在地上的哪里是猫，而是他的妻子念娟和女儿美凤……

(冬　草)

(题图：阿　宝)

太平间里的交易人

里鲁斯今年40岁,在拉哥斯南方医学院工作了20年。乍听起来,还挺令人羡慕的,不过,你千万别误解了,他既不是上讲台的教授,也不是拿手术刀的医生,而是一个太平间的服务员。他的工作是每天从福尔马林容器里,把冷藏尸体弄出来,搬到铝制桌面上,供学生们上解剖实验课用。等课程结束了,他再将尸体送回容器,妥善保存。里鲁斯心态很正常,他要抚养7个孩子,哪能对工作挑肥拣瘦?因而干起活来,"吭哧吭哧"很卖力。

这天,里鲁斯和平时一样,走进太平间,动作麻利,不到一个小时就把活干完了。他直起身伸了伸懒腰,一边褪下橡皮手套,脱下工作围裙,一边久久地环视太平间……正在这时,墙上的挂钟"当、当、当、当、当"连敲了五下,医学院的学生们开始进入房间。"晚上好,里鲁斯先生!"学生们笑着同他打着招呼,里鲁斯也微笑着还礼。他坐在分隔式小房间的凳子上,看着学生们围在桌子周围,有些学生坐在那里工作起来,有些则站着开玩笑,对这间小屋评头论足。

里鲁斯今天心情很好,想到6点钟的约会,他就一阵激动,那是一个他盼望已久的约会,虽说交易的细节对他来说还云遮雾罩,但他的朋友詹姆士曾代他洽谈过这笔交易,并向他保证能让他捞一大笔钱。有一大笔钱,就能把儿子送进大学……里鲁斯正美滋滋地想着,一个学生冒冒失失闯了进来,说:"对不起,里鲁斯先生,有人在外面等你。"

里鲁斯皱皱眉,看看表。现在才5点30分,交易的时间还没到,怎么提前啦?但里鲁斯还是走了出去,见是他大儿子皮特在等他,他没好气地说:"找我有什么事?"

"妈妈问,阿尔弗雷德和玛丽是不是和你在一起。"阿尔弗雷德和玛丽是里鲁斯最小的公子和千金。

"和我在一起?他们怎么会和我在一起呢?我不是要他们去山姆叔叔那儿等着,好让你去接他们吗?"

"我——我不知道你告诉他们了,我——我没到山姆叔叔那儿去。"

"你没有到那儿去看?"

"没有,爸爸,我——我——"

"你这个大笨蛋!你应该首先到那儿看看,然后再到这儿来。"里鲁斯吼道,转身就返回太平间。"白痴,"他嘴里骂骂咧咧,一屁股又坐到了凳子上,抬起头瞥了一眼钟:6点还差20分。一想到马上就要来的交易,一阵快意掠过他的全身,他又一次笑了。

读到这里,读者可能要问,到底是什么交易?先透个底:原来,前两年南方医学院委托里鲁斯购买尸体,他偶然发现这件事可以带给他一个赚钱机会。最来钱的便是购买因交通事故和自杀造成的无人认领的尸体。以前,这种尸体很好弄到,可如今,随着交通事故的减少,且新成立的医学院数量急剧增加,尸体越来越少了,其价格每具高达5000奈拉,小孩子的尸体更贵些,尤其是胎儿尸体,医生们要用他们来研究先天性疾病包括遗传缺陷,甚至胚胎学。

里鲁斯很善于购买尸体，并把其中的一些尸体再转手卖给其他医学院和做骨骼生意的公司。里鲁斯的交易后来被妻子察觉了，一天，妻子拿着一份报纸递到他的面前，他一看，是关于一些不法之徒从事贩卖尸体勾当的报道，就不屑一顾地对妻子说："只要我不杀人，就没有什么可担心的。我的工作只是买和卖。"妻子见劝不了丈夫，也就不吱声了。从此，里鲁斯进一步扩大业务，越来越多的生意弄得他应接不暇了……

6点一到，里鲁斯悄悄地溜了出去。詹姆士果然在门口等着他，指着站在停车坪旁边的三个人说："他们人已经来了，和我先前告诉你的一样，这将是一笔诚实的好买卖，你完全可以放心。"他俩边说边向那些人走去。

那三人一看便知道是个小团体，为首的是独眼龙，长得又矮又胖，话虽不多，但说话的口气阴森森的，令人不寒而栗："我们每周向你提供三具尸体。"每周三具尸体？里鲁斯咂咂嘴，果真如此的话，他用不了多久就能满足他那些买主的需要了。独眼龙又补充说："这些尸体将以每具1000奈拉的价格提供给你，先付钱。"

里鲁斯听了热血沸腾，心想：如果他以1000奈拉买下一具尸体，就能净赚4000奈拉！十具尸体就能赚40000奈拉！他对自己的小算盘太着迷了，甚至没有听那人还说了些什么，脱口便说："我希望这次交易中能有一两具孩子尸体。"

"没问题，伙计。"独眼龙果断地说，"实际上，每次交易至少将包括一具孩子的尸体。"

"至少一个孩子？"里鲁斯呼吸急促起来:妈呀，一次就净赚6000奈拉！

"好吧，请付钱，天不早了。"独眼龙伸出手来说。

里鲁斯飞快地取出皮夹，手哆哆嗦嗦的，点着钞票。他把钱递到那人手里，向詹姆士看了一眼。詹姆士把嘴一撇，大大咧咧地说："你尽可以把钱付给他们。"

独眼龙把钱交给同伙，握住里鲁斯的手说："今天晚上8点钟，你会在太平间门口发现三个麻袋。"然后，这伙人招呼詹姆士钻进出租车，一溜烟开走了。里鲁斯心情愉快地回到太平间,做完他这一天的工作。解剖课拖得很晚,里鲁斯7点30分才回家,却见妻子焦急万分地等着他。

"里鲁斯,我们没有找到阿尔弗雷德。"她说,泪水顺着面颊淌了下来。

里鲁斯问:"玛丽在吗?"

"她在家。她说,阿尔弗雷德执意要到你办公室去而没有去山姆叔叔那儿。这以后我们就没见到他了。"

里鲁斯惊呆了:"山姆也没看见他?"

"没有。我还让皮特上他老师家里看过了。他有时候会呆在那儿。"

正在这时,皮特上气不接下气地跑进屋里:"爸爸!爸爸,弟弟的几个同学说,他们看见阿尔弗雷德一个小时前和一个男人上了一辆出租车。"

"一个男人?什么样的男人?"里鲁斯问,声音明显有些颤抖。

"他们说那男人有一只眼睛是瞎的。"皮特接着说。

"一只眼睛怎么啦?"里鲁斯喊了起来。等皮特把刚才的话又重复一遍后,里鲁斯想起了刚才的那笔交易,冷汗从他脸上慢慢渗出,他哀叫一声:"上帝呀!我完了。"他边说边去找手电筒。

"里鲁斯,怎么回事?那男人是谁?"里鲁斯夫人问,可她丈夫根本没有听见,他已经跌跌撞撞地朝医学院方向急步走去。

半小时后,他来到太平间,径直走向搁在门旁的三个浸满血迹的麻袋。他用小刀划开第一个麻袋,用手电筒往里面照了照,又去划第二个麻袋。当他划开最后那个麻袋,凝视着麻袋里他七岁儿子的尸体时,里鲁斯发出了一声凄厉的惨叫……

(改编:霍苹军)
(题图:箭　中)

神秘梦游

奇怪的哭声

　　河北邯郸有个叫丁文松的商人,他年仅三十七岁,经营着一个大酒店。丁文松的妻子余美华是位银行职员,清秀而且温柔,对丁文松百依百顺。儿子十四岁,叫丁南南,聪明、健康、懂事,年年被评为三好学生,一家三口住在市郊的一座小别墅里,环境优雅,空气清新。按说,他们的生活应该是一片阳光,没有一丝阴影,可天有不测风云,就在这年初夏,南南忽然得了一种很奇怪的病,让丁文松夫妻俩伤透了脑筋。

　　那是个电闪雷鸣、风雨交加的深夜,酒意正酣的丁文松刚刚躺到床上,忽听儿子的房间里"砰"的一声响,紧接着是南南的尖叫声,那声音充满了恐怖和绝望:"爸爸妈妈,快来呀……"

　　丁文松和余美华惊得灵魂出窍,急忙翻身起来,鞋也顾不上穿,赤着脚跑进儿子房里。余美华摸黑扑到儿子床前,颤着声问道:"南南,你怎么了?南南,你别吓妈妈……"

南南紧紧地搂着余美华,说:"我一直听见有个声音在我耳边喊,不停地喊……"

丁文松打开壁灯,柔和的灯光里,只见地上有个打碎的花瓶,水流了一地,南南脸色苍白,满头大汗,缩在余美华怀里,不停地颤抖着,像只受惊的小猫。丁文松顿时清醒了许多,他走到床边,为南南擦去额上的汗珠,说:"你是不是做噩梦了?"

南南急忙说:"不是的,不是的,我根本就没有睡着,怎么会做噩梦呢?"

丁文松问儿子:"你听到什么声音了?"

"一个小女孩的哭声,哭得好惨好惨。"南南皱着眉头诉说着,"小女孩边哭边和我说着什么,她的声音很轻,我怎么也听不清楚。她不停地哭呀说呀,我用手捂住耳朵,用被子蒙住头,可还是能听到她的声音,我真的好害怕……"

丁文松追问道:"你从什么时候开始听到这个声音的?"

"半个小时前。"

丁文松看看妻子,只见妻子正以无助的目光望着自己,他皱起眉头说:"真奇怪……南南,要不你和爸爸妈妈一起睡吧?"

南南说"好",丁文松便打了个酒嗝,抱起南南向自己的卧室走去,余美华也随后拿着儿子的小枕头跟了过来。南南躺在爸爸、妈妈中间,一手拉着爸爸,一手拉着妈妈,不一会儿就睡着了,泪痕未干的小脸上,这才露出了笑意。

余美华忧心忡忡地问:"这究竟是怎么回事?南南是不是病了?要不要带他去医院看看?"

丁文松伸了个懒腰:"别大惊小怪的,天不早了,快睡吧。"说着熄了床头灯。

第二天早晨,丁文松开着自备车送南南上学,路上,他问儿子:"南南,你还听到那个小女孩的哭声吗?"

南南摇着头说:"听不见了。"

"那好，到了学校，你要认真听课，别胡思乱想，好吗？"

南南连连点头："我知道。"

经过一个小摊点的时候，南南指着那个守着摊点的小姑娘告诉爸爸："她是我的同学，上个星期退学了。"

丁文松问："为什么？"

"她的爸爸妈妈离婚了，她爸爸为她找了个年轻、漂亮的新妈妈，她的新妈妈不准她上学，让她帮家里挣钱，她好可怜哪！我们班上有几个同学的爸爸妈妈都离婚了，他们的后爸后妈对他们不好，他们都好可怜哪。"说到这儿，南南仰起了脸，闪着那双大眼睛，可怜巴巴地问道："爸爸，你不会和妈妈离婚吧？"

丁文松笑着拍了拍儿子的头："净瞎说，爸爸怎么会舍得离开你妈呢？"

眨眼间到了学校门口，南南下了车，并没有急于和爸爸告别，他犹豫了片刻，说："爸爸，你能不能答应我一件事？"

丁文松说："我儿子的事，别说一件，一百件也答应。"

南南朝爸爸竖起了食指："不，我只要你答应一件。"

看着儿子那认真、稚气的模样，丁文松爱怜地刮了一下儿子的鼻尖："你说吧。"

"晚上，你能不能早点回来？我和妈妈好寂寞呀！"南南说着嘟起小嘴，向校门口跑了。丁文松意外地望着儿子的背影，摇摇头，正要发动汽车，猛地一怔：有人在车窗上敲了两下……

神秘的呼唤

丁文松扭头一看，原来是自己的高中同学刘立光，他如今已是誉满全城的名医了。丁文松忙下了车，上前和刘医生握手叙谈。两个人闲聊了几句，刘医生忽然问："最近府上没什么事吧？听琳琳说，南南这段时间有些反常。"琳琳是刘医生的女儿，和南南在一个班。

丁文松一怔："没有哇！"

刘医生满腹狐疑地审视着丁文松，说："听说南南现在像变了个人似的，不爱说了，也不爱唱了，也不认真听课了，整天呆在座位上胡思乱想。老兄你可不能只顾赚钱，我们这代人，以前已经亏待了自己，现在可不能亏待了孩子。"

丁文松忙不迭地点着头："我知道，我明白。"

"那好，我走了，有时间带着嫂子和南南上我们家坐坐去，你们可有些日子没来了。"丁文松连声答应，目送刘医生离去后，心里在说：南南呀南南，你究竟怎么了？丁文松长叹一声，满腹心事地上了车。

晚上，丁文松又是十二点多才回到家里，他打着酒嗝，摇摇晃晃地走进屋门，只见大厅里所有的灯都亮着，灯光下，妻子抱着儿子蜷坐在沙发上。丁文松有些恼火，将外套向沙发上一扔："都什么时候了，怎么还不睡？"

南南可怜兮兮地看着爸爸，说："我又听到那个小姑娘的哭声了，我真怕，你摸摸，我的心跳有多快。"

丁文松上前按住儿子的脉搏，果然，南南的心跳每分钟足有一百下。他有些发慌，酒也醒了一大半："南南，你感觉难受吗？"

南南抓住丁文松的手，说："我头晕，心慌，冷，浑身一点力气都没有。"

丁文松拨通了刘医生的电话，半个小时后，刘医生来了。经过仔细检查，刘医生告诉丁文松夫妇：南南有些感冒，心脏也不大好，心律有点不齐，是紧张、惊吓引起的。至于那个小姑娘的哭声，那就不是医学所能解决的了，可能是学习紧张引起的，也可能是受了其他什么刺激，总之，是心理上的病。最后，刘医生说："心病还得心药治，这就要靠你们做父母的多去关心自己的孩子了，我毫无办法……"

送走了刘医生，当天夜里，丁文松和余美华一夜没有睡踏实。

一眨眼过去了两个星期，这段时间里，每天晚上，南南都被那个奇怪的女孩哭声纠缠着、惊扰着。丁文松带南南看遍了医生，都毫无效果。南南整天精神恍惚，茶饭不思，眼见得胖胖的脸蛋变得消瘦，丁文松夫妻俩又心疼又着急,却又都束手无策。

这天,刘医生来看望南南,丁文松热情地留他吃饭,席间,刘医生说:"我想了又想,只要弄清那个小姑娘对南南说了些什么,就有可能找到病源,也就能够对症下药了。"

丁文松顿时眼前一亮:"是呀,我怎么没想到呢!"

刘医生走后,丁文松嘱咐南南:"你不要害怕,一定要仔细听清楚那个小姑娘对你说了些什么,知道了吗?"南南使劲地点了点头。

夜渐渐深了,南南躺在床上,双眼紧闭,眉头紧皱。丁文松和余美华在客厅里不安地守候着,大约过了一个小时,南南猛地翻身下床,跑到客厅里大声说:"我听见了!"

"真的?你听见了什么?"丁文松和余美华从沙发上一跃而起,急切地望着儿子。

南南告诉爸爸、妈妈,那个小姑娘边哭边说:"我好寂寞,没人陪我玩,你回来陪我玩好吗?我在老家等你,快点回来呀……"南南抓着丁文松的手哀求道:"爸爸,明天就开始放暑假了,你陪我和妈妈一起回老家去吧,好吗?"

余美华用期盼的目光望着丈夫,丁文松不假思索地说:"回老家西洋县?不行。"

南南噘起了小嘴:"为什么?"

"爸爸要挣钱,妈妈要上班,怎么能陪你回去呢?"丁文松想了想,就这样一口回绝了儿子的要求。余美华想说什么,又忍住了。

南南的眼上挂起了泪花:"可那个小姑娘总在我耳边哭,我不能好好读书,也不能好好休息,这次期终考试,我的语文和数学只考了七十多分……要是我不回老家,那个小姑娘会天天在我耳边哭的。"

丁文松犹豫再三,说:"要不这样,让你妈陪你回老家,到了星期天,我就去看你,怎么样?"

南南的脑袋顿时摇得像拨浪鼓:"不嘛不嘛,你也一起回去。"

余美华也试着劝丈夫："这些年你只忙着做生意,也该放松几天,就陪我们一起回去吧。"

丁文松点燃一支烟,沉默了片刻后,说:"明天,我再把刘医生请来,看他有办法没有。"

南南见爸爸没答应,闷闷不乐地回卧室去了。

当天晚上,丁文松很快入梦了,就在余美华将睡未睡的时候,忽然,一阵窸窸窣窣的声音将她惊动了。有贼?她心中一颤,悄悄用毯子蒙住头,使劲拧了丈夫一下。丁文松猛地坐起来,黑暗之中,忽见一个身影在缓缓移动……

惊魂在子夜

那个身影竟然是南南!只见他穿着一条短裤,赤着双脚向外走去。丁文松问儿子:"南南,要撒尿吗?"南南却一声不吭。丁文松觉得有些不妙,对余美华说:"快,快起来!"两个人慌忙披衣下床,跟在儿子后面,想看他到底要干什么。南南并没去卫生间,而是向楼下走去。丁文松紧跟在后,急着发问:"南南,你要干什么?"南南仍不说话,只是不紧不慢地向前走着,月光之下,南南的动作机械、僵硬,像个木偶一样怪异。

余美华又惊又怕,带着哭腔问丈夫:"南南这是怎么了?"

丁文松的心也是"扑扑"直跳,他强作镇静,对妻子做了个手势,说:"嘘——小声点,别惊动他!"

余美华浑身发抖,轻声问道:"南南究竟怎么了?"

丁文松说:"可能……可能是梦游……"

这时,南南已经走下了楼,皎洁的月色下,微微的凉风中,他准确地避开花池、树木等障碍物,利索地打开院门,毫不迟疑地向外走去。丁文松不远不近地跟着儿子,注视着儿子的一举一动,余美华紧紧地拽着丈夫的后襟,紧张得冷汗直冒。大约走了四百米,余美华忍不住了,说:"这样下去,他非感冒不可!"说着她跑过去拦住儿子:"南南,南南你醒醒!"

南南停下了,他的目光呆滞、无神,直直地望着远方。余美华又柔声说道:"南南,你累了,歇歇吧……"

南南身子一软,倒在地上,余美华忙抱起他,飞快地跑回家里。

当晚,丁文松和余美华轮流守在南南身边,生怕他再有什么意外。

第二天一早,丁文松就打电话给刘医生,把昨晚的怪事说了一遍。一会儿,刘医生就赶来了,他问南南:"昨天晚上,你是不是做什么梦了?"

南南说:"是呀,我做梦了……我梦见了一个小姑娘,她对我说:'南南,快回来吧,我好寂寞呀,我有好东西送给你。'我说,我爸爸不肯带我回去。她说:'那你可以自己走回来呀。'我听她这么一说,就向老家走。走着走着,我有些累,就睡着了。"

"看来,南南的病情越来越严重了。"刘医生回到客厅后,对丁文松夫妇说,"你们最好带南南回西泽县休养一段时间,只有这样,南南才有可能恢复正常,不然,他的神经迟早会出问题。"

丁文松避开了妻子企求的目光,问:"就没有别的办法了?"

刘医生摇了摇头,说:"这个奇怪的声音始终纠缠着南南,我认为,那不是他用耳朵听到的,而是用心灵。他可能被一个记忆困扰着,也许小时候他在西泽县遇到过什么事,这事在他心里留下了抹不去的阴影,当时可能没什么,如今,由于外界某些因素的诱导,使他隐藏在心底的记忆复苏了,比如,一件物品,一句话,一个人……等等。你们想想,他小时候可曾结交过一个特别的小女孩做朋友?"

丁文松说:"这……我也不大清楚,我已经很多年没有回老家了。过年的时候。美华偶尔带着南南回去看看,因为没有亲戚,所以最多住上三四天……"丁文松问妻子:"南南结交过奇怪的小姑娘做朋友吗?"

余美华想了想,说:"南南是认识一个小姑娘,而且,每次回家都和那个小姑娘玩,不过,那个小姑娘已经十三四岁了。"

刘医生听了眉头一跳,立刻追问道:"喔?她叫什么名字,有没有什么特别的地方?"

余美华说:"她叫黄玲玲,住在我们家对面。很乖僻,不大说话,其他也没什么特别的地方。她的父亲和你一样,也是个医生。"

"看来确是童年的记忆在作祟,除此之外,我没法作出其他解释。"刘医生起身收拾好东西,关心地说:"正好趁着放暑假,带南南回你们的老家西泽县去吧,在那里,或许能找到南南的病因。"

"真的没有别的办法了?假如回老家,我的酒店怎么办?"丁文松为难地说着,"老同学,你放心,我有的是钱,可以给他买最好的药。"

刘医生冷冷地看着丁文松:"我知道你很有钱,丁老板,可是有句话我相信你也听说过:钱,不是万能的。南南的病非医术和药物所能解决,希望你别拿儿子做这个危险的试验……有什么事及时打电话给我。"说完,刘医生便匆匆走了。

"为了南南,咱们就回去吧,要是把南南的病给耽误了,那我……"余美华忍不住抽泣起来。

丁文松无奈,只得叹了口气说:"好吧,明天我到酒店去交代一下,你去单位请个假,我们后天就回去。"

就这样,丁文松夫妇把治愈儿子心病的希望,寄托在这次老家之行……

老家的女孩

西泽县是个偏远的小县,没有名胜景点,也没有什么特别的游乐场所。

回到县城的老家后,南南显得很高兴,一会儿递抹布,一会儿拿簸箕,乐滋滋地帮着妈妈收拾房间。丁文松无聊地坐在沙发里抽烟,皱着眉头说:"要是在这里住上十天半月,非把我闷死不可。"

余美华听了,一笑:"我倒觉得还是老家好,咱们是不是把这套房子再装修一下?"

丁文松惊讶地站了起来："干什么用？"

正在擦玻璃窗的余美华停住了手，她望着在院子里清除蜘蛛网的儿子，动情地说："等我们老了，就搬回来住，远离都市的喧闹和浮华，养花喂鸟，陪伴儿孙，多好呀……"

丁文松正要说什么，忽听院子里响起一个女孩子的声音："南南，你回来了——"

余美华连忙招手唤来丈夫："你看，她就是黄玲玲。"丁文松站在窗边向外望去，只见一个身材高挑、容貌漂亮的小姑娘正在和南南悄声说些什么，两人手拉着手，头挨着头，显得很亲密。

丁文松低声说："我看这个小姑娘有点不大对劲，眼神怪怪的。"

余美华告诉他：玲玲的爸爸名声不太好，听说总是借行医的机会占女病人的便宜，县城里的孩子都不和玲玲玩，所以她就有点乖僻。

丁文松说："那就少让她和南南接触。"

正说着，南南回过头喊道："爸、妈，我和玲玲出去玩一会儿。"

余美华忙问："去哪儿？"

"小河边。"南南口里应着，一转身已经没了影。

傍晚，南南拉着玲玲回到家，一进门就乐颠颠地说："爸、妈，让玲玲在我们家吃饭吧。"

丁文松沉着脸没吱声，余美华添了一套餐具，笑道："多一个人更热闹。"饭后，南南和玲玲在客厅里玩游戏机，余美华收拾好碗筷走进卧室，只见丈夫躺在床上，叼着烟，显得心神不宁。她走到床边，俯下身子，伸手抚摸着丈夫的脸庞，问："你怎么啦？"

丁文松翻了个身，背对着妻子说："我放心不下，酒店里那么多事……"

余美华默默地站了片刻，说："要不，你白天回市里，晚上能回来陪我们娘俩就行。"

丁文松眼睛一亮，眉头舒展，坐起身来，有些激动地搂住妻子说："妻贤夫祸少……你放心，每天晚饭前我保证赶回来！"

第二天一大早，丁文松便驱车赶回市里了。南南醒来后不见爸爸，站在床上大声问："妈妈，爸爸呢？"

余美华在客厅里一边为儿子盛饭，一边说："他回酒店去看看，下午就回来。"

南南一听急了，跳下床来跑到妈妈面前："你怎么能让他走呢？"

余美华有些奇怪地蹲下身子，两手抚着南南的肩头，眼睛直盯着他的脸："为什么不能让爸爸回去呢？现在是白天，你不会有事的。"南南的小脸通红，泪珠成串地掉了下来。余美华慌了，忙为儿子擦泪："南南……南南你怎么？"

她不擦不要紧，越擦南南的泪流得越多，余美华怎么说都劝不住。正在束手无策时，黄玲玲来找南南了，她把南南拉到卧室里，关上房门，不一会儿，南南就不哭了，红着眼睛出来吃早饭，余美华很是惊疑。

下午五点，丁文松果然按时回到了家，他拎回了一大包南南爱吃的零食。南南问："爸爸，明天你还去酒店吗？"

丁文松拉着儿子的手说："店里忙哪，爸爸还得去。明天回来，我还给你买这么多零食，好吗？"南南抽出自己的小手，扭头回卧室去了，丁文松微微一怔。

当晚，南南睡得很香，没有梦游。

就这样，五天时间过去了。每天早晨，丁文松驱车回市里，晚饭前赶回家，南南则常和玲玲到小河边去玩。那个奇怪的哭声没有再骚扰南南，但余美华心中却始终有一种古怪的预感，她总觉得这短暂的平静后面，似乎隐藏着更大的不幸。

这天，夜深了，丁文松还没回来，南南坐在沙发上，不停地用铅笔尖去戳手中的布熊。余美华不安地看着儿子那阴沉沉的脸色，忍不住拨通了丈夫的手机。丁文松解释说：酒店里出了点事，必须他亲自处理，所以晚上回不来了。余美华挂了电话后对南南说："爸爸有事不能回来了，你先睡吧。"说着去拉南南。

不料南南却粗暴地把妈妈的手推开了："骗子，丁文松是个大骗子，他说话不算数,我恨他……"南南疯了似的将手中的玩具熊掷了出去,不偏不倚正好击中挂在墙上的"全家福",只听"咣当"一声,玻璃框掉在地上,碎了。南南"噔噔噔"跑过去,用力踩了几脚,又将照片撕了个粉碎。

"你怎么能这样,南南!"余美华又惊又怒,南南可从来不是这样的呀!她第一次发现,如今的儿子竟已变得非常陌生:以前,他的眼睛里充满了善良和好奇,如今的眼光里竟含着几分仇恨。他在屋子里转来转去,像只发威的小狮子,也许,他是被那个奇怪的声音折磨得失去了理智吧?这样一想,余美华心中顿时充满了痛惜。她伸出双手,说:"来,南南,妈妈知道你不舒服,让妈妈抱着你。"这时,南南猛地扑进妈妈怀里,哭了。余美华从未见南南这么伤心地哭过,她一边为儿子擦泪,一边情切切、意绵绵地问道:"南南,你怎么了?"

南南紧紧搂住余美华的脖子:"妈妈,你别离开我呀!"

"妈怎么会离开你呢?妈永远不离开南南的。乖,去睡吧,妈给你唱催眠曲,好吗?"南南点点头,顺从地让余美华帮着洗了澡,躺到了床上。余美华把客厅收拾干净后,轻轻地靠在儿子的床头上,为南南唱起了催眠曲,南南的眼睛逐渐合上了……余美华轻手轻脚地回到客厅,拿起一本杂志,无聊地翻看着……

夜渐渐深了,休息了一天的余美华毫无倦意,她仔细回想着儿子自从得了怪病以来的日日夜夜,禁不住满腹狐疑、忧心忡忡,她想,儿子的病不会是毫无来由的,一定要查出他的病根,让他早日康复。正这样想着,忽听身后卧室的门"吱呀"一声,寂静的夜里冷不防这一声响,惊得余美华毛骨悚然,"霍"地站了起来……

河边的秘密

余美华回头一看,只见南南穿着睡衣,赤着脚,从卧室里走了出来。他两眼呆滞,动作僵硬,显然,他又犯病了!

余美华虽然紧张万分，但有了上次的经验，尚能保持冷静。她急忙找出手电筒，紧随在儿子身后。南南穿过庭院，打开院门，走向空无一人的大街。不久，他们到了郊外。南南稍微停顿了一下，然后迈上一条坑坑洼洼的小路，直向河边走去。余美华知道，这是南南和黄玲玲经常玩耍的地方。黑漆漆的夜色中，空荡荡的田野上，母子俩一个前一个后，一脚深一脚浅地向前走着。尽管余美华心中充满了恐惧，但她横下了心，一定要看看儿子究竟会去什么地方！因此，她并不阻拦，任南南独自向前走着……

几分钟后，南南在河边一棵槐树下停住了，那树枝干粗壮，树叶繁茂，那巨大的树冠，就像是一个什么建筑物的顶。断断续续的蛙鸣声中，余美华注视着儿子默默站立的背影，知道这就是他的目的地了！片刻之后，余美华走上前去，仍和上次一样，轻轻说道："南南，你累了，回去休息吧。"南南顺从地牵着她的手，沿着原路返回了家。

天亮之后，余美华急不可待地打电话给丈夫，把南南犯病的事告诉了他。丁文松沉默了很久，说："你看好他，等把这里的事处理完，我就回来。"

夜里，南南又梦游了，他再次去了小河边的槐树下。

第三天吃早饭的时候，余美华忍不住问儿子："南南，这两天晚上，你是不是做了同样的梦？"

南南说："是的，我又梦见了那个小姑娘，她说：乖，到河边的槐树下来，我讲故事给你听……我就去了，可她不在……"

余美华爱怜地看着南南，嘱咐道："今天晚上，如果那小姑娘再叫你，你不要去，知道了吗？妈妈白天要休息一会儿，晚上好保护你。"

南南问："你告诉爸爸了没有？"

"我已经打电话告诉他了，他说马上回来。你呆在家里玩，厨房里有点心，饿了自己拿着吃，好吗？"说完，余美华就回卧室休息去了。

将近十点，丁文松进了家门，他叫醒了余美华，让她把南南这两天的情况详细说一遍。丁文松听完，断然说道："走，你带我到小河边去看看！"

两人到了城外，沿着一条凹凸不平的土路来到河边，丁文松审视着四周：这里是一片长满蒿草的荒野，一棵棵槐树和杨树杂乱地长在四处，到处是坑沟和土包，远处河里的污水缓缓流着，散发着令人作呕的腥臭之味。余美华指着一棵大槐树说："接连两次，南南都站在这里。"

丁文松走到妻子所说的位置旁，只见面前有一个高出地面一尺左右的土包，除此之外，这里再没有什么令人注意的特别之处，丁文松沉思了片刻，说："走，回家。"

回到家后，余美华见南南不在，便出门去找。这时，丁文松拨通了刘医生的电话，当刘医生得知那里有个小土包后，便说："我想，那土包下面可能埋了什么东西。"

"埋了东西？"丁文松的脸色顿时变了，他来不及和刘医生多说，"啪"地放下电话，找出一把铁锹，急急向河边走去。

夏天的中午烈日炎炎，人们都躲在家里歇息，大街小巷行人稀少，郊外更是不见人迹。丁文松走到小土包前，毫不犹豫地举起铁锹，使劲向下挖去。他的手在挖，心里却是疑云重重：这土包里到底埋的是什么呢？不一会儿，土包被挖平了，丁文松擦擦汗，歇口气，继续向下挖。大约挖了一尺深，忽听下面"咚"的一声闷响，丁文松吓了一跳，他小心地扒去坑里的浮土，只见一样都没有想到过的东西赫然出现在眼前，丁文松嘴里"啊"的一声，身子跌坐在地上……

沉重的结局

丁文松手忙脚乱地将土丘恢复了原样，跑回了家，拨通了刘医生的电话，这时才发现自己的双腿在微微颤抖！"你猜那下面埋了什么？"丁文松喘着粗气说，"埋了一口棺材，一口黑漆漆的棺材！原来那是一个坟，幸好没人看见……"

刘医生在电话里责备他："你太鲁莽了。你知道那里埋的是谁吗？"

丁文松不停地擦着额上的汗："我怎么知道！"

刘医生说："坟里埋的是个小姑娘，一个七八岁的小姑娘……"

丁文松听了，心里一个"咯噔"：南南在梦里一直听到小女孩的哭声，那小孩又要南南到河边的树下听她讲故事，而现在河边的树下果真埋的是一个小姑娘……这到底是怎么回事？丁文松疑惑地说："不可能吧？难道这个世界上真的有鬼魂存在？"

刘医生说："你我都是受过高等教育的人，应该知道世上不会有鬼魂存在，怕只怕——谁的心里藏了鬼。"

丁文松面露不悦之色："你这话是什么意思？"

"什么意思？你知道那个小姑娘是为什么而死的吗？让我来给你讲个故事吧！"刘医生低沉的说话声，随着电话线，传进了丁文松的耳朵里：

十二年前，一对南方夫妇带着一个小姑娘来到西泽县，开了一家家具小店。由于店主夫妇善于经营，生意特别红火，仅用三年工夫，就使小店变成了家具城。男人一有了钱就容易变坏，那男的先是在外边拈花惹草，后来干脆一脚踢开了曾和他风雨同舟的结发妻子，又娶了一个年轻貌美的女人。那个小姑娘判给了男方，由于小姑娘不堪忍受继母的虐待，不久便吞服了一瓶安眠药自杀了，孩子的亲娘得知后，一把火烧了那个家具城，她自己和前夫两口子全都烧死在熊熊大火里……家里没了亲人，那个吞安眠药自杀的小姑娘，还是好心的邻居们埋葬的。

丁文松的表情显得极不自然："这和我有什么关系，你又是怎么知道那个小姑娘的事的？"

"这还是南南告诉我的，在我第二次为他看病的时候，他要我在适当的时候把这个故事讲给你听……"

"南南？他……他又怎么会知道？"

"黄玲玲和那小姑娘是好朋友，那瓶安眠药，就是玲玲从她爸那里偷出来的。自从那小姑娘自杀后，玲玲就背上了沉重的精神枷锁，所以——"

丁文松的脸色越来越难看："刘立光，你究竟想说什么？"

电话那头，刘医生的语调显得十分低沉："既然你还不明白，那我就再给你讲一个故事——几个月前，有个男孩在一次郊游中，偶然发现自己的爸爸和一个女人躲在林子里亲热，而那个女人却不是自己的妈妈，于是他知道，爸爸有了外遇。他这才明白，为什么近来爸爸总是那么晚才回家。小男孩很伤心，也很害怕，伤心的是爸爸背叛了这个家庭，害怕的是爸爸妈妈有一天会分手。但他不敢把这一切告诉妈妈，因为他担心妈妈沉不住气去质问爸爸，反使爸妈的关系更糟。男孩便想出了一个办法：装病，以此拖住爸爸，减少爸爸和情妇见面的机会，男孩还把这一切告诉了前来为他治病的医生，医生答应帮助他，并为他制订了行动计划，还和老家那个女孩子取得了联系。谁知虽然他们成功地将男孩的爸爸'骗'回了老家，但男孩的爸爸却想尽办法天天赶回市里和情妇幽会。医生就让男孩再一次假装梦游，用这种方式让他爸爸知道了小姑娘的坟墓所在，同时讲了那个小姑娘的故事，以此来警醒那个不合格的爸爸……"

听到这里，丁文松这才明白南南的"怪病"是怎么回事，他终于恼羞成怒："别说了，现在哪个有钱人不养几个'小蜜'？我早就厌倦了那个黄脸婆。南南是个小孩子，他懂什么？告诉你，离婚是早晚的事！"说完，丁文松"啪"的一声挂了电话，回过头来，这才发现妻子、儿子正站在门口……

"你混蛋！"余美华脸色苍白，咬牙切齿地吐出这三个字后，便拉着南南跑进了卧室，在里面推上了门锁的"保险"。

丁文松知道迟早会有这么一天，但他没料到事情败露得这样快，他手足无措地愣了片刻，隔着门对卧室里说："既然你知道了，那我就实话实说了吧，我在外面是有了人，咱还是离婚的好。我给你五十万，不，一百万——"

"你滚，你滚！"卧室里传出了余美华揪心扯肺的哭喊声……

"也好，我给你时间，两天后我再回来，你冷静地想一想。"说完，丁文松离去了。

两天后的黄昏，丁文松回到了家里，一进门，就见余美华坐在沙发上，神色平和，好像什么都没有发生。丁文松顿时松了一口气，心想：还是懦弱温顺的女人好打发。丁文松走上前去，神色略微尴尬地搭讪着："南南呢？"

"他去玲玲家了。"余美华说话的声音仍和以前一样温柔。

想到儿子，面对妻子，丁文松的心里涌起一丝内疚之情，他僵立着，垂下了头："我对不起你……"

余美华微微一笑："什么也别说了，我们明天就去办手续。在我们分手之前，我只想请你陪我再吃一顿晚餐，最后一次晚餐——就像我们当年谈恋爱时一样，好吗？"丁文松默默地点了点头。

几盘小菜、一瓶白酒摆到了餐桌上，夫妻两个相对而坐，谁也不说话，只是不停地碰杯。不知怎么回事，丁文松平时可称"海量"，可今天只喝了不到半斤酒就不省人事了。等他醒来一看，顿时魂飞魄散——原来，他已被绑着躺在床上，嘴也被毛巾塞住。他惊恐地看着妻子，只见余美华坐在他身边，仍是神色安详，好像什么都没有发生。她见丈夫醒了，便和往常一样，用轻柔的声音说："你知道吗，我在这个房间里浇了一大桶汽油！"说着，她拿出一张纸，指着上面恨声连连地说："你看看，这是南南留下的信，南南离家出走了，昨天就走了……是你逼走了他，你毁了我，毁了南南，毁了咱们这个家，我要和你同归于尽……"丁文松拼命挣扎，但他的双手、双脚被绑得死死的，根本无法动弹，只听"嗤"的一声，余美华用火柴点燃了南南留下的信，燃烧着的信落于地上……

五分钟后，熊熊烈焰冲天而起……

与此同时，百里之外一个小镇的火车站上，一个民警正准备护送离家出走的南南踏上归程。

这时候，南南心里真的很想回家……

(赵　欣)
(题图：王申生)

窗上怪影

艾密斯先生是个演员,可因为一直没人邀他扮演角色,连他那位走红的朋友雷纳德也不肯帮他的忙,这些天他总是呆在家里无所事事。

这天一早,他的女佣玛丽正在整理房间,艾密斯呆在窗边往外看了好半天,突然对玛丽叫道:"快,快过来,我指给你看样东西,从这个窗子看出去,看到街对面那幢公寓大楼了吗?看那窗子——"

玛丽来到窗边向外看去。街对面是一幢很高的大楼。可玛丽的眼睛不太好,所以看不大清楚远处的东西。她问道:"看什么?在哪儿?"

"就是左边数过来的第三个带蓝色窗帘的窗子。"

"呃,呃。"玛丽模模糊糊看到了。

"那儿有什么人坐在一张椅子里,一晚上他都没动过。我想他一定是死了。"

"死了?天哪,艾密斯先生……"玛丽想找她的眼镜,可不知把它弄到哪儿去了。

艾密斯先生使劲用手指着:"那儿,那儿,我正指着呢。那个带蓝色窗帘的窗子。他穿着一套灰乎乎的西装。他的胳膊——你看到他的胳膊耷拉在椅子的一边了吗?"

玛丽知道艾密斯的眼神要比她好,她怕见死人,也不想再看个仔细,就问:"那怎么办呢?"

"我也不知道。我是昨晚才注意到的。我想首先得搞清楚那人是不是真的死了!"

艾密斯来到那幢大楼里,找到了大楼的管理员。自我介绍后,他对管理员说:"我就住在街对面。实话说吧,我从家里往你们这边看了很久,发现在一个窗户里像是有个男人死了。是十楼上的。那个窗子是从左边数第三个带蓝帘的,我看见这个男人一直坐在一张椅子里。"

管理员按他说的查找了一下,发现那是一套有四个房间的公寓,里面住着两个老太太。他问:"你看清楚那人是个男的吗?"

"是的。他穿着灰色的西服,背向外坐在一只椅子里,他的头垂着,看不清脸。也许他并不住在那屋子里,只是——只是在拜访什么人,也许他并没死。可我观察他好久了。我最近总在家。他那样子看上去很可疑。"

管理员给那两个老太太拨了个电话,可她们回答说她们那边什么事也没有。她们两个是单身的姐妹,要是她们知道有人看见在她们的公寓里有个男人,不知会吃惊到什么地步呢。

管理员对艾密斯说:"也许你看错了。你知道人的眼睛会经常出错,再说,这条街道也相当宽。"

艾密斯坚持说:"不,我不认为我看错了。你为什么不上楼进去看看?"

管理员摇了摇头,道:"不行。如果没有警察的搜查令,我是不会进去的。这些公寓又不是我的,我只是为公司照看一下这幢房子而已。"

第二天,艾密斯先生报了警。据查那两个独身姐妹出身上层,笃信基督,人品高雅,过去在公寓附近一个学校当教师,一个叫爱莲·兰迪斯,一个叫薇文·兰迪斯。她们还养了一条狗,照理这条狗不会一连几天没发现公寓里有个死人。可艾密斯先生还是每天看见那个男人坐在那张椅子里一动不动。

几天后,警察和艾密斯由管理员领着到了兰迪斯姐妹的门口。爱莲开了门。当她听说有人报告在她窗前有个死尸坐了差不多快一星期时,她大叫道:"死尸?这不可能!我妹妹和我一直住在这儿,没别的人。"这姐妹俩坚持不让他们进去察看,因为她们认为这是她们的私人房间,不喜欢别人打扰。可警察有搜查令,无奈之下,姐妹俩唠唠叨叨地同意警察进去了。

警察回头对艾密斯说道:"你留在外面。"

艾密斯上前一步争辩道:"可我——"

薇文对警察说:"他是不是也想进去侦察侦察我们的房间呀?也许他哪天会进来抢劫呢!"

"好吧,好吧。他不进去。"警察说道,"让我看看你们的窗户总放心了吧。"

但是,警察什么也没有找到。可这怎么可能呢?明明看见的东西怎么会不在那儿呢?也许她们刚才把尸体藏起来了?可警察查看了每一处,包括衣柜里,沙发下面……最后,警察退出门外,对艾密斯耸了耸肩,艾密斯突然说:"也许她们有帮手呢?那个管理员很神经质的。"

警察说道:"这不可能。他在这儿干了好多年了。"

"也许那尸体再也找不到了,也许它已经被销毁了!这些天来我一直看见那具尸体坐在椅子里一动不动。我已有好几个晚上没有睡好觉了。我好多年都没这么紧张过了。"可警察表示他无能为力,他找不到那窗前的尸体便毫无办法。

晚上,艾密斯给兰迪斯姐妹打了个电话。

"喂,兰迪斯小姐,很抱歉这时候打扰你。我是艾密斯先生,就是住在你们街对面的艾密斯先生。我正坐在家里看着你们的窗户,可我还是看到那死尸在那儿。"

"什么?你竟然敢如此胡说!早晨那警察……"

"我知道,我知道这事和你一点没关系。可你现在能不能帮我一个忙?能不能请你到你的起居室去再检查检查?"

"可是我昨天早上就把窗帘都放下了,你怎么还能看见里面的东西呢?"

"是的,我知道。窗帘现在还放下着。可我看见那尸体的剪影像。兰迪斯小姐,如果有人死在那儿,那决不会是你干的,可你替我想想,我坐在家里,一抬头便是那可怕的影子,那手,那肩,那头……"

兰迪斯小姐听了只觉得一阵紧张:"噢,别说了,别说了。"

艾密斯等了一会,又说:"就告诉我一样,兰迪斯小姐。那窗户边是不是有张靠背椅?"

"是的,是有张靠背椅。"

"那上面有什么东西没有?比如什么布呀,垫子呀,或时装人像模型什么的?"

"没有,当然没有。"

"好,那能不能请你帮个忙,就算是做个试验吧,请你走进起居室把那张椅子从窗前挪开好不好?"

兰迪斯小姐被他缠得没办法,只好答应说:"好吧。"

兰迪斯照他说的把椅子搬到了屋子的另一头。可不一会,艾密斯又打来电话,他在电话里叫喊道:"我看见了,兰迪斯小姐。尸体还在那儿!"

兰迪斯姐妹俩当天晚上吓得没睡着觉。第二天一早,艾密斯先生来到了她们的住所。他认为肯定是一种什么超自然的力量在作怪。可兰迪斯姐妹觉得他一定是脑子出了问题。艾密斯说道:"我的脑子有问题?我昨天去找过精神病医生,他说我一切正常——什么毛病也没有!我从医生那儿出来后就去对这幢房子进行了一番调查。这儿曾发生过谋杀!有个小姐在这里杀死了她的情人。她一定是个疯子!我查阅了过去的资料,她切断了他的喉咙,几乎把他的脑袋都割下来了,然后自己从这儿的窗子里跳楼自杀了。而那男的就死在那椅子里……"

"噢,天哪,难道世上真的有鬼吗?太可怕了,太可怕了!"兰迪斯姐妹俩再也受不住惊吓，她们从这幢公寓套间里搬走了。

兰迪斯的公寓已搬得空空荡荡。只有那只椅子还留在窗边。

演员艾密斯先生悄悄地溜了进来。不一会儿，他等来了走红的大明星雷纳德先生。雷纳德先生高兴万分地说："噢，多么漂亮的公寓啊！我太喜欢了！你可真行啊，我的老伙计。我现在终于到手一套公寓了！"

艾密斯谦逊地说："没什么，我很高兴能帮你这个忙——为我这样一个出类拔萃的同事。"

雷纳德道："你真够朋友！我希望我能做点什么作为报答，我真的很想报答你。也许你可以扮演我下次一个戏中的一个角色，虽然是个很小的角色，不过——"

"谢谢。你真的喜欢这个公寓么？"

"喜欢？看看那起居室，看看那窗户！这儿就像是个舞台！我真不知你是怎么把它弄到手的，现在房子可太紧张了。你一打电话给我，我就急忙赶来了，这一切太不可思议了。"

他们走进起居室，艾密斯让雷纳德在那张椅子上坐了下来，然后告诉他一切："我想了一个计谋把那两个住户给吓跑了。我告诉她们有个死人坐在她们窗边的椅子上——对，就是你现在坐的那张。当然那是我编造出来的，其实那儿什么也没有。那两个老太太是一对很容易受惊吓的女人。我就住在街对面，常常见她们一到晚上就早早上床睡觉了，而且总是放着窗帘。你现在坐的这张靠背椅子的影子就映在了窗帘上。有一天晚上，我突然发现影子看上去像个死尸，于是就有了这个绝妙的主意。"

这一切的确太富有戏剧性了。雷纳德听完不禁十分佩服他的这位同行。

艾密斯笑了笑,道:"噢，这没什么。我很高兴能够为你弄到这屋子。其实，这个想法早在五月份那一天你抢走我的角色时就有了。你还记得么？那时你说过你正在找一个地方。现在我很高兴能在家里时常看见你坐在街对面的这扇窗户边上——一动不动。"

雷纳德紧张地想从椅子上站起来，可艾密斯制止了他："别动，好好坐着。"

"我突然想起来没人知道我在这儿,艾密斯,我得给剧团的人打个电话。"可他发现电话线已被掐断了。他回头,只见艾密斯的手枪已经对准了自己,他惊骇万分,问:"你想干什么?"

艾密斯冷冷一笑,道:"我很高兴你的合作,使那具根本没有的死尸成为事实。"一声枪响,雷纳德倒在了椅子里,他将永远坐在窗边这张椅子里,扮演一个鬼的角色。

艾密斯收起手枪,悄悄地溜了出去。报复成功了,他想,现在,谁是更好的演员呢?

(改编:陆 沁)
(题图:袁银昌)

一夜惊魂

近年来城里时兴原生态旅游，紧挨着太湖的牛东镇一时游人如织，镇上的居民都围绕着旅游做起了文章。吴德龙也不例外，只是他一不扯旗拉客开酒店，二不配喇叭背台词充导游，这些，他都缺少条件，因为他是一个瞎子。吴德龙雇了几个工人，开始改建自己家的牛栏：工人们在他的指挥下清洗牛栏，铺杂草，加铁栅栏，上锁……村子里的人好奇，问他在做什么，他瓮声瓮气地答道："建宾馆。"问的人一惊，以为他精神出了问题，没敢接下句。

吴德龙的儿子吴斌劝父亲："爸爸，你应该歇歇，这样累下去也没什么收获。"

吴德龙听得懂儿子的潜台词，翻了翻他那白白的眼球，答道："你懂什么？这个牛栏能起什么作用，你以后会明白的。"见父亲态度坚决，吴斌就不说话了。早年父亲为了养家,只身跑到山西挖煤,后来煤矿出了事,父亲的眼睛也在事故中失明了,这才回到家乡。也许父亲的生活太无聊了,才改建牛栏消磨时间,自己又怎么忍心阻止他呢?

眼见着到了"十一"黄金周,这天晚上吴德龙把儿子叫到身边,神情凝重地说:"这牛栏宾馆已经全部完工了,接下来就要发挥作用。这些年来,用我的赔偿款,你也做上了买卖,发了家致了富,这回,你得让爸爸玩一回。"说着,他叫吴斌打字,由他口述,写了一份广告,广告内容是这样的:树顶旅馆、舰艇旅馆,也许都被你一"网"打尽;洞穴居所、沙漠露营可能你也屡见不鲜;但还有一种另类的旅游住宿体验,刺激新鲜,是你从未经历过的,如有兴趣,就请到太湖边的牛东镇来吧。

吴斌写着写着,心里一个劲地纳闷,父亲什么时候知道了这么些奇异的旅馆?看来他这回开宾馆还真是上了心。广告写完,吴德龙叫儿子把广告发到几个他指定的网站上,吴斌不好违背父亲的心意,毕竟,他现在所有的一切,全是父亲用汗水,不,用血泪挣来的。为了让父亲开心,破费些又算得了什么呢。

广告刊出不久,果然来了几拨爱玩新鲜的驴友,他们在吴斌家的牛栏宾馆住了以后,啧啧称奇,回去就在网上写了不少点评,这样一传十、十传百,这个独特的原生态宾馆还真在网上有了点小名气。全镇的人谈论起来,都觉得吴德龙这个在矿下逃生的中年人果然有点道道。

吴德龙却并不满足于此,他对儿子吴斌说:"现在做什么都需要炒作,开宾馆也一样,如果能请到一位名人来我们这里住一晚,宾馆想不火都难。"吴斌觉得有道理,一时却想不出到哪里去找这个名人。吴德龙笑笑,说:"我倒知道一个人,他是个生意人,最爱新鲜刺激,他还是好几家旅游网站的贵宾用户呢。"说着吴德龙拿出一张名片,交到儿子手里:"你按这上面的电话联络他,就说我们宾馆请他来免费试住,住得好,请他回去给我们宣传宣传。"

吴斌半信半疑地接过名片看了看,只见这个老板姓赵,名字前有一大串头衔，除了董事、经理什么的，还有一个头衔是市旅游协会的理事。吴斌打了电话，没想到赵老板已经从网上知道了这个独特的牛栏宾馆，听说吴斌请自己免费入住，就一口答应了下来。

这天傍晚，赵老板按约来到了镇上。吴德龙叫过儿子吴斌，说："这个客人就交给你了，他要问什么，你就按我平时教你的说。"说完就走进了自己的房间，关上了门。

吴斌招待赵老板用过酒菜后，天色已一片漆黑，吴斌便领着赵老板往牛栏那边走去。吴斌走在前面，赵老板跟在后面，借着微弱的灯光，赵老板看到牛栏挺大，四面都是高高密密的铁栅栏，不禁奇怪地问："这栅栏是做什么用的？"

吴斌笑道："我们要保证客人的安全，再厉害的小偷，他能在一夜之间锉开这个？"说着，吴斌拉开铁门，让赵老板走了进去，牛栏里伸手不见五指，吴斌递给赵老板一个手电筒，向他说了声"好好睡吧"，就低着头走了出去。就在赵老板揿手电时，他听到铁栅栏"咣当"一声响，接着，就是清脆的上锁声。

赵老板用手电在牛栏里照了照，只见这牛栏内有50多平方米，地上铺着厚厚的褥草，四壁也被刷得干干净净。他好奇地四下打量着，正要躺下，突然听到边上好像有动静，用手电一照，果然，隔壁的房间里有人住宿，两个"房间"之间只隔了一道铁栅栏。

赵老板调亮了手电，把那人的脸照得分外清晰，赵老板愣了一下，不禁脱口而出："是你？"

住在隔壁的正是吴德龙，他不知什么时候也来到了牛栏宾馆，只见他半靠在铁栅栏上，说："赵老板，你果然来了。我的宾馆，就是为你开的啊，今晚我可要为你亲自服务了。"吴德龙的声音有些激动。

赵老板突然感到一阵巨大的不安，他强作镇定地说："原来这宾馆是你开的啊！你想想，要不是五年前我赔了你十万块，你哪有今天？做人可得凭良心。"

吴德龙点点头：'是啊，所以我得报答你。你当矿主压力大，当年就喜欢玩刺激，越刺激越好，现在这脾气果然还没改。我特地为你开了这个宾馆，把广告发到你常去的网站上，再派人去请你，今天你果然来了!"

吴德龙的话说得客客气气，赵老板却越来越不安了，他忐忑地说："我、我不住了，让我出去……"

吴德龙笑笑，说："哦，对不起，我刚刚把外面的门关上了。这里除了最里面的一道铁栅栏，外面还有三道院门呢，你以为这就是普通的牛栏？不，那样对不住你这位尊贵的客人。"吴德龙说着，划亮了一根火柴。他的身下，是一堆堆厚厚的褥草。

"你，你要干什么？"赵老板"腾"的一下扑了过来，可他只能从栅栏里伸出两只手来，根本够不着吴德龙。

"别叫。"吴德龙脸上现出一丝诡异的笑容，"我这里荒凉得很，院门一掩上，根本不会有人听见，可以说是另一个世界了。"他说着，手中的火柴就落到了地上，褥草堆里顿时冒出一股青烟，一阵风吹起了吴德龙的头发，那灰白的头发似乎一根根竖了起来。

赵老板再也忍不住了，他双腿一阵发软，"扑通"一声跪下来了："吴大爷，我错了，你让我出去吧。"

"不，赵老板，节目还刚开始呢。你的脚底下，是一整块铁板，火一燃起来，铁板就热了。难道你不觉得这样很刺激吗？"吴德龙慢条斯理地说着。赵老板忽然想了起来，五年前的那起煤矿事故，和眼前的情况是多么相似啊：六个矿工在井下，他自己则在矿井的另一端，那里是他悄悄观察矿工作业的地方，被他用铁栅栏拦住了。当时，矿井下轰的一声巨响，紧接着，一阵热气四处喷泄，他自己慌忙避了出去，等声响过去了，他又小心翼翼地走了进去。当时，吴德龙是那六个矿工里唯一能说话的人了，他拼命哀求赵老板，赶紧救地上躺着的那五个人出去，那五个人已经奄奄一息了。赵老板摇摇头，他不能那样做，这五个人送进医院，不知要花掉他多少医药费，只有让他们死了，一次性支付他们家属一笔钱，才可以一了百了。吴德龙似乎也曾把手握在铁栅栏上，拼命地向他挥舞着，央求着，哭诉着……

赵老板还沉浸在回忆中，只听吴德龙又缓缓地开口了："不用怕，其实有些事想明白就行了。现在，火已经烧起来了。你的左面，是赵小若，他是湖北人，对，想起来了？他是个孤儿，想在你的矿里挣钱娶媳妇呢，现在他快不行了，这里面缺氧，他的额头也负了伤。你的右面，是刘大嘴，对，他的老婆很漂亮，你还说过这是一朵鲜花插在废渣上，现在他也捱不了多久了，如果他死了，你是不是可以借着机会去见见他老婆？还有李麻子、小东北、湖南佬，他们都躺在你脚底下，热得不行，呼吸困难，很刺激是不是……"

吴德龙有些癫狂了，他一个劲儿地说着，赵老板此时恨不得堵上自己的耳朵，他仿佛又进入了那个矿井，只是，当时他能掉头就走，现在，他是插翅难飞。他瘫坐在地上，接着突然意识到地上已经开始发热，又一骨碌爬坐起来，嘴里一个劲儿地喘着粗气。

吴德龙继续说道："他们都还没死，只是紧紧地拉着我的腿，我想救他们出去，可做不到。他们叫我爸爸，不，爷爷，祖宗……这里面，只有赵小若没有孩子，他想要娶个媳妇生个孩子，传宗接代，其他的，说出不去也没关系，只要能见见自己的老婆孩子，哪怕就是死，也心甘了。我该怎么办？我的呼吸也很艰难，我也活不下去了，我的老婆早就死了，如果我再死了，我的儿子就成了孤儿，我不能死，不能死……可眼前这帮人，该怎么办啊？"这时候，吴德龙的叙述已经成了说他自己的故事，说的就是当初在矿井里的情况。

与此同时，赵老板感觉到脚下越来越烫，出于求生的本能，他开始摸着栅栏向上爬。栅栏仿佛也开始发烫了，他看了一眼脚下，仿佛看见那五个人挣扎着、哀求着，双手高高地向上方举了起来。他好像还隐约听见了他们的求救声，微弱却又清晰。他想捂住耳朵，闭起眼睛，可他又得往上爬。赵老板觉得，此时，他唯一能做的，就是抠掉自己的眼珠，只有这样，他才能看不到这一幕人间惨剧，否则，他只要是人，他这一生就逃脱不了噩梦的追随。

想到这儿,赵老板再不犹豫,他跳下栅栏,双手用力地往自己的眼球上按去,一阵锥心的疼痛,他一下子晕了过去。

等赵老板再一次睁开双眼,他发现自己躺在病床上,一个护士吁了口气:"你终于醒了,乡下的牛栏宾馆,诱发了你的噩梦吧?"

赵老板摇摇头,这时,他注意到病房门口坐着吴德龙和他的儿子吴斌,他挣扎着走向了吴德龙,双膝跪了下来,忏悔道:"对不起,我永远也赎不了自己的罪。谢谢你,还为我留了一条命。"说着,赵老板脚步踉跄地走出了病房,头也不回地离开了。

吴德龙那已经瞎了的双眼中,流出了两行泪水。当初他在井下,实在看不下去同伴的惨状,缺氧和闷热又使他渐渐神智不清,癫狂中,他挖去了自己的眼珠。凭着求生的意志,他坚持到了被解救的那一刻,可事后,赵老板凭着他的社会关系,用钱摆平了一切。所以,吴德龙一直等待着,他想将自己痛苦的记忆移植给赵老板,那是对他最好的报复。其实,昨晚他铺的大部分干草都是潮湿的,根本燃不着,至于那滚烫的铁板,则来自牛栏下安放的能调节温度的电炉……

(焦松林)

(题图:魏忠善)

致命三点

斯塔普在一家钟表修理铺工作。最近一段时间,细心的钟表匠怀疑妻子有外遇,心里就像打翻了五味瓶似的,不是个滋味。他想假装没看见这些事情,可越是压抑,心里越是憋得慌。终于,他憋不下去了,他觉得不干掉这对男女,就不能解恨。

斯塔普想把事情干得漂亮些,既除了这对狗男女,自己又惹不着官司。于是,每天下午从铺里回家,总是带回一小包硝药一类的东西。为掩人耳目,他把它们塞进地下室的一只肥皂盒里。数十天过去了,他又找来两节干电池,作为引爆物。一切都进行得滴水不漏,有条不紊……

按计划,这天是动手的日子。整个上午,斯塔普百事不管,一心摆弄着一台廉价的闹钟。到了12点30分,他用一张旧报纸将闹钟包起来,往腋下一夹,和其他店员打个招呼,就离开了店铺。以往,他总是在这个钟点出去吃饭的,现在斯塔普走出去,别人一点儿也不起疑心,而且,他知道自己的老婆这段时间也不在家,而是到超市购物去了。

斯塔普悄悄溜回家,打开门,走进灰蒙蒙的屋内,然后径直奔向地下室。他打开包装纸,取出闹钟,拧紧发条,动作娴熟地接通电线,接着掏出怀表,将闹时定在下午三点钟。斯塔普已经摸准了,每天三点钟,那个野男人就会上门来和自己的老婆幽会,到时就送他们上西天!

一会儿,寂静的地下室便传来"嘀嗒嘀嗒"的声音。闹钟搁在地板上,好像是被随意地放在那里,旁边是一只看上去普普通通的铜盖肥皂盒,里面放着的就是斯塔普十多天来储存的硝药。他再看看时间,前后只用了10分钟,不由得得意起来。

他整整衣服,神色坦然地走上楼去,刚到底层门厅时,突然听到一阵轻微的脚步声,"谁?"他警觉地止住脚步,猛地一转身,朝餐室看去,正好看见一个大块头男人,半蹲着身子,肩膀向前隆起,蹑手蹑脚地朝他这边走过来。"啊——"说时迟,那时快,"大块头"旋风般蹿了上来,一只手凶猛地抓住他的喉咙,把他摔倒在地。

斯塔普好半天才喘出一口粗气,他厉声斥道:"你想干啥?"

"嗨!下来,这里有个人!"那人警觉地叫道,冷不防朝斯塔普脑袋边砸了一拳,斯塔普"啊呀"一声,晃了晃身子,昏了过去。

隐隐约约中,斯塔普听到楼上那人跑下楼来,对大块头说:"看你磨磨蹭蹭的!还不拿样东西来,让我把他绑住,我们得赶快离开这里!"

斯塔普听了,浑身一激灵,挣扎着爬起来,说:"看在上帝的面上,别绑——"一句话未说完,喉管已被人卡住,透不过气来。

不一会儿,斯塔普就被五花大绑起来,更可怕的是,他的嘴巴给一块抹布堵得严严实实的,一点声音也发不出。

大块头的同党咧嘴狞笑道:"你想保护什么呀?这个穷地方,什么也没有哩。"

斯塔普愤愤地看了他一眼,发现此人奇丑,是个丑八怪。这时,他感觉到"丑八怪"的脏手,伸进了他的背心口袋里,把他的怀表掏了出来,然后伸进他的裤袋里,拿走了他的零钱。

大块头问道:"我们把他搁哪儿呢?"

丑八怪左右打量了一下,说:"他不是从地下室出来的吗?就让他再跑一趟吧!"斯塔普一听,头上冷汗"哗哗"直冒。他拼命扭动着身体,前后晃动着脑袋,"嗷嗷"乱叫,不肯挪动步子。这两个盗贼发火了,一个提头,一个拎腿,将他抬起来,踢开地下室的门,顺着楼梯就往地下室走去。

丑八怪喘着气,对同党说:"我说,把他绑到西角的那根管子上去!不然,他要是到处滚来滚去,会吃不消的。"他们让斯塔普坐起来,双腿伸出,然后用一根卷起来的绳子,将他绑个结实。末了,大块头拍了拍斯塔普的肩膀,打着怪腔说:"放松点。我以前当过水手,你别想从我打的绳结里脱出身来!"说罢,"啪"地打了个响指,和丑八怪一前一后,悠然自得地离开了地下室。

周围重又恢复了平静。斯塔普绝望地转动着脑袋,将目光投向那台闹钟,当他看到离三点钟仅剩下1小时25分钟时,眼珠子几乎要从眼眶里弹出来。

时间一秒一秒地过去。1点55分时,斯塔普听到上面有人开门的声音,接着就是一阵高跟鞋"咯吱、咯吱"地从头顶踩过,他像被注射了一剂强心针,心里大叫起来:"弗兰!弗兰!快来地下室呀!"他狂吼着,但马上沮丧起来,老婆根本听不到。他试着挪挪脚,却半点动弹不得。他算死了这条心,只盼着老婆自己到地下室来。

然而,弗兰似乎根本不理会他的祈祷,到厨房忙了一通后,竟"咚咚咚"上二楼去了。

斯塔普感到一阵恐惧。突然,上面传来急促的敲门声。那个该死的野男人来了!他心里又是恨,又是盼。只听弗兰应了一声,迅速走下楼,打开门,关切地问道:"嗨,戴夫,你饿了吧?把门关牢,跟我到厨房来,我先给你煮一杯咖啡!"不一会听到关门声,两人相拥着走进屋来。

过了很长时间,两人才来到客厅。那个被称作"戴夫"的说话语调低沉,斯塔普每一个字都能听清楚。渐渐地,他从他们的对话中,听出了一点名堂：那人居然不是弗兰的情人，而是她失散多年的哥哥！记得弗兰曾跟他讲过，她有个哥哥，在别的州做生意，好多年不来往了，没想到后来吃了场官司，在监狱里呆了七年。他这次是作为逃犯来到妹妹家避难的。戴夫怕惹麻烦，就叮嘱妹妹不要告诉斯塔普……斯塔普有些后悔，都怪自己疑心太重了，胸口不禁涌过一阵苦水，他把眼睛一闭，拼命用头撞那根管子。

"什么声音？"弗兰哥哥停止了说话，问道。弗兰站起来，走了几步，木知木觉地说："没什么呀，我什么也没听到。"接着，她对哥哥说，"我看我们该走了！斯塔普这人小心眼，他不知是你，说不定以为我在外面找情人呢。我们去店里和他打个招呼，你就去警察局投案自首。唉，这事儿在电话里也和他说不清楚。"不一会儿，门外就传来汽车发动声。

斯塔普无声地叹了口气，看着那"嘀嘀嗒嗒"走动的闹钟，离三点钟只剩15分钟了，可怜巴巴的15分钟。

再挣扎也是无济于事的，斯塔普现在看出了这一点。他垂下眼睛，不再盯着闹钟。他觉得这样一来似乎可以减少一些恐惧。就在此时，只听"啪"的一声，地下室的一扇气窗被狠狠地撞击了一下，他先是一惊，接着就是一阵狂喜：原来是一只网球砸过来，它穿过铁丝网，落在了玻璃窗上。

捡球的人走过来了。斯塔普看清楚来人是个小孩子。他扭头瞅了一眼闹钟，发现仅剩下最后3分钟了。于是他左右猛烈地摇脑袋，做鬼脸，希望能引起孩子的注意。只见那孩子举起一只肉嘟嘟爱乱动的小手，捡起球，还朝里面张望。突然间，孩子看见了他！可就在此时，孩子的母亲赶过来，抱起小孩，有点生气地说："快起来，你在这里干什么？"

"妈咪，瞧！"小孩不肯离开，他用手指指气窗，"一个怪人，被绑着，还在做鬼脸。"

没料到孩子的母亲压根儿不睬他："那有什么好看的，妈咪可不能像你那样朝人家的屋子里张望。"说完，就将孩子拖了开去。

斯塔普再次跌入了万丈深渊。随着3点钟的一点点逼近，他已经是出的气多，而进的气少了。"嘀——呤"一阵刺耳的闹铃声响过，斯塔普从头到脚都在颤抖,突然,他怪声怪气地笑了起来……

也不知过了多久,弗兰发现了斯塔普,她很快就叫来了一帮警察。她双手捂着耳朵,两眼泪汪汪地说:"这到底出了什么事?你们就不能让他不笑吗?我实在受不了啦。他为什么那样笑个不停呢?"

一个警察同情地说:"对不起,太太,他疯了。"

闹钟显示已是晚上7点钟了,斯塔普担心的炸药没有爆炸,而警察的调查仍在进行。有人不小心踢到一只小盒子,那小盒子带着闹钟轻轻地顺着墙向前滑动了一段距离。警察问弗兰:"那是什么?"

弗兰看了一眼,不经意地解释道:"一只空盒子,本来里面放了一些肥料,前几天肥料已经被我浇花倒掉了。"

这确实是一只空盒子,可是斯塔普却蒙在鼓里……

(改写:夏 雨)
(题图:箭 中)

死亡表演

野村晋吉夫妇,在东京闹市区开了一家"野村理发店",夫妇俩起早摸黑,拼命干活,好不容易才积攒下二十六万日元。

这天一早,晋吉刚打开门,就从外面进来一位男顾客,只见他五十多岁,脸色较黑,长相难看。他对晋吉的热情招呼不理不睬,一声不吭地走到镜子前坐下,然后打了个哈欠,就闭上了眼睛。

晋吉平时有个习惯,喜欢推测顾客的职业。可今天,晋吉左瞧右瞧,怎么也判断不出这顾客到底是干什么的。越是猜不出,他越是想知道,于是一边推着剪子,一边主动和那男子搭起话来:"今天天气真热啊。"

"唔。"

"平时没见过您,是住在附近一带吗?"

"唔。"

"不知先生是做什么工作的?"

"唔。"

晋吉问了半天,可那顾客只是似睡非睡地打着哈哈。

待洗过头，晋吉将热气腾腾的毛巾从那顾客脸上取下，打算修面刮胡子时，那男子闭着眼睛，漫不经心地问道："你的名字叫野村晋吉吧？"

晋吉见对方终于开口了，心里一阵高兴，忙讨好地说："是啊，您是看到门口那块招牌了吧？"

那男子慢慢睁开眼睛，从上到下打量了晋吉一会，才慢条斯理地说："不，你的事情，我早就知道了。"

"哦，我可不认识您呀。"

那男子咧开嘴笑了笑，像是拉家常似的说："三个月前，你驾驶一辆汽车，曾经撞倒过一个从幼儿园回家的小女孩……"

没等对方说完，晋吉的脸刷地一下子失去了血色，拿剃刀的手停在半空中不会动了。

那男子对晋吉失神落魄的神态毫不理会，反而显得更随便地说："那小女孩已经死了，警察至今找不到肇事者，可我却亲眼目睹了，并且只有我一个人在场。"

晋吉大脑膨胀得快要爆炸了，剃刀机械地在那男子的面颊刮着，发出"喳喳喳"的声响。可那男子却显得特别镇定，又轻轻地问："你那辆肇事的车一定卖掉了吧？"

晋吉再也受不了了，他停住手，用一种拼一死活的腔调反问道："先生，你是来我这儿敲诈的吗？"

那男子笑得更甜了："你说这话多不够朋友，我可一直替你保守着秘密啊。"说完，便闭上眼睛，再不作声了。

晋吉竭力让自己镇定下来，他心里想，出事至今已经三个月，警察没来找自己，可见这男子确实没去报案。看来，他今天找上门来，只是想诈几个钱。这么一想，晋吉倒稍稍放下心来。

理完发，那男子站起身，照照镜子，又用手按按头发，显得十分满意地说："好，手艺不错，刚才我还真担心，怕你一刀把我宰了！"

听他说出这话，晋吉心里动了一下，瞧了瞧工具桌上那把锃亮的剃刀，又赶紧扭过脸。那男子装腔作势地拍了拍口袋,问:"多少钱?"

"四、四百元。"

"不贵,不贵!"那男子从口袋里拿出一张纸片,在上面写上"暂借四百元"几个字,然后递到晋吉手里,说:"这是借据,到时我一并还给你。"他见晋吉呆怔怔地没吭声,又补充道,"以后我要经常来麻烦你,所以预先把借据印好了。"

晋吉双眼死死盯着借据下面的签名"五十岚浩三郎",脸色由白变绿,心里在想:这家伙既然印好了借据,可见他存心要无休止地来敲诈勒索,数目也会越来越大。今天是四百,下次会更多,长期下去,这可是个无底窟窿啊……

打这天起,晋吉便惶惶不可终日,白天干活心不在焉,晚上一闭眼就做恶梦,梦见自己家里的东西全被掠夺光了,一家三口成了沿街乞讨的乞丐。

晋吉神态反常,被他妻子看出来了,她关心地问:"你怎么啦,身体不舒服?要不请个医生给看看吧。"晋吉一听,吓得又是摆手,又是摇头。因为他撞死孩子的事,一直瞒着妻子,他知道作为一个母亲,是无法接受这一残酷的事实的。

到了第五天早上,店门一打开,晋吉就听到妻子在外面甜甜地招呼客人:"欢迎,请!"

晋吉转身一瞧,不由倒抽一口冷气,只见那个叫五十岚浩三郎的人一摇二摆地迈进店堂。晋吉怕对方向妻子道出真情,忙强打起精神迎了上去:"我来,我来。"

五十岚浩三郎像见到老朋友似的开口说道:"我很欣赏你的手艺,今天想麻烦你替我修修面。"

晋吉只得无可奈何地让五十岚浩三郎平躺在椅子上,取过一块热毛巾敷在他的脸上,就在这时,晋吉脑海里忽然闪过一个念头:如果像现在这样,隔着毛巾狠命地往下按的话,就可以把他闷死。晋吉这么一想,禁不住手下稍稍用了点力,但很快他又胆怯地松了手,动作缓慢地掀开毛巾。

修完面，五十岚浩三郎和上次一样，取出那张纸片，问："多少钱？"

"二百元。"

"不贵，不贵！"他很快在纸片上写了几笔。晋吉接过纸片一看，脸顿时红了，只见上面写着："暂借五千二百元。"

晋吉气得呼呼直喘粗气，可五十岚浩三郎却当没看见，凑着他的耳朵轻轻地说了一句："我在对面咖啡店里等你。"说完，大摇大摆地走了出去。

"他妈的，你这个混蛋！"

晋吉忍不住骂出声来，把他妻子吓了一大跳："你这是怎么啦？"

"没什么，没什么。"晋吉赶紧掩饰道："我头有些昏，出去转转。"说完，趿拉着鞋跟了出去。

在咖啡店里，五十岚浩三都开门见山地说："这家咖啡店很清静，今后就作为我们的联络点吧。"

晋吉一听，急得双脚直跳："怎么，你还没完啊？"

"别激动嘛，当着你夫人的面，问你要钱可不太体面吧。钱你带来没有？"

晋吉从口袋里摸出五千元，说："你到底要多少钱？开个总价吧。"

五十岚浩三郎微微一笑，把钱藏进衣服里面的口袋，说："你说到哪里去了，我只不过是向你借钱嘛，喏，上次是四百，这次是五千二百，一共是五千六百元，我这账没记错吧。"

晋吉狠狠瞪了对方一眼，一针见血地揭穿道："哼，你根本就没打算还，我可是小本经营，一天挣不了多少钱……"

"别叫苦哭穷嘛。"五十岚浩三郎打断话头，笑嘻嘻地扳着指头开导道，"你虽然破了点小财，可毕竟保住了秘密，你可是占了大便宜。"

晋吉苦起脸，辩解道："这也不能全怪我，是那孩子突然冲过来，我刹了车，我不是故意的。"

"可如果我说你是超速开车呢，只要我死咬住这一点，你就得判刑坐牢。你不为你自己想想，也得为你的家庭想想啊。"晋吉被震醒了，头又无力地耷拉下来。

又过了五天，五十岚浩三郎又一摇二摆地走进店，他修完面，又填了一张一万零二百元的借据。

这一下，晋吉受不了了，要是照这样的速度发展下去，不出一个月，自己连老婆孩子都得卖掉啊。他想与其坐以待毙，不如拼个鱼死网破！想到这里，晋吉赶紧找到一家私人侦探社，请他们迅速摸清五十岚浩三郎到底是个什么货色，他想，如果能抓住这家伙一点把柄，也许还有路走。

侦探社的报告迟迟没有送来，可五十岚浩三郎的借据已经开到了二万二百元。

就在晋吉急得像热锅上的蚂蚁——团团转的时候，侦探社的人找上门来。那瘦侦探打开皮包，取出薄薄的一叠调查报告，介绍说：五十岚浩三郎今年53岁，电影演员，由于他长相不好，因此扮演的角色多半是刻薄的高利贷者，或者是诈骗犯。又由于他演技平平，因此现在很少有导演相中他。他的家庭状况也十分糟糕，妻子没有工作，一个刚上大学的儿子没钱交学费，总之他家很穷很穷。

晋吉听着听着几乎要昏厥过去，他认定如此贫困的家庭，对钱肯定是来者不拒，多多益善的，看来这个五十岚浩三郎真是把自己当作摇钱树了。晋吉不甘心地追问起五十岚浩三郎有无作案的前科，瘦侦探一个劲地摇头，他说他调查过许多人，大家都说五十岚浩三郎是个天生的老好人，从不做坏事。晋吉什么把柄也没抓到，反而又花去了一万元调查费。

又过了五天，正是五十岚浩三郎上门的日子，晋吉提心吊胆地等待着那个催命鬼的到来。可是奇怪，从开门一直到关门，始终没见到五十岚浩三郎的影子。晋吉松了口气，喝了口茶，坐到椅子上，翻开了报纸。谁知才看了一下标题，就禁不住失声叫了声："啊呀！"

原来，晚报上登着五十岚浩三郎的照片，标题是头号黑体字《援救孤儿，老人负伤》，报道写着：一个幼儿横穿马路，正遇着一辆轿车飞驶而来，五十岚浩三郎为救孩童，奋不顾身冲向汽车，孩童得救了，老人脚部受伤……看着看着，晋吉大脑又糊涂了，他怎么也无法把一个阴险的诈骗犯和一个奋不顾身救人的老人联系在一起，不过他心里还是在暗暗地祈祷，希望五十岚浩三郎能从此改邪归正，这样自己也可以过上太平日子了。

然而到了第三天下午，那个五十岚浩三郎瘸着脚又出现在晋吉面前，修完面，他又开出一张二万二百元的借据递到晋吉的手里。

晋吉被弄得走投无路了。他既没勇气去警察局自首，又没胆量抗拒五十岚浩三郎的敲诈，考虑了几个晚上，决定还是三十六计，走为上策。

晋吉找出许多理由，做通了妻子的工作，一家三口搬到了东京郊外，重新开了一家理发店。

谁想到太平日子过了没几天，五十岚浩三郎那张苍黑发肿的脸又出现了，他一进门就直嚷嚷："干吗搬家也不打个招呼？让我找得好苦啊。"晋吉默默无语地盯着这魔鬼似的仇人，嘴唇禁不住微微颤抖着，五十岚浩三郎只当没看见，毫不在意地在一张椅子上坐定，口气悠闲自得地说："给我修一下面吧。"

晋吉浑身像散了架，可五十岚浩三郎却笑容可掬，喋喋不休地说着："瞧你的脸色，那么难看，对顾客应该要笑一笑嘛，噢，我知道了，今天是那个女孩子的忌日，几个月前的今天，你开车撞死了她，怪不得你笑不起来……哟，你的剃刀可别乱动啊……"

晋吉的脸色越来越僵硬，他突然觉得周围的一切声响都听不见了，眼前只见五十岚浩三郎的嘴在一张一合地动着，活像一只丑恶无比的软体动物，他猛地举起了手中锃亮的剃刀……

就听得"啊——"一声惨叫，晋吉眼前一片鲜红，也正是这声惨叫，使晋吉思想回到现实世界，他定神一瞧，那把剃刀已深深陷进了五十岚浩三郎的咽喉，殷红的鲜血朝外喷着。

"喔……"五十岚浩三郎拼命地晃动着脑袋，挣扎着发出低低的声音："就、说、我……自……己、身、体、动……的……"

五十岚浩三郎断断续续没说完，就死了。野村晋吉也被作为杀人嫌疑犯逮捕，经过几次审讯，因为警察找不到杀人动机，这件事最后变成：

在修面时，业主和顾客配合不当，出现了业务上的严重过失。因此法院最终对晋吉的判决是有期徒刑一年，缓刑三年执行。

晋吉对如此轻的判决很是意外，他更弄不清的是：五十岚浩三郎这个诈骗犯，为何在奄奄一息时，要提醒自己注意有利的证词。

不久，晋吉一家又搬回了东京。有一天，一个身穿和服的妇女找上门来，自我介绍道："我叫五十岚清子，我在整理丈夫的遗物时，看到有封写给您的信，我就给您送来了。"五十岚清子把一只厚厚的信封递给晋吉后，便告辞了。

晋吉看了看信封，上面果真写着："给野村晋吉的遗书"，一种迫切希望了解事实真相的心情，使他飞快地拆开了信封，信上写道：

你什么时候杀死我，我不知道，所以先写下这封遗书。

这一生，我除了演戏，什么都不会，如今导演们都不要我，我只有死路一条了。

对死我毫不惧怕，可我那妻子和上学的儿子他们太穷了，我总得想法子给他们聚些钱。

很幸运，我加入了人寿保险，保险金是五百万，要是有了这笔钱，他们也就可以活下去了。但我要是自杀，这笔保险金就无效了。在这个时候，我恰巧目睹了你的交通事故，于是我想到了利用你，把你逼得走投无路，你也许会杀死我。底下发生的事，你都知道了……

我想过不了多久，你也许要动刀了，我十分高兴，因为我给妻子和儿子留下了五百万元，同样，在我生命的最后时刻，我毕竟做出了卓越的表演，我对自己的演技表示满意。

最后请你再次原谅我，我把从你处敲诈的钱如数附上，七万六千二百元（其中理发、修面费一千二百元）。

（张　芜　改编）
（题图：张恩卫）

胡同恐惧症

　　小慧是红旗丝厂的下岗女工,近来参加了再就业培训中心的家政培训班,每天晚上去学校上课。

　　小慧放学回家必须经过六指胡同,那是一条偏僻的小巷,垃圾遍地,臭气熏天,路灯从来没见亮过,每晚小慧打那过,心里就直哆嗦。

　　这也叫:越是怕鬼,鬼就偏偏找上门来。这天,小慧放学回家,刚拐进胡同,就听有人低声喝道:"站住!"一个男子突然从黑暗里蹿了出来,挡住了小慧的去路。

　　小慧当时就吓傻了:"你要干什么? 你要干什么……"

　　"别叫唤! 乖乖拿出钱来! 免得老子动手!"男子挥挥手,手里握着一把明晃晃的刀。

好半天小慧才回过神来，假装镇定地说："六指胡同里住的都是平民百姓，哪有钱啊！"

"少说废话！"男子上前一步夺过小慧手里的坤包，又伸手去扯她挂在脖子上的项链。

尽管那项链是假的，但本能还是使小慧惊恐地大叫起来。男子赶紧去捂小慧的嘴，不料用力过猛脚下一绊，"扑通"摔了一跤，小慧趁着这个机会，一路哭叫着朝家里奔去。

丈夫阿明听到妻子走了调的哭喊声，知道出大事了，忙从家里冲了出来。

哭喊声也惊动了邻居们，大家手持棍棒，一同追出胡同，撵到偏街口，哪还见得到歹徒的人影？

一会儿民警来了，作了笔录，众人才渐渐散去。

阿明扶小慧上床，百般安慰，使她入睡。可是，小慧在梦中还是不停地抽泣，不停地磨牙，一次次地被噩梦惊醒。

为了排遣小慧心中的阴影，接下来的几天，阿明陪她去郊游，回娘家，听戏，看电影。可是忙了半个多月，效果并不明显，小慧每次经过六指胡同的时候，总是脸色骤变、浑身颤栗，即使在白天也是如此。一位同学提醒说，要彻底解决问题，除非让小慧亲眼看见劫匪被绳之以法，可这样的小案大多不了了之，这办法看来行不通。

这一天，阿明在晚报上看到一则报道，介绍本市一家心理诊所，阿明赶紧拿去给小慧看，劝她去试试。可小慧不相信："什么心理诊所？还不是牛皮公司，咱不花那冤枉钱。"

阿明在旁边劝道："还是去试试吧，我觉得心病还得心药治。"尽管有些不乐意，小慧还是在阿明的陪同下去了那家心理诊所。

诊所的主治大夫叫叶刚，是一位心理学博士，高高大大的，像个拳击手，他一边仔细询问小慧的情况，一边在电脑上作着记录。做完这一切，叶博士让他们在外面等一下。

又大约过了二十来分钟，护士过来对小慧说："叶博士请你进去。"

小慧走进治疗室,叶博士叫小慧在对面的椅子上坐下,说:"根据你刚才讲述的情况,我在电脑里为你做了一个动画片,你愿意看一下吗?"

小慧惊奇地点点头。

随即音乐响起,幕布上投射出这样的画面:风高月黑,一位年轻女子吹着口哨,走进幽深的小巷,突然黑暗中跳出一个蒙面大盗,飞舞着明晃晃的钢刀,向女子直扑过去。女子惊叫着狂奔起来,突然,她的裙子被路旁的树枝挂住了,只听得一声脆脆的响,裙子挂破了,可是她顾不得那么多,仍然飞奔着,动作极为夸张滑稽,连蒙面大盗也忍不住大笑起来……小慧开头还有些紧张,后来也被逗笑了。

看完片子,接下来就是很随意的聊天,从法国时装谈到流行歌曲,从模特大赛谈到美国大片。末了,叶博士给小慧一本侦探小说,一本擒拿格斗教程,又送给她一根折叠式的短棒,叫她照着教程练习,短棒要放在随身的包中,片刻不离。叶博士还建议小慧最好去参加女子防身术培训,并定时来诊所复诊。

回家的路上,小慧问阿明:"那晚我的裙子被撕破了吗?"

阿明摇摇头说:"没有啊!"

可小慧还是不放心,回到家里就忙着翻看,果然没有。

小慧把就诊的事跟邻居们一说,大家一阵笑骂,有人说:"这博士真逗。"有人说:"这算什么医生,他能治病吗?怕是没什么本事,哄人的吧?"

不过,小慧觉得叶博士的建议挺有道理,于是报名参加了文化宫举办的女子防身训练班。经过一段时间的锻炼,她的精神似乎一天天好起来了,只是每当经过六指胡同时,还是心有余悸,两腿发软。

小慧知道这病根还在,于是坚持按时去心理诊所。在那里,小慧还看了叶博士制作的其他一些动画,其中一次看的是母子俩在河边散步,一个歹徒抢走了孩子,柔弱的母亲突然爆发出惊人的力量,双手把歹徒举过头顶,远远地投向河中心。小慧从中感到了危急时刻母性的巨大潜能,也觉得浑身有了力量。但一离开诊所,走到六指胡同,她又会不由自主地害怕起来。

疗程已经多次延长，效果却并不明显，小慧有些泄气了。在一次治疗时，小慧对叶博士说，再治几次，如果还不行，就考虑搬家，离开这该死的六指胡同。

叶博士当时没说什么，可第二天就特意来到小慧家，鼓励小慧："对治疗一定要有信心，因为'胡同恐惧症'一天不除，你心里的鬼就一天不会消失，搬到哪里你都不会太平。噢，明天白天我有点事，你吃过晚饭来吧，我尽量在那个时候赶回诊所！"

告辞前，叶博士又询问了小慧在防身训练班的情况，还让她表演了一套防身术。叶博士看了很满意，嘱咐说："做贼心虚，这是贼的心理弱点。对强盗最具有心理震慑力的攻击，莫过于直接击中他的面门，面门受到攻击，心理防线就会彻底崩溃，从而失去攻击力，甚至束手就擒。"

尽管小慧对心理治疗失去了信心，可看到叶博士这样认真，觉得有点过意不去，决定再去治疗几次。

第二天傍晚，小慧如约来到心理诊所，叶博士却不在，护士小姐非常抱歉地告诉她，叶博士打过电话来，说他实在赶不回来，只能约在明天一大早了。

小慧有些失望，但也只好往回走，穿过滨江大道，拐进向阳小巷，再往前走就到六指胡同了，小慧心中那个鬼又出现了，她下意识地拉开坤包拉链，握紧短棒，还不停地对自己说："时间还早，歹徒没这么早出来，别怕！别怕！来了就打他面门。"

就在这时，突然从墙角一棵树后面闪出一个蒙面大汉，挡住了她的去路。小慧倒吸一口冷气，猛地想起叶博士的话，一时间反倒镇定下来，她飞快地抽出短棒，"叭"的一声，短棒变长。顺势朝那蒙面大汉面门击去。只听"噗"的一声，那蒙面大汉应声倒地，双手捂着脸，身子痛苦地扭着。小慧还不解恨，想再揍几棒，却见那个蒙面大汉已爬起来，像兔子一样地跑出了胡同口。

小慧追了几步没追上，只好返身回家，再次经过六指胡同时，她突然感到好像丢了什么，想啊，想啊，哈哈，原来那个"鬼"丢掉了，莫名的恐惧消失了！小慧感到无比轻松，她一口气跑回家，告诉阿明这个又惊又喜的消息，然后又打电话给朋友，那种久违了的神采飞扬的神情，又出现在了她的脸上。

晚上，小慧和阿明商量，决定第二天去诊所，把这个好消息告诉叶博士，也向他表示感谢。

第二天一大早，小慧来到诊所，叶博士已经早早地等候在那里了，他身穿笔挺的西服，额上却粘着两块创可贴。小慧见他这副滑稽相，忍不住笑了起来。

叶博士不好意思地解释道："昨天骑车摔了一跤！"

彻底摆脱了心理阴影的小慧显得更加美丽动人，她调皮地说："叶博士，我的病好了，这回该你去看外科大夫了。"接着，小慧说了昨晚发生的一切。

叶博士听完，脸上露出既高兴又吃惊的表情，调侃道："看来以后我可再也赚不到你的钱了！"他边说边伸出手去，"不过，我还是要真诚地祝贺你啊！"

小慧辞别叶博士，轻快地走下大理石台阶，美丽的身影渐渐融入了熙熙攘攘的人流中；而诊所里，叶博士用手轻揉着昨天被小慧棒打的伤口，又开始接待下一个病人了。

(叶天子)

(题图：箭　中)

探秘·险事

tanmi xianshi

我们要斗的不是罪人,而是罪恶本身。

雪 魂

冰人碎裂

喀喇昆仑山是片终年被冰雪覆盖的神秘高原，在这苍莽的山脉中，有一座不起眼的无名小山峰，这个神奇诡异的故事就发生在这里。

这天，寂静的小山峰上出现了一支队伍，他们既不是科考队，也不是极限运动员，而是来寻找传说中失落的宝藏的。

这支队伍由五人组成，头儿叫方季民，是个曾经活跃在中缅边境的毒枭。最近，他遭到警方的通缉追捕，靠走私毒品赚来的黑钱也全部被冻结。走投无路之下，他决定冒险进入喀喇昆仑山，企图找到宝藏，然后逃往海外。

跟方季民同行的，有他的情人叶青，一个长得端庄漂亮的女子。还有两个同伙，一个叫雷猛，一个叫顾文涛。

进入大山后，方季民又托人给找了个向导。这人叫阿布，是个长得英俊帅气的年轻人,他从小在雪山里长大,登起山来,灵活得如同猿猴。

山上狂风凛冽,厚厚的积雪被风卷上天空,形成了茫茫白雾,遮挡住了大家的视线。向导阿布走在队伍最前面,他的腰上系着一根红色"引路绳"。后面的人依次排开,牵着这根绳子,艰难地向山顶攀爬。

接近山顶时,风更大了。狂风呼啸着从山谷中穿过,发出令人毛骨悚然的"呜呜"声。这时,他们爬到了一片异常险恶的地方,前面是陡峭的山壁,几乎无立足之处,身后则是万丈深渊,也没有退路。

阿布一边用雪杖探路,引着大家往前走,一边大声提醒大家小心脚下。可是就在这时,身后突然响起一声吓人的惨叫,这声音在山谷中久久回荡。

发出惨叫的是雷猛,他走在队伍的最后,身上还背着一大包沉重的雷管、导火索等爆破物。本来他是握着红绳末端的,可现在,绳子垂落在雪地上,却不见了雷猛的踪影。

阿布看了一眼雪地上的绳子,皱着眉问走在雷猛前边的叶青:"雷猛呢?"

"不知道,"叶青满脸的惊恐,一边喘着粗气,一边说,"我光顾着往上爬了,没注意身后发生了什么。也许、也许他是滑到深渊里了吧?"

阿布刚想再问些什么,旁边的方季民已拧紧了眉头,使劲朝雪地上啐了口唾沫,骂骂咧咧地说:"真是耽误事儿,你们快下去给我找找,要是找不到人,能把他的背包找回来也行。如果那包东西丢了,我们就白来一趟了。"

阿布犹豫了一下,说:"你们在原地等着,我下去找他。"说罢,阿布卸下身上的背包,坐在雪地上紧了紧脚上的登山靴和靴子上的冰爪,然后小心翼翼地向山下爬去……

时间在一分一秒地流逝,转眼半个多钟头过去了,还不见阿布与雷猛的踪影。叶青不安地问方季民:"他们两个怎么还没回来?该不会是出、出什么意外了吧?"

方季民凶巴巴地说:"我哪里知道,这种鬼地方啥样的怪事都能发生。要不是警察追得紧,老子才不来这鬼地方呢!"

方季民正说着,身旁的顾文涛透过茫茫白雾,依稀看到一团臃肿的身影从山下缓缓地爬上来。他高兴地叫起来:"老大,雷猛回来——"

可是,他这一声欢叫仅仅叫出一半,便像被什么东西卡住了喉咙,硬生生地将后半句给掐断了。原来,他看清楚了,雷猛不是爬上来的,而是趴在阿布背上,被背了回来。

大家赶紧过去接应,到了跟前才发现,雷猛双眼紧闭,四肢张开,姿势怪异地趴在阿布背上。他的脸上到处是擦伤的血痕,血已经凝固,但那脸却十分怪异:右半边像血一样红,而左半边则像雪一样白。

"阿布,雷猛怎么了?"顾文涛一边帮着阿布将雷猛抱下来,一边紧张地问。

可是,没等阿布回答,方季民便气急败坏地问:"背包呢?雷猛身上那一包雷管呢?"

阿布疲惫地摇摇头:"没注意。我找到雷猛时,发现他掉在一个冰窟窿里,当时他只是一个劲说身上很冷,也没提背包的事。没过多大工夫,他就昏过去了。我不能丢下他不管,所以就背着他上来了。"

方季民一听,跳了起来,破口大骂:"你个猪脑子,刚才我已经提醒过你了,一定要找到雷管,没有雷管我们就没办法炸开山顶的厚冰,也就进不去洞窟,你怎么……"

就在方季民发火时,雷猛突然呻吟一声,醒转过来。他无力地睁开双眼,眼神里透出恐惧,然后吃力地张开嘴巴,嗓子里发出了如同野兽负伤时的"嘀嘀"声,"嘀"了半天才从牙缝里挤出了一句话:"好冷,我好冷……"

"好小子,你醒了就好。"方季民一下子冲过去,一连声地追问,"你刚才怎么掉进冰窟窿里了?你的背包丢到哪儿去了,快告诉我!"

方季民如此不管手下死活,一心只惦记着那包雷管,这让一旁的叶青看着有些不忍,她默默地拉开身上的背包,从里面取出一条羊毛毯子往冻得抖成一团的雷猛身上裹去。可是,当毯子刚刚裹到雷猛身上的一刹那,恐怖的一幕便发生了。叶青的胳膊肘不小心碰到了雷猛的鼻子尖,只听"咔"的一声脆响,雷猛的鼻尖像一块被打碎的冰砣,落到了雪地上。

叶青一见，惊得"妈呀"大叫一声，向后跳出了一大步。

鼻尖在雪地上滚了好远，却没一滴血涌出，好像雷猛的血液早就凝成了冰。这情景把在场的人都给惊呆了。雷猛的眼球滚动着，在雪地上寻找自己的鼻尖。当他终于发现了那个苍白的鼻尖时，他痛苦地呻吟一声："我的……鼻子……好疼。"

谁知，雷猛一开口说话，便牵动了脸上的肌肉，紧接着他的脸又发生了更加怪异的变化。只见他的额头裂开了一道伤口，那伤口开始浅浅的，但眨眼间越裂越深、越裂越长，而且从额头开始向眼角蔓延，渐渐地伤口爬过了眼角，爬过了鼻梁、嘴唇和脖颈……却没流出一滴鲜血。

看到这情景，叶青一边拼命往方季民身后躲，一边颤抖着声音尖叫："天哪！这是怎么回事？"

这时，雷猛整张脸都变成了雪白色，就连他的黑眼球也变成了白色。他那双白眼球好像看到了什么神秘可怕的东西，显露出极度的恐惧。他吃力地张开嘴巴，发出一声撕心裂肺的惊叫。

随着这声惊叫，他那张雪白的脸像突然被铁锤狠狠砸了一下，顿时碎成了一块块菱形冰块，散落在雪地上。紧接着，他的整个身体也开始碎裂，碎成了一个个大小不一的冰球。这些晶莹剔透的小冰球从他的领口里、袖口里和裤管里不断滚落出来，顺着陡峭的山坡，向山下滚去。

"鬼呀！"叶青尖叫一声，丢下背包，连滚带爬地朝山下跑去。叶青的尖叫声把其他三个人也从惊呆中叫醒了过来，一种巨大的恐惧袭遍他们的全身。大家也顾不上什么宝藏不宝藏了，紧跟着叶青，惊慌失措地向山下逃去。

宝藏传说

此时，风依然很大。四个人连滚带爬地跑出了好远，看见身后没什么妖魔鬼怪追来，紧张的心这才稍稍放松了一些。

喘息一会儿后，方季民仍不死心。他想若找不到宝藏，自己就无法东山再起。虽然经过了刚才的惊吓，但这家伙赌一把的心理再次占据了上风，他拦住大家，要阿布带大家重回雷猛出事的地方，去寻找丢失的爆破物。

可是，阿布好像被刚才的事吓破了胆，说什么也不肯再去那个冰窟，而是一个劲地嚷着要下山。方季民见硬拦不起作用，便用利诱，许诺说如果找到宝藏，就分一份给阿布，保证他八辈子享用不完。

谁知阿布却不相信方季民的话，他苦笑着说："这一路上，你一直口口声声说上山找宝藏，说得倒挺诱人，可我又怎么知道这是真的呢？我从小在这里长大，从来没听说过宝藏的事情。咱们别宝藏没找着，反倒落个跟雷猛一样的下场，那可就惨了。"

阿布说这番话时，一旁的叶青和顾文涛好像也流露出疑惑的表情。方季民觉察到了，他知道，这个时候必须先稳定住军心，否则，大家全跑了，留下自己一个人在山上什么也干不成。

想到这里，方季民干咳了一声，说："这座山里确实有宝藏，这一点绝对没错。你们要问我为啥这么肯定，我可以跟你们讲一个故事。"接着，方季民就讲了起来：

原来，喀喇昆仑山在古突厥语中是黑色石头的意思。据说，这座山脉中盛产一种罕见的黑色矿石，这种矿石可以冶炼出坚硬的乌铁，而乌铁可以打造出锋利的刀剑。

很久很久以前，喀喇昆仑山中有一个叫做沙山国的小王国。国家不大，但军事实力却很强大。原因就在于他们国家有黑色的石头，可以生产出无比锋利的乌铁刀剑。但随着长年累月的开采，这种黑色矿石越来越稀少，打造出来的刀剑也远远赶不上军队的消耗。于是，沙山国的军事实力便渐渐开始衰弱。

而就在沙山国的旁边，有个强大的库车国，一直对沙山国虎视眈眈。两国在多年的交战中，库车国渐渐占据了上风。直到有一天，库车国的铁骑如潮水般杀进喀喇昆仑山脉，沙山国百姓的家园被毁，人民遭到屠杀，土地也沦陷为库车国的征服地。

在国家即将灭亡的前夕,沙山国的老国王找来了自己最信任的大臣,和一位最著名的能工巧匠,将宫中的黄金珍宝运往大山中埋藏起来,准备留给后人复国之用。

大臣和工匠带了五百名士兵,押运着珍宝连夜出城,钻进了莽莽雪山里。在工匠的指挥下,士兵们开始在峰顶挖洞。洞挖好后,宝藏被放置进去,工匠又开始指挥士兵在洞内设置暗器机关。

当一切完工后,趁着士兵们欢庆之时,工匠却突然启动了暗器机关,那五百名无辜的士兵便成了这些机关的第一批牺牲品。可是,就在工匠启动机关的同时,一把锋利的剑从背后悄无声息地刺入了他的心脏!刺杀工匠的就是那个大臣,而这一切都是老国王的旨意。

大臣完成任务下山后,赶到友好邻邦去与事先逃到那里的国王的小儿子会合,想要辅佐他招兵买马,复国报仇。不料,这位太子不是当国王的料。他胆小怕事、贪图安逸,早把国仇家恨给忘到了脑后。而且,为了避开大臣的进谏纠缠,他竟悄悄逃离了邻国,从此不知去向。大臣非常伤心,感觉自己辜负了老国王的嘱托,无颜再留在北疆,从此便隐姓埋名,远走他乡。

讲完这个故事,方季民顿了一顿,得意地说:"实不相瞒,故事里那个大臣就是老子的祖先。藏宝的地点,只有我祖先一个人知道,一代一代传到我这里。说实话,原本老子早就想来掘宝了,可因为藏宝洞里暗器机关厉害,怕万一有啥闪失,把命给搭上可就赔大本了。但眼下,已经没有别的路可走了,只好拼命来捞一把。这一把要是捞成功了,保管各位人人都成大富翁。"

俗话说:人为财死,鸟为食亡。方季民一讲完这个故事,阿布似乎也有些动心了。他低头犹豫了一会儿,终于一跺脚,说了一句:"好,要死要活都豁出去了,我就陪你们再疯一回。"

阿布心想:雷猛失足跌入的那个冰窟距离山顶顶多四五十米,刚才大家从山顶往下连滚带爬地一阵狂奔,差不多也跑出这么远的距离了,想来那个冰窟应该就在附近。

于是，阿布掏出定位仪搜索了一下自己所处的方位，找准方向之后，便领着大家小心翼翼地向山体一侧走去。走出大约十多丈，眼前出现一片凌乱的脚印。

"就是这里了。"阿布挥手示意大家小心慢行。

这儿的山体也异常陡峭，刚才大家一心想着登顶，没太留意周边的环境。现在经阿布一提醒，大家仔细一看，发现在脚印的不远处，有一个如洗澡盆大小的冰窟口。

冰窟在山体的边缘，站在冰窟旁，稍不留神，就有可能滑下深崖，摔个粉身碎骨。而冰窟本身，顶多只有两米左右深，里面全是厚厚的冰层，如同一座水晶宫。但可怕的是，冰窟里有很多自然形成的冰柱纵横交错，如同一根根倒竖的象牙，其中有几根冰柱被重物压断了，碎了一地冰屑，上面还沾有斑斑血迹，显然就是刚才被雷猛压断的!

方季民趴在冰窟口俯看下去，果然发现了雷猛的那只红色背包，可是这背包正好卡在了一堆犬牙交错的冰柱中间。要想把它拿出来，得让人钻进冰柱丛的缝隙里去。这一行人里，只有叶青身材最为瘦小，方季民便命令大家一起动手，用绳子拴在叶青的上身，将她吊送进冰窟里。

刚往下送了一半，顾文涛突然发现了什么不对劲，忙喊了一声："嫂子小心。"

阿布和方季民急忙停下放绳的动作，叶青也茫然地仰起头来，问："怎么啦?"

顾文涛有些犹豫地指了指叶青身下的冰层，说："你们看，这些冰层的颜色好像有点奇怪呀!"冰层晶莹透明，看上去没什么异常之处。但经顾文涛一提醒，大家再仔细一看，发现这冰层中隐隐透着一丝青幽的光，好像被人用淡青色的颜料染过一般。"老大，这冰层肯定有鬼。"顾文涛将脸转向方季民说，"刚才雷猛的离奇死亡，可能跟这冰层有关。"

方季民一脸茫然地问："怎么讲?"

"我听说有一种古老的蛊毒，叫做冰蚕天水，这种毒溶化在水里，水就会变成淡青色,要不仔细看,你根本就看不出来。"顾文涛一副很懂行的样子说,"人要是喝下这种水,或者是皮肤上有伤口,沾上一丁点,马上就会中毒,全身冻僵而死。"

方季民将信将疑地看着顾文涛,说:"以前不知道,现在才发现你小子懂得还真不少呢。"

方季民虽然没全信顾文涛的话,但他觉得这雪山之中什么样的怪事都有可能发生,还是小心为妙。于是,便提醒叶青,"你小心着点,别让冰柱划破了皮肤。"

方季民说这话的时候,一旁的阿布若有所思地看了一眼顾文涛,又看了一眼叶青,眼神中闪过一丝不易察觉的笑意。

夺命银针

叶青小心翼翼地钻进冰柱丛里,一点一点向红色背包移动,大约过了一支烟的工夫,终于够到了背包上的带子。这时,众人才稍稍松了口气。

叶青吃力地将背包拽到自己的身前,缓缓爬出了冰柱丛。就在她马上就要全身而退时,她突然像发现了什么奇怪的东西,整个人一下子僵住了。

方季民看出了叶青的异常表现,忙问:"叶青,你怎么啦?"

叶青好像被什么东西给吓呆了,竟忘了回答方季民的问话。直到方季民又大声追问了一次,她才反应过来,慌乱地说:"这里、这里好像有什么东西。"

方季民一听,下意识地将脑袋探入冰窟里,顺着叶青看的方向定睛望去。果然,在叶青前方不远的冰壁上,隐约有一处不同寻常的图案。再仔细看看,那图案竟是一道圆形的石门,门上雕着古老的花纹。由于石门隐藏在厚厚的冰壁下面,若非细看,还真不容易被发现。

方季民觉得这很可能是藏宝洞口,这一发现,喜得他差点狂笑起来。

那么传说中洞口在山顶,怎么会在这儿呢?

原来，洞口本来是开在山顶的，但经过几百年山顶上不断积雪，冰层逐年增厚，到现在，已经厚达四五十米了，洞口的位置自然就下降了。

看到洞口，方季民暗暗庆幸，幸亏雷猛不偏不倚失足掉到了这里，自己又坚持要回来寻找雷猛的背包，否则，真不知何时才会发现这个洞口。方季民相信这不只是一个巧合，而是天意，是冥冥之中老天有意让自己发这笔横财。

既然发现了藏宝洞口，就得马上行动。方季民立即指挥顾文涛跟自己一起顺着绳索爬进冰窟。顾文涛身上带着野外作业用的便携式电钻，非常专业地在冰壁上打了几十个钻眼，然后往每个钻眼里放上一枚雷管，做好炸开这片冰壁的准备。

叶青毕竟是女人，天生胆小，她对冰壁后那道石门好像存有本能的畏惧。她呆呆地望着石门上的古老花纹，眼神里掠过一丝恐惧。

这一切，都被居高临下、留守在冰窟外的阿布看在眼里。他眼神里又一次流露出了一丝不易察觉的笑意。

约摸过了一个多小时，雷管安置完毕，方季民把导火索接到电击发装置上，设定好引爆时间，然后沿着绳索爬出冰窟，指挥大家往山下的安全地带撤离。

又过了一个小时，大家安全撤离到了半山腰附近。这时，身后突然"轰隆隆"一声惊天动地的巨响，爆炸声在空旷的山谷中回荡，如同天被炸裂了一道口子，令人胆战心惊。众人抬头望去，只见天空被炸飞的冰雪染得白茫茫一片，碎冰块落地时发出的"噼啪"之声如同擂鼓，声势十分吓人。

如此过了几分钟，周围才渐渐安静下来。众人重新向冰窟处爬去，他们踩在被炸碎的冰屑上，一步一滑，更加艰难地往上攀爬。

花了近一个小时，才爬到了那座冰窟附近。阿布抬头望去，只见那冰窟已被炸得粉碎，山顶上的半边冰川也被炸毁。就连那道古老的圆形石门也被炸破，门后露出一个黑黢黢的山洞。

方季民小心翼翼地探头往里看去，只见洞内有石阶，笔直向下，通往山体内部，里面黑咕隆咚的，什么都看不清楚。方季民知道这下面有厉害的机关，他不肯冒险先下，而是让顾文涛戴上矿灯帽，率先进去探路。

顾文涛的胆子倒也够大的，他毫不犹豫地戴上矿灯帽，一猫腰钻了进去。洞里多年闭塞，一股腐朽霉味扑面而来，呛得人透不过气来。顾文涛以手掩鼻，一步一步小心翼翼地踏着台阶向下走去，一共走了九十九级台阶，便顺利地来到了洞穴的底部。

底部是个像大型会议厅一般的地方，里面空无一物，既没机关暗器，更没有什么传说中的宝藏，只是山壁四周雕刻着一些神秘而邪门的花纹。

顾文涛一边仔细观察着壁画，一边若有所思。他发现壁画里有一株硕大无比的奇怪花树，几乎占据了半面墙体，看到这里，顾文涛的嘴角边露出一丝古怪的微笑。

顾文涛摘下矿灯，朝洞口晃了晃，又大喊了一声："老大，我到下面了。"

洞口外的方季民看到灯光信号，又听到顾文涛的喊声，这才放心地戴上矿灯帽，带着阿布和叶青钻进了洞穴。

可是当方季民看到藏宝洞里空无一物时，气得一下子跳起来，"哇哇"怪叫道："这是怎么回事？怎么只有满墙破画，我的黄金珍宝呢！"

"老大，别着急，"顾文涛拍拍方季民的肩头，说，"如果我没有猜错，这里应该是藏宝库的外室，宝物肯定有，只不过都在内室里存放着。"

"什么外室、内室？"方季民有些不耐烦地说，"你小子在胡说什么？"

"你看这个图案，"顾文涛将矿灯照向壁画上的那棵花树，说，"你看那朵花蕊上是不是有个按钮？"

方季民上前仔细看看，在灯光的照射下，果然看到其中一朵花蕊上有一个小小的按钮。这按钮设置得极其隐蔽，外观与花蕊相似，只是微微有些凸起，若不细看，根本就分辨不出来。

"好小子，真有你的，你这家伙啥时变得这么聪明了？"方季民咧开大嘴笑道，"好，你给我按一下这个按钮，看看有什么反应。"

方季民担心这按钮连着机关，他让顾文涛按，自己却远远退到洞口的台阶上。叶青的眼神里也露出一丝恐惧，但她没像方季民退得那么远，仍旧站在顾文涛的身后。而站在她旁边的阿布稍一犹豫，就朝叶青身边凑了凑。

顾文涛厌恶地扫了阿布一眼，皱了皱眉头，然后便伸手按动了按钮。刚一按下，洞穴里突然响起一阵"吱吱嘎嘎"的声音，这声音好像来自远古荒原，显得空洞而神秘。在"吱嘎"的声音中，壁画的花纹上猛然露出了一排排细密的针孔，紧接着从针孔中疾射出无数如麦芒般的银针。

银针铺天盖地般射出，方季民虽然躲在洞口，也没能逃出银针覆盖的范围。他只觉得好像是身陷蜂巢之下，连连遭到叮咬。而奇怪的是，只有那面雕有花树的壁画下没有银针射出，顾文涛和阿布、叶青所站的地方成了一个安全的孤岛。

这一变化实在是太突然了，方季民还没来得及反应，便身中几十根银针。这些银针冰凉刺骨，一钻入身体，就把他的血液给冻住了。

这时，顾文涛又飞快地伸手向花树上另一朵花蕊按了一下，机关再次启动，但听"咚"的一声，阿布头顶上方的石壁突然裂开一道大口子，一个铁笼从天而降，将阿布和叶青牢牢地罩在其中。

直到这时，顾文涛脸上才露出得意的笑容。

而此时，方季民的脸也像雷猛一样，变得一半脸如血一样鲜红，另一半脸却如雪一般洁白。他觉得体内出奇的寒冷，挣扎着想逃离这个鬼地方。但他的血液早已冻僵，只得吃力地说道："这、这是……怎么回……事？"

顾文涛笑眯眯地走到方季民身前："老大，想知道是怎么回事儿吗？我也来讲一个故事好了。"

接着，顾文涛就讲了起来：

那个被沙山国大臣刺死的工匠，的确是位技术盖世的能工巧匠，据说他建造的房屋能追日逐月，随着日月的升落而变换角度，从而使得房屋内始终充满阳光。当他被国王召进王宫，让他和大臣一起去藏宝时，他伤心不已。工匠是个聪明人，深知"匹夫无罪，怀璧其罪"的道理。他知道珍宝藏好的那天，便是自己的死期。

他心灰意冷地回到家里,找出一张机关设计图,交给了怀孕不久的妻子。希望妻子能将这张设计图交给他的后人。他只望后人凭这个设计图,进入藏宝洞,把他的尸骨找出来安葬便可,千万不准打宝藏的主意。

讲完这个故事,顾文涛停顿了一下,才说:"其实我就是那个工匠的后人,这里面的暗器机关,洞外冰川里那些冰蚕天水毒,以及洞里这些沾了冰蚕天水毒的银针,都是我的祖先设计安排的。老大,谢谢你把我带到这里来。几百年来,我的先人们虽然握有机关设计图,却不知道藏宝洞的位置,一直没办法找到这里。想当年,你的祖先杀了我的祖先,今天我用银针取你性命,也算是替祖先报仇了。"

顾文涛说到这里,方季民突然嘶哑地大喊起来:"救救我,我……不是大臣……大臣的后人,我……在骗你。"

顾文涛闻言不由一怔。

奇特脚印

这时,被关在铁笼里的叶青却接过了方季民的话,说道:"是的,我可以证明,他不是大臣的后人。"接着,她神态凄楚地说,"我也来讲个故事给你们听听。"

二十年前,有个善良厚道的卡车司机,他无意中认识了一个毒贩子。开始司机并不知道毒贩的真实身份,直到有一天,毒贩要运送一批毒品过境,便来跟司机商量,要将毒品藏进司机的汽车轮胎里。司机不答应,毒贩就翻脸要杀掉司机。司机说,如果毒贩想发财,自己可以告诉他一个宝藏的秘密。

于是,司机就把祖上传下来的关于沙山国复国宝藏的秘密告诉给了毒贩,他以为这样毒贩就会放过他,可没想到,毒贩还是残忍地枪杀了司机。

当时,司机不满八岁的女儿就躲在里屋的灶台旁,她亲眼看到了父亲被枪杀的血腥一幕。多年以后,这个女孩儿长大了,为了替父亲报仇,她故意接近那个毒贩，并不惜忍辱牺牲，做了毒贩的情人。

在取得毒贩的信任后，她偷偷向警方报信，使毒贩的全部黑钱账户被警方冻结。只可惜由于那个毒贩行踪诡秘，多次逃出了警方的布控。不过，现在也无所谓了，因为那个毒贩已经中了毒，死期临近，他再也无法潜逃海外了。想必，那女孩儿父亲的在天之灵也可以安息了。

讲完这个故事，所有的人都愣住了。方季民的眼里几乎喷出了火，他"嗬嗬"怪叫着，想要掏枪杀死叶青。但此时，他的四肢已不听使唤，挣扎了半天也没把手枪掏出来。

"嫂子……不，叶青，真想不到，原来你是因为报仇才跟了方老大的。"顾文涛一脸讨好地笑着说，"我还一直觉得非常可惜，这么好的一朵鲜花插在了牛粪上。这下好了，我替你报了仇，不如咱俩取了宝藏远走高飞吧！我……我一直很喜欢你，我会一辈子对你好的。"

没等叶青回答，一旁的阿布突然接过话来："既然今天大家都这么喜欢讲故事，我也来凑个热闹，讲一个给大家听听。"

这个故事说的还是沙山国的事。有一天小太子正在院子里跟同伴做游戏，突然父王派人来找他。

在王宫的大殿里，父王表情沉重地告诉他，他们的王国即将被可恶的库车国吞并，国王准备留在城中与王国共存亡。但为了保住最后一丝复国的希望，国王命令太子连夜逃往友好邻国。国王还说，过一段时间，大臣会去邻国与太子会合。大臣手中有一笔宝藏，那是复国的资本。而那藏宝洞的大门上有一把特制的锁头，除了他们沙山国王族的后裔，任何人都休想打开。所以，国王并不担心外人会取走宝藏。

但是，让国王没想到的是，他最信任的大臣却背叛了太子，悄悄逃往南方。可怜这位太子在邻国苦等了一年多，身边渐渐聚集起了一大批从故国逃来的忠诚子民，却偏偏不见那个大臣。找不到宝藏便没钱招兵买马，气愤之下，太子带着他的子民们离开北疆，南下去寻找那个大臣。只不过人海茫茫，他们找了好多年，也没找到大臣的踪影。

阿布讲完故事后，沉默了一会儿，又说："我想大家也猜出来了，我就是太子的后人，这笔宝藏是属于我们王族的，你们外人根本就无法取走它。"

顾文涛根本不信，说："你别乱编故事骗人了，今天我就取给你看。"说罢，他再次按动壁画上的一朵花蕊，在发出一串"吱吱呀呀"的声音后，只见那棵花树顿时分成了两半，从中缓缓地裂开一道石门。门里是一条长长的甬道，甬道中散落着一副白骨。无疑，就是那个智慧过人的工匠，也就是顾文涛的先人。但是，顾文涛却没有理会他先人的尸骨，而是一头钻进去寻找宝藏。

甬道尽头，是一扇小门，小门是用坚硬的金刚石锻造出来的，与周围的山石连成一体，门上无锁，门前的青石地面上，刻着一双奇怪的脚印。这双脚印与真人脚掌一样大小，特别惹人注意的是，每只脚掌上都刻了六根脚趾，像花瓣一样松散地排列开来。

顾文涛见状有些懵了。因为他祖先传下来的那张机关设计图里，根本就没有这一道机关。他想宝藏肯定就在小门里面，可是如何才能将这道门开启呢？不得已，顾文涛只好退出了甬道。

这时，阿布缓缓说道："我说的没错吧，除了我们王族的后人，其他人根本就别想打开它。这道锁不是你的祖先设下的，而是我的祖先留下的最后一道防线。"

顾文涛疑惑地看着阿布问道："你有办法打开它？"

"你把我放出来，我就有办法打开它。"阿布信心十足地说，"否则你就是当场干掉我，我也不会说。"

顾文涛犹豫一下，转身走到方季民身边，一把从方季民腰间掏出了手枪。

顾文涛用枪指着阿布，然后启动机关，将他放了出来，却仍将叶青困在铁笼内。然后，顾文涛押着阿布进了甬道，用枪逼着阿布开启那道小门。

阿布不慌不忙地脱下登山靴和棉袜，露出一双脚掌。一看到这双脚掌，顾文涛顿时明白是怎么回事了。原来，阿布每一双脚掌上都生了六根脚趾，形状与地上的那双石刻脚模一般无二。

"看到了吧,这就是开锁的钥匙。"阿布小心翼翼地将双脚放进石刻脚模里,继续说,"这最后一道机关的建造图纸,是我祖先提供的,工匠根本不知道。只有我们正宗的王族后裔,才会天生一双如此奇怪的脚掌,这就是我们族人的符号,也是我们族人的钥匙。"阿布说这话时,机关已经启动,石门"吱呀呀"开始向上升起,闪出了一道缝隙。

随着石门开启上升,顾文涛眼神中掠过一丝凶光。他想"钥匙"已经用完,接下来就该永远地毁掉这把危险的"钥匙"了。想到这儿,顾文涛悄悄地举起了枪。可就在同时,阿布猛然回身,手里不知何时也端着一把精致的手枪。

"砰"的一声枪响,顾文涛手腕中弹,手枪落地。阿布出手之快,远远超出了顾文涛的想象。这样敏捷的身手,这样准确的枪法,顾文涛连见都没有见过。一个普通的山地向导,怎么会有这么棒的身手?

哀哉大臣

顾文涛被阿布用红绳子死死地绑了起来。接着,他把叶青放出了铁笼。叶青用惊奇的眼神盯着阿布,看了半天才说:"你到底是谁?"

"我是谁?"阿布英俊的脸上露出了微笑,这笑容也许让世上任何一个女子见了都会怦然心动,"我当然是王族的后裔,要不然我怎么会有如此奇怪的脚掌。"阿布说着,故意跺了跺脚。

叶青被阿布的幽默举动给逗笑了,说:"不是问你这个,我是问你到底是干什么的?"

阿布收拾起开玩笑的表情,说:"我是警察。"

原来,阿布的真实身份是当地的一名警察。当方季民通过黑道上的朋友寻找向导时,他哪里知道他的那位朋友,早已在警方的监控之中。

阿布不仅是警察,还的确是沙山国王族的后裔。他想抓住方季民这个通缉犯,借机搞明白祖先传下来的复国宝藏之谜。于是,他冒险充当向导,陪方季民等人进了雪山。

事情至此，真相大白。阿布真诚地向叶青道谢，感谢她甘冒生命危险协助警方破案。

叶青莞尔一笑，说："要说谢，我还得谢谢你，因为你刚才已经救过我了。要不是你，我想我现在已被困在铁笼子里呢！"

阿布笑了，说："不要客气，在这之前，你也救过我呀！"

叶青一怔。

阿布坏笑道："刚才方季民让你下去取雷猛的背包时，我就看出来，这个顾文涛对你特别关心，还提醒你小心别中了冰层里的冰蚕天水毒。那时候，我一方面觉得顾文涛这人似乎知道很多东西，不可小视，另一方面我肯定这小子对你有意思，他害谁也不会害你，所以进入洞后，我就寸步不离地跟在你身边。要不是这样，恐怕我现在也跟方季民一样，早就躺在地上等死了。"

阿布刚说到这里，趴在台阶上的方季民突然惨叫了一声，随即整个人便像雷猛一样，碎裂成了一粒粒大小不一的冰球，滚落一地。

这时，甬道尽头那扇小门已经完全打开，阿布猜想里面的腐霉气也释放得差不多了。而赶来支援的警察还没到位，反正现在也闲着无事，倒不如进去看看。于是阿布捡起一盏矿灯，小心翼翼地走进宝库，想看一眼祖先留下的宝藏究竟有多么丰厚。

小门背后是一间黑黢黢的洞窟，面积大约有一个篮球场大小。里面满地都是白骨。看着这堆白骨，阿布暗想：自己的祖先也不是什么善人，害得这五百条无辜生命白白葬身于此。这么一想，他不由心生愧疚。

除了满地白骨，里面空无一物，哪有半点黄金珍宝的踪影。

这怎么可能？莫非大臣根本就没有将黄金珍宝放进洞穴，而是携宝潜逃了？想到这，阿布疑惑地朝叶青望去，却看到叶青在抿嘴偷笑。

叶青见阿布一脸茫然地望着自己，收起笑容说："你是不是觉得很奇怪？其实没什么可奇怪的，因为我爸爸给方季民讲的那个故事是假的，真正的故事不是这样的。"接着,叶青讲出了那个真实的复国宝藏的故事。

沙山国有个正直的大臣,他忠心耿耿地辅佐国王治理王国。可是,他们的死对头库车国打来了,王国面临灭亡的生死存亡关头。这时,老国王找到这位大臣,交给他一个非常特殊的任务。

老国王让大臣带着一名工匠和五百士兵进山,对外宣称是埋藏黄金珍宝,留作复国之用。实际上,沙山国连年征战,国库极度空虚,哪来黄金珍宝。老国王之所以这么做,其用意是要拯救众生。

老国王知道,在王国灭亡后,忠于王国的太子和子民们肯定会急于报仇复国。这些流亡的子民们与强大的库车国对抗,无疑是以卵击石。到那时,王国不但不能复国,连最后一点血脉也会绝迹于战场之上。

老国王前思后想,决定让这位大臣背上千年的骂名,吸引众人的注意力,以保存王国的最后一点血脉。

这个计划是这样的:首先让大臣掩埋完这些根本就不存在的宝藏,然后再让他隐姓埋名,逃往南方。这样一来,大家就会群起而攻之,纷纷离开北疆,南下去寻找大臣,从而远离库车国的追杀。并且,在找到大臣之前,大家便不会再生举兵复国的念头,王国的最后一丝血脉也就可保存下来了。

讲完这个故事,叶青轻轻叹了口气:"世上原本就没有那笔复国宝藏,有的只是我们祖先的一片苦心。"

阿布的眼角湿润了。山洞外寒风呼啸,满天雪舞。山洞内两颗年轻人的心也不平静,他们注视着眼前的累累白骨,耳边的"呜呜"风声也仿佛幻化成祖先吹响的号角,那"呜呜"声是那么沉重,那么苍凉……

(翟丙军)

(题图:杨宏富)

空中大劫案

飞机遇劫

八月中秋前一天的晚间,沿海某国际机场上,一架美制波音747客机呼啸而起,直插云天。它如一支银色利箭,往广州方向飞去。客舱里旅客们欢声笑语,空中小姐穿梭在走道间忙来忙去,更增添了和谐而活跃的气氛。

在客舱的第八排A、B、C座位上坐着3个年轻人,一个身材高大,相貌英俊,他叫尹雄。另一个身材矮瘦,蓄有很显眼的小胡子,他叫刘军。他俩中间坐着的是一位港澳华侨打扮的妙龄女子,她叫叶楚云。这3个年轻人,似乎不像其他旅客们那么活跃激动。他们默默无语,闭目养神。在飞机升空15分钟后,只见叶楚云用手按揉着肚子,弯起了纤细腰肢,蹙起了细长叶眉,苦着脸向身旁的尹雄细声说:"阿雄,我、我的肚子痛。"说着她用双手用力按揉着肚子,揉了一会,有气无力地说:"哎哟,阿雄,我受不了了,我想拉肚子了。"

尹雄立起来说:"那我扶你到洗手间吧!"说完他就搀扶着叶楚云,一步一步地慢慢向前舱的洗手间走去。

他俩一到洗手间门口,看到飞机前舱与客舱之间有一道墨绿色的布帘,两人迅速使了一个眼色,一挑布帘,闪了进去。

一进前舱,尹雄快速解开了西装上衣的纽扣,露出绑在腰间的两个炸药包,他拉出两尺多长的拉索,把端点的一个小铁环套进左手的食指上,接着右手从西装内袋里抽出一支小手枪。叶楚云肚子也不疼了,她伸手从套裙里掏出两支小手枪,一手一支,动作娴熟迅速得惊人。

眨眼间,他俩面露杀机,迅速往驾驶室走去,尹雄用肩膀顶了顶驾驶室的门,门却纹丝不动。他毫不迟疑地扬起了手枪柄,向驾驶门的小玻璃窗猛敲去。只听"哐啷"一声,玻璃碎了,紧接着三支手枪同时从破洞里指向驾驶员。尹雄用阴冷的声调发出命令:"开门!快开门!"

正在机舱里聚精会神工作的驾驶员邓翔和两位机组人员,听到"哐啷"一声,猛地吃了一惊,他们刚反应过来,三支手枪已从玻璃破洞指了进来。邓翔暗叫一声:飞机遇劫!

"快开门!"尹雄隔着玻璃窗粗暴地吼叫着,"再不开门我就要开枪了。"

邓翔没有回话,但他马上用英语向广州白云机场发出了"飞机遇劫"的呼叫。

尹雄见了又气又急,他脸露凶光,声嘶力竭地怒吼道:"不准发报!快开门!你再不开门,我就要你机毁人亡!"

一听机毁人亡,邓翔的心颤抖了。他本是个宁折不弯的倔强汉子,对着小手枪他是不害怕的,但自己驾驶着这架价值几千万元的飞机,机上二百多名旅客的性命就掌握在自己的手中。一旦暴徒狗急跳墙,后果不堪设想!他只得强压怒火,对驾驶舱的两位同伴说道:"把舱门打开。"

舱门一开,尹雄和叶楚云冲了进来,他用手枪顶住了邓翔脑袋。叶楚云背靠舱壁,立定马步,一手一支手枪分别指着两名机组人员。尖叫着:"快滚出去!"而那两位机组人员却纹丝不动,只是用愤怒的目光无声地与她抗衡着。尹雄一见这架势,大声喝道:"你们不出去,我就拉线了。"

邓翔侧过头，一眼瞥见尹雄腰间捆绑的炸药包和他食指上扣着的引爆小铁环，他拉了拉驾驶杆，对同伴说："你们先出去。"

等两位机组人员刚走出驾驶舱，尹雄向叶楚云一甩脑袋，叶楚云立即点了点头，手持双枪也跟了出去。

尹雄见劫机已按计划初步得手，脸上露出了得意的笑容。他用手枪轻轻地敲了敲邓翔的飞行服头盔："老兄，打扰了。希望你与我们来一个合作。"

邓翔手握驾驶杆，斜睨着对方："怎样合作？"

"飞往台湾！"

"台湾？"邓翔的心又是一个颤抖。他没立即回答，他的大脑在翻腾，在盘算着如何粉碎歹徒的劫机阴谋。过了好一会，他故作探询地问道："到了台湾，我怎么办？"

"我们在台湾下机后，你的去留，任君选择。"

"旅客呢？"

"只要我能到达目的地，我不会轻易伤害人质的性命的。但是你们若想反抗，其结局只有一个，就是我与你们一起机毁人亡。"

"我希望你能言行一致。"

"那当然！男人口齿将军箭。"

就在这一短暂的谈判的同时，邓翔推了推节流阀，拉动了驾驶杆。波音747客机就在空中转了一个大弯，盘旋了几圈后，向着新的航向飞去……

真枪？假枪？

再说，当客舱里的旅客们，听到从驾驶舱传来玻璃被敲碎的"哐啷"声时，都不由为之一怔。领班的空中小姐徐小曼立即知道飞机发生意外了。她急忙迈动双腿，朝驾驶舱奔去，谁知她刚走出几步，突然听到身后传来了一声吆喝："站住！"徐小曼不由自主地立住了双脚，回头一望，只见第八排的C座上，站起了一位矮瘦的小胡子。他黑色西装敞开着，腰间捆绑着两颗手榴弹般的炸药包,左手食指上套着引线小铁环,右手拿着一支锃亮的小手枪。

原来,小胡子一听到前边传来"哐啷"声,知道两个同伙已经行动,他也立即按事先约定,立即开始策应行动了。此刻,他见旅客们都把目光投到自己身上,便挥了挥手中的小手枪:"我们劫机了!谁动就杀谁!"小胡子说完就跳下了C座位,迈步来到了前舱,占据了有利地形,然后声嘶力竭地嚷道:"我们要劫机去台湾!我腰间的液体炸药包,一拉就爆炸。反抗者格杀勿论!"

面对这突然袭击,身份不同的男女旅客各自作出了不同的反应:有的惊得脸无人色,有的吓得哭了起来,有的则以愤怒的目光盯着这个像疯狗一样的小胡子。

这时,叶楚云押着两位机组人员从驾驶舱里走了出来。她凑近小胡子,小声地说道:"里面已经得手了。"小胡子一听,心里一阵狂喜:劫机已按预定方案得手了第一步,现在必须要施行第二步了,于是便让客舱的所有旅客重新分列就座。

小胡子在前舱背靠舱壁,立定马步,左手举着炸药包的拉弦,右手持着手枪,瞪着那双绿豆眼不停地在人群中扫来扫去,审视着可能出现的疑点。叶楚云手挥双枪,强迫旅客重新坐好。最靠前舱的一律是小孩子,中间一层全部是妇女,所有男人都被安排坐在客舱的最后面。小胡子认为:这种重新分列组合的做法,可以把自己遭到袭击的可能性减到最小限度。一旦有变,起码有几排幼稚无知的小孩作他们的缓冲区。

等旅客们重新排座后,小胡子挥舞手枪,恶狠狠地宣布道:"不准擅离座位,不准交头接耳,否则杀!"

这时,客舱的男人堆中,有个年约二十五六的青年,正两眼微眯着盯着小胡子,此人个子不高不矮,身穿花格衬衣,外面是一套浅灰色的西装,右手放在西装衣袋里,手里也握着一支小手枪。他便是本航次班机护机便衣,名叫韩星。当小胡子站起宣布劫机时,韩星就想拔枪击毙他,但一看到小胡子左手扣着炸药包的拉索又犹豫起来了。他觉得弄不好,炸药包一响,其结果就不堪设想,而且劫机者又是三个人!怎么办?韩星两眼盯着小胡子,脑子里好似陀螺在快速旋转着,却一时还落不到最后一个点子上。

韩星在苦想,旅客们也各自作出了自己的判断和反应。不少人都把目光的焦点聚集到歹徒们那几支小手枪上,脑子里打着问号:这些手枪是真的,还是假的?这个问号在空中小姐徐小曼的脑子就更具体了,她怔怔地想:1988年5月12日,厦门至广州的航线上,那两个劫机者用的就是假手枪,如今,这三个歹徒会不会再重演假手枪的戏呢?如果劫机者这次用的手枪、炸药也是假的,那只要有人一声号令,全舱的旅客就会一涌而上,把他们砸成肉酱。

但是,面对3个黑洞洞的枪口,人们是不允许交头接耳,交换各自的看法的。坐在边角有一位旅客按捺不住内心的疑惑,偷偷地撕了日记本上的一页小纸,用圆珠笔在上面写了几个字:"真枪?假枪?"顺手塞给了身旁的中年人,中年人看了一眼后,又传到旁边去。纸条,在人丛中无声无息地传递着,各人的脑袋也飞旋着这同一个问题。

谁知这细微的动作仍被狡猾细心的小胡子发现了。他用右手的枪揩了揩嘴巴上的小胡子,瞪大了绿豆眼喝道:"后边的人,在干什么?"

人丛中的小动作停止了,大家都沉默着。

小胡子叫叶楚云到后边去检查,他自己则站立着,左手紧套炸药拉环,右手紧握手枪,以防不测。

叶楚云像一只野猫,在人丛中搜猎着,终于,她在一位穿裙子的少妇座位下发现了这一纸条。

小胡子看了纸条后,顿时发出几声阴森的冷笑,笑得人们寒毛直竖,他突然收住笑声,把手枪举到头顶上晃了几晃说道:"哼!毒蛇不毒不打雾,老虎无威不过岗!谁认为我的手枪是儿童耍的玩具,就大胆地站出来,让他验证验证!"

小胡子见大家用沉默来回答。他眯起绿豆眼,思索开来,他知道,"假枪"会使众多旅客对自己失去了畏惧,一股反抗的潜流就会蔓延滋长。他觉得要保持自己的威慑形象,就必须来个杀一儆百。他用手枪的枪管摩挲着小胡子,用秃鹫般的目光在人丛中捕猎开杀戒的对象,目光终于停留在那穿裙子的少妇身上。小胡子从前舱几步来到少妇身边,把手枪伸到少妇面前:"你说,我的枪是真的,还是假的?"

少妇吓得脸色苍白,摇了摇头:"我不知道。"

"不知道?"刘军大喝了一声,吓得那少妇连忙改口道:"这可能是真枪吧!"

对少妇的退让,小胡子仍未善罢甘休,他用手枪撩开了少妇的百褶裙,露出了雪白丰腴的大腿。小胡子用手枪向少妇大腿的上部移去。少妇惊恐地哀求着:"别这样!别这样!"边说边试图用手把那支手枪从裙子退下来。小胡子那支手枪仍使劲地往上移,一会就抵达少妇那条绣了花的涤棉三角内裤……小胡子不禁怦然心动,但他很快就压下了那念头。这时那少妇已骇得身体似筛子般发抖,一边颤抖着声音哭求着:"先生,行行好,别这样!"一边仍用双手试图移开那支手枪。就在这时,小胡子鼻子里"哼"了一声,食指一扣扳机,只听"砰"一声,一颗子弹就射透了少妇那神秘的地方。"啊——"少妇凄厉地惨叫了一声,从座位上扑倒在地,痛苦地在舱底翻滚着,哀号着。鲜血,从她的裙子里如喷泉般汨汨涌出。少妇挣扎了几下,眼珠向上一翻,就断了气。

这一枪,立刻引来了机舱的骚乱。坐在前边的小孩子被吓得惊喊了起来,呼爹喊娘,一片哭声。

待哭声稍为平静了一些,小胡子扬了扬仍冒着丝丝烟缕的手枪,狰狞地冷笑了起来:"各位看清楚了吧,这枪不是儿童玩具吧!"他见人们被他这一枪震慑了,更是趾高气扬地宣称:"我这腰间的东西也不是吃斋的,它是液体炸药。谁敢反抗,逼我上绝路,我只要把左手的铁环一拉,大家就会跟这飞机一起去见上帝!"

面对这杀人魔鬼的暴行,韩星心里的怒火熊熊燃烧,牙齿咬得咯咯作响,握枪的手也攥出汗来了。他几次想拔出手枪把这恶魔击毙,但几乎伸出了衣袋的手又缩回了，因为看到那连着套环的炸药包。他觉得面对这样的歹徒不能硬拼，只能智取啊！他又眯起眼睛细细端详小胡子手里的手枪，他认出来了，这是当今世界最流行的自动手枪。白朗宁设计，英国生产的，枪重一公斤，使用九毫米子弹，射程四十一米，装弹量十三发。这跟自己握在衣袋里的手枪是一模一样的。他不禁感到奇怪：这几个歹徒为什么会有真枪实弹呢？他们到底是何方神圣呢？

何方神圣

尹雄是一位师长的儿子，平时娇生惯养，恃势欺人，对父亲的忠告和规劝视作耳边风。在西南空军学校读书时，不求上进，毕业后，技术搞不了，就在西南某兵工厂当了一名财务股长。他那英俊的面孔下却掩盖着一个丑恶的灵魂。他崇尚时髦、追求享受，大搞歪门邪道。在任职期间，他串通会计叶楚云鲸吞蚕食了公款四万八千多元。他俩把不义之财大肆挥霍，花天酒地。两人同居后，房间布置更是豪华富丽。这不久便引起了兵工厂领导的注意，组织查账小组进行查核，尹雄与叶楚云的洞房还未来得及奏响新婚圆舞曲，却敲响了丧钟。非法所得被查封了，就在要拘捕他俩的前一个晚上，不知是谁走漏了风声，尹雄与叶楚云在仓库里偷了四支手枪及一些炸药，携着巨款潜逃了。在巡游了大半个中国后，在厦门的鼓浪屿的沙滩上，碰上了在空军学校的同班同学——人称"小胡子"的刘军。

别看小胡子身材矮瘦，相貌又丑，人却极机灵，学业成绩也佳。他毕业后，初时在南方一个民航局当飞机驾驶员。由于他结交了社会上一些不三不四的朋友，被毒菌侵蚀了灵魂。他贪恋女色，多次玩弄女性，因企图奸污一位空中小姐遭到反抗，才使他的丑恶面目全部暴露。对这已构成"强奸"的行径，主管领导出于怜才之心，出面周旋，这才使他减轻为"调戏妇女"，免于牢狱之灾，从飞行纵队调到地勤当杂工。然而对这近乎仁慈宽大的处理，刘军不但没有感恩图报，反而认为命运对他不公平。所以两年多来，他干地勤杂活时吊儿郎当，平时怨气冲天，如今在"逆境"中遇到了落难的旧同学尹雄，两人臭味相投一拍即合。几经研讨，他们认为逃避惩处、"奔向自由"的地方就是台湾。但怎样才能到台湾呢？"劫机！"当尹雄从提袋露出炸药以及那儿支锃亮的手枪时，小胡子也怦然心动了。于是，他们3人深思熟虑，设想出劫机前后可能出现的一个又一个的难题，又设想出解决难题的一个又一个的方法。经过一个多月的研究酝酿，劫机的方案终于制订出来了。他们各自做好了每个细节的分工，并在野外作了飞机上的模拟专门训练。

今天早上，小胡子利用装运航空邮包的机会，趁检查人员的疏忽，把早已装好手枪炸药的"邮包"混了进去。后来，他又伺机神不知鬼不觉地把"行李"从邮包取了出来，放在第八排A、B、C座位上的行李舱内——这正是他们三人的座位。登机后，三人利用身体互作掩护，取出炸药、手枪，劫机开始了！

如今，小胡子刘军见劫机按预订的方案一步步地实现了，这怎不叫他喜形于色呢？而他又怎想到，反劫机的潜流也正在无声无息地行动呢？

航向之战

再说驾驶舱内，邓翔把飞机在空中兜了几个圈，他本来想凭此搅混歹徒的视觉，直飞广州白云机场。但又一想不妥：歹徒在飞机降落时一旦发现上当受骗，定然会进行疯狂的报复，轻则自己会遭枪击身亡，重则歹徒在飞机降落前就把整架飞机炸毁。而飞到香港则是一个比较妥善的办法，港岛那鳞次栉比的高楼大厦，那带异域情调的海湾风光，会使这班歹徒产生错觉，误把香港当作台湾。这样，当飞机在启德国际机场降落后，港英警察在谈判之时会把歹徒带离飞机，飞机及全体乘客的生命安全就会得到解脱。此后要把飞机及乘客从香港引渡回广州，那是易如反掌的事。

邓翔想定这个主意后，就把飞机在高空兜了几个弯，然后调整了自动导航仪，对着香港的航向，向前飞去……

但是邓翔这一招并未能瞒过狡猾的歹徒。尹雄一伙早在劫机前已经查知台湾等地坐标的经纬度。当邓翔带飞机兜圈时,他只是在一旁不动声色地望着自动导航系统中的各种仪表。如今,一看飞机作定向飞行坐标仪指针的指向,心中便明白了一切。他用白朗宁手枪敲了敲邓翔的头盔,说:"喂,老兄,你要把飞机开往哪里?"

邓翔一本正经地答道:"飞往台湾嘛!"

"台湾?哼!你把我当猴子耍啦。你现在要飞往的目的地是香港!"

一听对方竟能如此准确地点穿自己的意图,邓翔不禁大吃了一惊,但他一下子就平静了下来,故作不满地责备道:"你别在这里胡猜乱想,信口开河!"

"我信口开河?的确,你是个聪明人,但我也不是一个大傻瓜。台湾的地理坐标是东经122°,北纬25°,但你现在要飞往的目的地是东经114°11′,北纬22°15′,这正是香港的地理坐标。况且,在这里飞往台湾,你应把机头指向东方,而不是向西南方向飞去。"

听到对方口若悬河却又是言之凿凿,邓翔不禁打了一个寒噤。他万万没想到劫机者竟然如此谙熟飞行的航向和各地的经纬度。怎么办呢?邓翔思忖了一会儿,就故意拨弄其他开关,经纬坐标仪的指针却没有改变指度,他叹了口气:"对不起,你看,经纬坐标仪失灵了。"

"失灵?"尹雄有点发怒,用手指点着邓翔的太阳穴,恫吓道,"你再耍我,我就崩了你!"

邓翔见他口气虽凶,但却讲不出内中的道道来,心中反而宽坦了,就信誓旦旦地说道:"我如果骗你,要砍要杀随你便。"

邓翔这么一来,倒使尹雄又恼又躁,他的大眼睛骨碌了好几下就定住了,悻悻地说:"我倒要看看你骗得了多久?!"说完就用枪指着邓翔,慢慢退出了驾驶舱。他见小胡子与叶楚云也按原定方案得了手,就走到小胡子身边,小声说道:"驾驶员说坐标仪坏了,你进去看看,我来替换你。"说完他向叶楚云递了一个眼色,叶楚云闪着一双大眼睛也回了他一个秋波,双方都露出了胜利者的得意微笑。

小胡子让尹雄接替了自己的位置,就急忙闯进了驾驶舱,他粗声粗气地问道:"你说坐标仪坏了,究竟坏在哪里?"

邓翔用眼角瞟了他一眼,不紧不慢地答道:"我也不知道坏在哪里。"

小胡子当日在空军学校读书时,成绩就不差,加上后来又驾驶过飞机,对各类仪表当然比较熟悉。他伸过右手,用枪管轻轻擦动坐标仪的按钮,仪表的指针动了几下。他冒火了:"嘿,你老实点,我也是你这一行出身的,按我口令去做,不然,都与飞机同归于尽!"说完他把扣着炸药拉索小环的左手举了起来。邓翔见小胡子对驾驶这么内行,为了飞机的安全,他只好忍气照办,伺机而行了。

小胡子眼睛盯着自动导航系统的仪表,航迹、航向、坐标,嘴里发着指令,不一会儿,各种仪表都调到了他所需的位置上。飞机,似箭一般向着台湾海峡飞去,向着台北飞去……

一棋不慎

空中小姐徐小曼见歹徒如此残忍嚣张,恨得咬碎银牙,但在歹徒虎视眈眈监视下,她不能跟别人商量对策,只好手托下巴,望着窗外灰蒙蒙的天空苦苦思索。忽然,她的手肘无意间触碰了衣服上的一小包东西——高效安眠药,这药是她近日失眠,在机场卫生室开的。徐小曼觉得眼前陡地亮了,再细细思忖,一个主意终于在她心中产生了。她站了起来,刚迈动步子就被尹雄喝住了:"不准动!"

徐小曼平静地说:"我是这班飞机的空中小姐,有话要和你们讲。"说完迈动双脚走到离尹雄两米处停住了:"先生,现在是该给旅客发饮料、食品的时候了。"

"不行!"尹雄未听完就摆手拒绝。

徐小曼眼里也射出冷峻的光芒:"先生,我这么做,不仅是为了广大旅客好，而且也是为了你们好。"

"你这话是什么意思？"

"眼下飞机已经被劫往台湾方向飞去，你们的目的已经达到了。如果还在旅客中造成过于强烈的对抗情绪，那么众人一旦反抗，你们可以把飞机炸掉，把全体旅客炸死，但你们不也要一起被炸死吗？"

"这……"一听这话，尹雄的气焰顿时低了下来。他想劫机这么顺当，只要再坚持两个钟头，就到达目的地了。如果此时再过分作恶，激怒众人，倘若有人敢带头拼死，众人涌上，结果只能是同归于尽。这真不值得！于是，尹雄的口气变得软了些："发就发吧！不过，只准你一人去做这事，其余空姐坐在原处不准动。我警告你，若想耍花招，我就先宰了你！"

徐小曼装出一副害怕的样子回答："这你放心，"接着她采取以攻为守的手法说，"先生，你若不放心，最好派一个人来监督我。"

尹雄点了点头，正想叫叶楚云去监视徐小曼，但又一想这样客舱只剩下自己一个，这不安全。他觉得这柔弱的空中小姐发饮料凉也不可能坏自己的大事，因此，他挥了挥手说："去，去，你快去取饮料食物，发下去，别再啰嗦了。"

徐小曼独自来到了服务间，取出了蛋糕、烙饼和健力宝纸盒包装饮料。她从门缝望去，见歹徒没有派人跟上来，就从身上取出那几粒高效安眠药，用手指把药片捏碎，用吸管把健力宝的铝纸封口戳了一个小洞，把安眠药小心地塞了进去，再插进吸管搅拌了几下，这样精心制作了三盒，刚想把小车推出去，但又一想：不行！光是歹徒的三盒插上吸管，其他旅客的没插，这岂不要露馅？！于是她又快速地把所有的健力宝都插上了吸管。那三盒放了安眠药的暗暗做了记号，放在最后边。一切准备妥善以后，徐小曼就把小车从服务间推了出来，从舱尾开始，发给每人一份食物和一盒健力宝。

当徐小曼向劫机者提出发放饮料的要求时，韩星就猜想她准是在酝酿一种反抗行动，他觉得自己应责无旁贷地配合她行动。但那位空中小姐不认识自己，怎样才能表明自己的身份呢？用语言交谈是绝对不可能的。他忽然想出了一个好办法，悄悄地把身份证放在膝盖上，用手捂着。当徐小曼推着小车给他发饮料时，他有礼貌地说了一声："谢谢！"就向徐小曼使了一个眼色，随之挪开了膝盖上的手掌。徐小曼低头一望，立即看清了韩星的身份证，她会意地点了点头，又把车子往前推去。

这一连串动作做得那么迅速，那么自然，前边又有一排排的旅客挡着，尹雄和叶楚云当然没有觉察他俩的这种默契。而这时徐小曼觉得腰骨更硬更有力了：有这位便衣护机神的配合，自己一定能战胜这些凶残的劫机者。

徐小曼把食物、饮料都分给了旅客，最后推车来到了尹雄与叶楚云面前，她装得若无其事地从车上取出糕点和放了安眠药的健力宝，递了过去。

叶楚云这时正感喉咙干涩冒火，她把手枪往腰间一插，接过健力宝饮料，把吸管放到嘴里，正要吮吸，突然听到尹雄猛喝一声："不能喝！"

尹雄为啥不让叶楚云喝饮料，原来，这个花花公子，乘飞机是家常便饭，他对空中小姐发饮料的情况也见得多了，当徐小曼分发健力宝时他就觉得今天的情形跟以往不同，啥不同，他仔细观察，终于发现了一些奥妙。所以他制止了叶楚云，不让她饮这健力宝。

叶楚云听尹雄不让她喝饮料，就把吸管从嘴里吐了出来，不解地问："阿雄，为什么不能喝？"

尹雄没有直接回答叶楚云，却把矛头指向了徐小曼："小姐，你在这饮料上放了什么东西进去？"

徐小曼心里一颤：这条恶狗嗅觉太灵了。但她很快镇定下来，因为她料定对方不会亲眼看到自己在服务间的所为。于是，她耸耸柳眉，冷冷地反问道："你这话是什么意思？"

"什么意思？"尹雄的鼻子哼了一声，用枪指了指那盒健力宝，"空中小姐发饮料，历来都是发未启封的，再附送上一支吸管。旅客喜欢什么时候饮，就自己把封口戳破，而你今天不是有点反常吗？"

一听这话，徐小曼的心像被电鞭抽了一下，她竭力稳住自己的情绪，眼睛定定地望着那健力宝。她后悔自己考虑不周，这小小的破绽，却被狡猾的歹徒发现了。但她很快就找到了答词,用手指了指前几排的孩子们:"先生,你的话讲来似乎有理,今天我发的饮料的确与往日不同。但今天机舱内的情况不也是与往日不同吗?这些单独坐前排的小孩,不少还没自理能力,他们会自己插吸管吗?为旅客提供最好的服务,这是我们空中小姐任何时候都要恪守的信条!"

徐小曼的话讲得合情合理,尹雄倒也找不到责备她的理由。徐小曼趁势顺风扯帆,反问道:"先生,你刚才的意思,是说我在饮料上放了毒药了?"

尹雄讷讷地答道:"这,只有你自己知道了。"

徐小曼用手指着满舱旅客:"难道他们都在饮毒药水?"说完她拿起刚才要给尹雄的那盒健力宝,轻蔑地说:"你们劫机胆大包天,想不到现在却胆小如鼠。你不敢喝,我来喝!"说完把吸管放到嘴里,轻轻地吸了一口。

叶楚云见徐小曼领先喝了,也忍不住要喝,尹雄仍然制止道:"楚云,小心驶得万年船。我的行李袋里,有我自带的饮料。"

叶楚云应了一声,就来到了第八排A、B、C的位置上,从行李舱取出尹雄的旅行袋,拉开拉链,取出两罐易拉罐包装的可口可乐。

徐小曼见自己的计谋不能实现,心中暗骂歹徒太狡猾了,只好收拾好东西,把车子往回推去。

巧计克敌

坐在人丛后边的韩星把这一切都看在眼里。当尹雄不让叶楚云喝那饮料时,他就预料那空中小姐的计策要失败了,必须寻求新对策。

说实在的,韩星要消灭这两个歹徒易如翻掌,只要他从衣袋里抽出白朗宁手枪,几个连发就可立即把他俩送上鬼门关。但令他感到头痛的是:男歹徒左手正扣着拉环,如果他被子弹击中,痛苦的挣扎将使他的双臂会做大幅度的扩伸动作,这是人的生理本能反应,这样就肯定会把腰间的炸药包拉响,飞机及机上所有的人都只能走进死亡的深渊。如何使这歹徒把紧连着炸药包的拉索小铁环从手指上脱下来,这是关键!他在苦苦思索中,终于一个想法在他的脑海里出现了。对,用气功!说起来也真神,这韩星,在部队时,不仅是个擒拿手,而且是个了不得的气功师,并且在海灯法师来部队讲学时,还得到法师的亲自指导。他打算在这节骨眼上,只能派气功用场了。但他又觉得自己坐在机舱最后第二排,前边隔了这么多堵人墙,有气功也难施展呀!他蓦地想到了一点,他刚才与死去的少妇坐的本是隔壁位置,如今少妇那两岁的孩子正坐在前边第三排,对,想法坐到那小孩身边去。于是,他趁歹徒喝饮料之时,悄悄地掏出圆珠笔,在小日记本上快速写了几个字,再把纸撕下,揉搓成小纸团。当徐小曼把小车推近时,他悄悄地把小纸团扔到车上。

徐小曼把小车推回服务间,用手轻轻抹着额角的汗珠。她为刚才放安眠药的事失败,在后悔,在心颤。如今看看这便衣护机员有什么高招,她就取出韩星扔来的小纸团,展开一看,上面写着:"弄哭死者的孩子。"徐小曼皱起了眉头,深深地思索着,终于领悟到在"弄哭死者的孩子"之后,那便衣护机员必会有大动作。徐小曼把纸条撕碎,扔进杂物筐,就从柜里取出一小瓶"雀巢速溶咖啡",放进衣袋。

徐小曼从服务间出来,就来到一个两岁多的壮实的小男孩后边坐下了,她上机时帮助过那死去的少妇抱过这孩子。其他空中小姐见自己的组长有异常的举动,虽不晓得她具体干什么,但知道她正为拯救飞机和旅客而暗中行动。现在见她变换了座位,就故意互相推搡埋怨,说邻座踏痛了自己的脚争了起来。这样,把歹徒的注意力引到自己身上来。尹雄气急败坏地向那群空中小姐扬了扬枪,嚎叫着:"不准吵,谁吵老子就枪毙谁!"

徐小曼这时从后边伸出了右手想捏孩子,但一下子又下不了手。多天真活泼的孩子!又是多么可怜的孩子!还未懂事,却从今天起就失去了慈爱的妈妈!但徐小曼又想到此举关系重大,就忍痛在小孩子的屁股上狠狠拧了一把。孩子受这突然袭击,痛得"哇、哇"地哭叫起来。

徐小曼马上走前一步,关切地用手按了按小孩子的额角,叫了起来:"呵,这孩子有点发烧。"随即向旅客问道："谁的孩子？他病了！"

韩星"霍"地站了起来，应了一声："这是我的孩子！"说完就装得很担忧的样子快步向前走去，来到孩子的跟前，心疼地伸手往孩子的额头一摸。

那孩子见一个陌生人用手按自己的额头，吓得哭声更高了。韩星趁机一把抱起孩子，装着哄他："乖乖，别哭！别哭！"就势坐在小孩子的位置上，向徐小曼说："咳，临出门这孩子已有病了。他妈妈到广州接舅父，孩子又吵着要妈妈，我就把他带去广州。"说完一边轻轻拍小孩的背脊，一边哄着孩子，一副当父亲的神态。

小孩被搂在陌生人的怀里，惊怕得又是号哭又是蹬脚，旁人看去，确是一副重病的样子。韩星一手搂抱着他，一手暗向他的穴位使气功。小孩很快就停止了哭声，不久又酣然入睡了。韩星也坐在那里，搂抱着孩子，把头一歪，闭起眼睛，显得疲倦过度昏昏欲睡。

尹雄初时想前去制止韩星哄小孩，但一想到刚才徐小曼的"告诫"——不要与旅客造成太强烈的对抗，就只是在前边冷眼旁观，自作戒备。后来，看到韩星那副有气无力昏头昏脑的样子，戒备心也逐渐放松了。

韩星见歹徒的警惕性放松了，在一副睡相的掩饰下，从小孩身上腾出右手，闭目养神，气沉丹田，运足气功。不久，一股无形的气功热力穿透了前几排的座椅，穿透了尹雄的腹部，似一支看不见的利锥直指他脊椎骨下末端的穴位——督脉。初时，尹雄觉得自己身上一阵燥热，仿佛有什么东西在体内蠕动，便奇怪地向四周张望。高靠背座椅遮掩了韩星右手与尹雄的视线，因此尹雄只看到那个"父亲"正抱着孩子低头沉睡。坐在前几排的小孩有的在哀哀啼哭，有的在呆呆瞅望，中间的妇女和后边的男人也安坐在自己的座位上，没有异常的迹象。尹雄便以为是机舱的空调出了毛病。不料过了一会，他又觉得肚子躁动得更厉害了，逐渐感到了便急，接着又觉得肚子发疼，想大便了。尹雄还想强忍一下，但韩星穿透座椅的气功力度却一阵强于一阵，尹雄肛门的括约肌猛烈地抽搐，已到了无法忍受的地步了。尹雄只好靠到叶楚云身边，同她耳语道："我要去大便，你看管一下。"说完急急往洗手间走去。洗手间的门关着，必须腾出手来拧开洗手间门上的旋转拉手，尹雄把右手的手枪放进衣袋里，再用右手把套在左手食指上的炸药包拉环摘下来。这是他去大便时一定要做的基本动作，而这一点，正是韩星从人的生理本能反应早就推测到的。韩星首先要消灭的目标就是那腰缠炸药包的男歹徒，掐断引爆炸药的祸患，然后再去对付持枪的女歹徒。

韩星虽然耷拉着脑袋，但眼睛却紧紧盯着歹徒，察看他的一举一动。当他见尹雄向洗手间走去时，他也悄悄地放下怀里熟睡的孩子。现在他见歹徒摘下了炸药包引线的拉环，去开洗手间门的眨眼间，抓紧时机，像一头匍匐已久的雄狮拔地而起，扑了上去，挥起铁拳朝尹雄的后脑勺猛击过去。尹雄一只脚刚迈进洗手间，后脑遭此重击，一个前跌，额头又撞在洗手间里墙壁上，顿时眼冒金星，他还未弄清怎么回事，已被从后边跟上来的韩星重重地压倒在洗手间地上。

韩星伸出铁钳似的双手，猛力钳住尹雄的喉咙，尹雄用力挣扎着，想用双手扳开脖子上的铁钳，但那铁钳像钢铁一样，钳得越来越紧。处于绝望境地的尹雄缩回手，想拉响身上的炸药包，但手却被韩星用膝盖压住动弹不了。韩星把积郁在胸中的仇恨与怒火同时通过这双手发泄出去，一会，尹雄双腿一蹬直，头一歪，眼珠暴出，一命呜呼了。

韩星站起来，用脚踢了一下歹徒的尸体，一抬头只见那空中小姐正与女歹徒在舱底扭滚在一起。

原来，徐小曼设法让韩星在小孩丛中坐下以后，知道搏斗即将来临。她表面若无其事，但手里却抓了一大把咖啡粉揣在衣袋里，作好了拼搏的准备。当她见韩星像猛狮扑向了尹雄时，她也似离弦之箭射向了叶楚云，把手一扬，一把咖啡粉洒了叶楚云一头一脸。

咖啡粉，冲水喝到嘴里滋润香甜，但撒进眼里那滋味就不好受了。叶楚云的眼睛被腌得又痒又痛，还未等她完全反应过来，徐小曼已经扑过来，两人就扭作一团。

韩星见空姐与女歹徒正扭打一团，便从洗手间里冲了出来，很快就制服了叶楚云。

也就在这时,突然从驾驶舱里钻出了一个人,他就是劫机者之一,小胡子刘军。

小胡子在驾驶舱里听到外边有扭打声,知道大事有变,就把手枪往邓翔面前晃了晃:"你要老老实实驾机,不然我崩了你!"说完就从驾驶舱里冲了出来。

韩星见驾驶舱里冲出一个人来,正想扑过去,但他一眼看到小胡子腰间绑着的炸药包,又急忙收住了脚步,心中苦叫了一声:"不行!"他知道猛烈的贴身搏斗,无疑会拉响歹徒身上的炸药包。开枪吧!也不行!他情急生智,把叶楚云的手向后一扭,遮住了自己的身体,又向徐小曼喝了一声:"躲到我后边!"徐小曼急速一跃,藏到了韩星的背后。这一来,叶楚云就成了一块挡箭牌。两米之间,手枪对着手枪,但是谁也不敢先开枪,一场别开生面的对峙战开始了。

小胡子向叶楚云喝问了一声:"尹雄呢?"

叶楚云料定尹雄在洗手间遭袭击,现在没露面,肯定已一命归西,就凄然地说:"尹雄死了!"

"尹雄死了?"小胡子心头掠过一丝兔死狐悲的情绪,但马上又被另一种情绪替代了。自从那次在鼓浪屿与尹雄、叶楚云见面后,好色成性的小胡子就垂涎叶楚云的美貌,只可惜她已为尹雄所有了。现在尹雄死了,一到台湾,叶楚云肯定会落入自己的怀抱。一想到这一点,他更不敢贸然开枪,恐怕把叶楚云打死。

韩星见小胡子稍有犹豫之状,就在叶楚云背后晃了晃手枪:"你放下武器,举手投降!我是便衣警察,保证放你一条生路!"

"生路?"小胡子知道自己最大的王牌就是身上的炸药包。他知道警察是会顾全旅客生命的,肯定不敢开枪,因此,他的气焰更加嚣张了:"到台湾才是我的生路!我警告你,丢下手枪,不然我就拉响炸药包,大家一齐去见上帝!"他见韩星的手枪没有丢下,那双绿豆小眼睛瞪圆了,脖子的青筋露了出来,龇牙咧嘴号叫道:"我数五声,你再不丢枪,我就立刻拉爆炸药,横竖我如今已是贱命一条!"说完他把左手举得更高了。

韩星一阵心寒,歹徒已经到了丧心病狂的地步了。狗急是要跳墙的!丢枪吧,岂能向歹徒举手投降!开枪击毙他吧,他临死前的痛苦挣扎必然会拉响炸药包,整架飞机的旅客都会在顷刻间血肉横飞。难呀!难呀!

小胡子以两秒钟一个音的速度高声叫着:"一——二——三——"这声音,真像黑夜森林的饿狼在垂死嗥叫。

旅客中有人吓得抱头惊叫了起来,仿佛已经陷入了死神的魔掌。

危险!千钧一发!生死关头!

就在那一瞬间,从人丛中冲出了一个人来。

风云突变

就在韩星与小胡子对峙的千钧一发之际,突然从人丛中旋风般冲出一位大汉,他从后面抡起大掌,向韩星的右手劈了下去,只听"啪"的一声,韩星的手枪跌落在机舱内。韩星本能地回过头,又被大汉扇来的第二掌打得转了一个圈。大汉趁韩星还未立定,就一立马步,双掌使个"双风贯耳",韩星倔强地拧过头,愤怒地望着那不速之客:这人身材魁梧,国字脸,浓眉大眼,黝黑的皮肤,大胡子。大胡子把韩星压在身下,转头向还在发怔的小胡子打招呼道:"伙计,来帮帮手!"

小胡子刚才被韩星推上了悬崖的边缘,现在突然有一个帮手从天而降,给自己解了围,他不禁喜上眉梢,几步奔了过去,正想帮手,忽然又停下脚步,倒退了一步,仍然一手举枪,一手拉着弦索,警惕地伸过头去问道:"你是什么人?"

大胡子向他点了点头,友善地说:"自己人。"

"自己人?"小胡子有点不解。

大胡子右手按住韩星,左手从西装上衣口袋掏出一张2寸照片,递到小胡子眼前："你看!"

小胡子眨了眨眼,定神一看,不禁也大吃一惊:照片上,大胡子穿着一套笔挺的军服,威风凛凛,神气活现。他军帽的徽章,不是红五星或剑与盾,而是一颗狗牙的国民党党徽。

刘军不禁脱口而出:"你是——"

"我是台湾国防部的,这次来大陆公开身份是商人。"

"呵!"小胡子松了一口气。

"欢迎你到台湾来!"大胡子爽脆地说。

"好呀!"小胡子心中一阵狂喜,在危难之中遇到了救星、遇到了引路人。

那大胡子见压在身下边的韩星还在挣扎,侧头叫小胡子:"快,帮帮手,解下他的裤带,把他捆绑起来!"

"好!"小胡子点了点头,右手把手枪往腰间的皮带一插,又一想,左手带着炸药拉环,去绑人无疑是危险的。于是,他用右手把左手食指的拉环取了下来,掖回腰间皮带里,俯下身来协助大胡子解韩星的裤带。

此时,大胡子突然伸出右拳,由下而上向小胡子的下颚击去。只听"咔嚓"一声,小胡子被这爆发的冲拳打得下巴脱了臼,嘴角马上流出血来。

"上当了!"小胡子暗叫一声,但没容他采取任何反抗措施,大胡子就从韩星身上跃起,这一蹿轻如狸猫,扑向小胡子,他那重如铁塔的身躯重重压在小胡子身上,迅速把他的双手反剪过来。

他见那边徐小曼正与叶楚云滚打一团,就冲着韩星努努嘴:"伙计,去帮帮空中小姐!"

韩星便一跃而起,很快就制服了叶楚云,接着又过去解下小胡子的裤子皮带,把他双手反剪绑牢,然后小心翼翼地解下了他身上的炸药包。

看到这天翻地覆的变化场面,看到两个歹徒如死猪般捆在舱底筛抖,旅客们狂喜万分,有人欢呼,有人雀跃,有人鼓掌……大胡子拍了拍韩星的肩膀:"同志,真对不住,让你挨了我几下子。"

"这没关系!"韩星笑着说,"不过你那几下子确是好重呀!"这一下可引得旅客们哄堂大笑。

这时,有人捡起了大胡子刚才的照片,奇怪问道:"这是怎么回事?"

大胡子笑着说:"我是中国警察学校的教官,珠江电影制片厂要拍摄历史巨片,邀请我扮演其中的一位国民党教官,这是我的试妆照。"

"呵,原来是这样!"韩星兴奋地握着大胡子的手:"谢谢你!"

"不!大家应该先谢谢你!"全舱旅客报以热烈的掌声。大胡子继续说:"你的一举一动我早就看在眼里,但在那特殊情形下,我上不去,帮不了手呀!幸而,一种信念把各自的行动连在一起,我们毕竟胜利了!"客舱又是一阵欢呼声。波音747客机早已在高空兜了半个大圈,载着劫机者的血债,载着护机者的战绩,载着愤怒的呵斥,载着欢乐的笑声,向广州飞去……

(何初树)

(题图:张恩卫)

夜车生死劫

这是一个发生在上世纪80年代的真实故事。

我当时刚二十岁,是一个长途卧铺客车的售票员,车主兼司机,是我二大爷。二大爷以领先时代的眼光买了辆豪华卧铺大客车,从河南南阳跑到江苏盐城,一趟下来,通常要跑近三十个小时。

那是二大爷开大客车的第三个大年初二,我这时才跟着跑了几个月车。大客车跑到漯河,才上了一半的人,二大爷有些着急,如果接下来的路程还是这样,这一趟就赚不了多少钱了。

傍晚,车到了一个县城的郊外,在那里有家小饭店,是我们固定休息的点。二大爷早年丧偶,一直是一个人过,他和饭店的女老板关系很不错。女老板做的饭菜特别好吃,我几天不吃就想得慌。二大爷告诉我说,女人饭菜做得好是聪明的表现，聪明的女人才能自己开一个饭店而不靠男人。二大爷还说，女人开饭店，如果饭菜做得不好，她就需要做更多其他的事。

吃完晚饭，二大爷和往常一样小睡一觉，而我没什么困意，就溜达着回到车里。

车里很多人都睡了，那时候的人出门在外，基本上都不舍得花钱到饭店吃饭。尽管我们这车是当时最豪华的大客车，车里坐的也并不全是大款。车子前排的两个小伙子，看上去也就二十来岁，像是兄弟俩，这会正在啃凉馒头呢；后排四个江苏口音的，像是做生意的，正就着窗外饭店的灯光打扑克；一对小夫妻轮换抱着他们的孩子，在哼不知名的摇篮曲；最后一排的几个乘客，全都蒙着头盖着被子睡了。

我沿着车里的走道，习惯性地走到车尾再走回来，忽然发现车里多了几个人。我记得加上孩子是十七个人，怎么数出二十三个人？于是我又仔细数了一遍，没错，是二十三个人，于是我抬高嗓门，问："哪位是刚上车的？"

车尾有个北方口音的人"唔"了一声，说："那啥，多少钱啊？俺们六个人。"我一阵狂喜，心想这下二大爷可要高兴坏了，车子跑了一半了，又上来六个人，这不是白捡钱吗？那人也没怎么讲价，把钱给了我，就自顾自蒙头睡了，其他五个人也睡得鼾声四起。

我悄悄走回车前，想等二大爷睡起来给他个惊喜。我这么坐在车里等啊等，竟然迷迷糊糊睡着了。忽然，我听见车子发动起来了，一睁眼就看见二大爷笑眯眯地正看着我。我高兴地说："二大爷，刚刚上来六个人，也没怎么讲价，就把钱给了，哈哈！"

二大爷一愣，悄声问我："他们去哪？"

我说："去盐城啊，怎么了？"

二大爷皱了皱眉，又悄悄问："他们要票了没有？"

我说："就一个给钱的醒着，其他五个都睡着了没说话，没要票，付钱可爽快呢！"

二大爷呆了一呆，自言自语地说："六个人，半路上来，都睡着了没说话，没讲价,也没要票……"二大爷沉吟了片刻,脸色渐渐变了,显得很苍白。

我奇怪地问:"二大爷,你怎么了?"

二大爷看了看我,眼角一眯,突然哈哈大笑起来:"小子,你不说我都忘了,今儿是我生日啊!"他抬高嗓门,"你去咱吃饭的小饭店买两捆啤酒,今天我生日,在我车上的就是一家人,咱们这大年初二的都不在家过,我请大家喝酒,大伙儿一块高兴高兴。"

我一愣,二大爷眼一瞪:"快去!"我刚下车,二大爷又在车里喊我:"小子,跟老板娘说记账啊,我下趟车还账。"

我跑进饭店,跟老板娘说:"婶,给我来两捆啤酒。"

老板娘笑着说:"都上车了,谁又要你回来买这么多酒?"

我说:"今儿二大爷过生日,刚才又新上来几个客人,二大爷一高兴,就要请客,说记账,下趟给钱。"

老板娘死盯着我,看了好一会,才问:"车上新上来客人了?你二大爷过生日?他说的?"

我点点头,老板娘搬出啤酒,又问了一句:"你二大爷说这酒赊账?"

我顾不上回话,点点头,一手提着一捆啤酒,一路小跑上了车。二大爷把车门关上,说:"一人一瓶,都得喝,你们谁不喝,就是不愿坐我的车,哈哈!"说着话他从工具盒里拿出两把大尖头螺丝刀,递给我一把,让我把捆啤酒的绳子捅断,自己一手拎两瓶啤酒,一手拿螺丝刀,从前往后发给车里的人。

车上睡着的人迷迷糊糊被吵醒了,小夫妻的孩子也醒了,哇哇哭起来。二大爷哈哈笑着说:"孩子他妈妈这瓶酒不喝就拿着,回去给孩子他爷爷姥爷喝,大过年的,都喜庆喜庆!"坐车的人从没见过车主请乘客喝酒的,纷纷高兴起来,二大爷见酒分得差不多了,大声地模仿着电影里的日本话吼着:"开路一马斯!"油门"轰轰轰轰"踩了十几脚,车子上路了。透过车窗,我看到老板娘跑到饭店门口,默默地目送我们的车子离去……

地上还有几瓶没分完的酒,因为后排新上的那六个人一直在睡觉,所以没喝上。二大爷看来心情很好，一边开车，一边从后视镜里看谁喝了酒、谁没喝。结果那两个像是兄弟的年轻人说，他们今年刚评上优秀大学生，实在不太会喝酒。二大爷不依不饶，坚持要他们一人喝两瓶，还板起脸来说，不喝就把他们从车上扔下去。两人没办法，皱着眉头每人勉强喝下一瓶半，眼看就要吐了，二大爷才罢休，逗得那四个江苏生意人哈哈大笑。

车子快到徐州时，已经凌晨一点多钟，大学生兄弟中有一个突然"哇"的一声吐了，呕吐的气味瞬间传遍全车。二大爷把车门打开，让他俩下车。不少乘客被惊醒了，二大爷就问谁跟他一起下车撒泡尿。喝了啤酒的乘客们早就憋得慌了，三三两两地下了车。车子前不着村后不着店地停在路边，二大爷和八九个乘客跑到几十米外的一个玉米秸秆堆，背着风撒尿。风像刀子一样地刮，二大爷和那八九个乘客去了好几分钟，回来后都冻得瑟瑟发抖。

车子在夜色中开得飞快，二大爷看来一点儿也不困。凌晨三点多，我也憋不住了，就跟二大爷说要撒尿。没想到二大爷火了，大声吼道："尿什么尿，这车里有点热气都让你给放没了！"

这时，最后一排一直没说话的那个北方人突然搭腔说："师傅，你就停停车吧，正好我们也要撒。"

我和三个后排新上车的人一起下了车，站成一排朝着黑夜撒尿。这时地上已经盖了薄薄一层雪花，这三个人撒尿撒了足足有3分钟，我都上车了他们还没撒完。撒完尿回来，雪花慢慢大了起来，二大爷减慢了车速，眼看天快亮了，快到江苏宿迁了，我困得不停地打盹，二大爷却有一搭没一搭，不住跟我找话说。这时，一个北方口音在车子后面大声喊："停车！"

二大爷用更大的声音猛吼了一嗓子："你们还有完没完？"

北方口音说："你他妈的跟谁说话呢？再不停车，他妈的剁了你！"

我一下子吓醒了，二大爷把车停住，猛地拉开车门，紧接着，把车里的灯也全打开了……

冷风"嗖"的一声灌满了车厢，车里一下子亮如白昼，全车人都醒了。

只见车子后面的过道上站着高高矮矮的六个人，脸上都蒙着面罩，每人手里都拿着一把或长或短的刀。

我咽了口唾沫，心想：天啊，遇上抢劫的了！怪不得他们一直蒙着头，不让我看见他们的脸……

领头的劫匪往前走了一步，对全车人说："明人不做暗事，今天哥们就是要钱，有多少拿多少，要命的就别要钱，要钱的就别要命！"说完刀尖指着我说，"卖票的小屁孩，你包里有多少钱我有数，一会你要是敢藏起来，看我怎么收拾你。"

他后面跟着个瘦脸的小个儿，手里拿着一个大布包，也嘿嘿笑着说："手表啊、金银首饰啊啥的，也别搁家里憋坏了，换换风水，大家都发财啊！"

就在这时，二大爷从座位上站起来，他手里拿着那把老长的螺丝刀，我这才想起来，捅啤酒绳的时候，二大爷也给了我一把螺丝刀，就赶紧顺手抄起来。二大爷站在车门前的宽阔地带，眼睛瞪得像铃铛一样，看着六个劫匪，吼了一声："酒瓶子伺候着！"

只见车里呼啦啦站起来八九个手拿啤酒瓶的乘客，那四个江苏人也在其中。二大爷从吓呆了的大学生脚下抄起一个啤酒瓶子，手腕一摆，"啪"的一声把啤酒瓶的底部砸在上下床的铁栏杆上，砸烂的啤酒瓶顿时成了一件尖锐的武器。

一时间，车子过道中间响起了"噼里啪啦"的啤酒瓶子的撞击声，八九个乘客把手里的酒瓶全部击碎在了床栏杆上，玻璃碴子满车乱飞。两个大学生这时也像明白了什么，都站起来，"啪啪"地击碎了属于他们的三个啤酒瓶子，玻璃的碎片扎到他们的手上，血无声地流到了地板上。小夫妻里的丈夫也拿起一个空的啤酒瓶子，他怕碎玻璃溅到妻子和孩子身上，所以没把空瓶子打碎，他用身体挡住身后抱着孩子的妻子，准备做最后一搏。

一瞬间，车里的空气似乎凝固了，时间就像停止了，只听见孩子撕心裂肺的哭声。忽然，远远地，传来了"呜啊呜啊"的警笛声，声音越来越近、越来越近……

多年后,一个大年初二的晚上,当我跟二大爷喝着二大妈给烫的老酒,说起这件往事,二大爷哭了。

二大爷说,这件事最让他难忘的,不是车里那么多乘客对他的信任;不是一夜成名的英雄卧铺车给他带来的滚滚财源;不是他从那以后娶了小饭店的老板娘,做了我的二大妈;而是他深深的后怕——二大爷说:"当年小子你才二十岁,还没结婚啊,那两个小伙子是刚刚拿了奖学金的大学生啊,那对小夫妻刚有了孩子,要回家见他们的爹娘啊……"

"我把那两个大学生灌醉,就是想让他们吐的时候吵醒全车人,这样我就能叫上大家一起下车撒尿,跟乘客们通个气,大家心里都有数,早作准备。"

"小子,我让你憋着尿,是让你别睡着了,没想到那些劫匪也要撒尿,我只得停车啊。他们三个人下车撒尿,三个人在车上留着,这是他们动手的最好时机,你个小子,非要跟他们一起下车撒尿,还背着那个装钱的包!我都快吓死了,我不是担心那些钱,我是担心他们要对你动手啊……"

我已经无数遍地听二大爷说起这事的细节,但还是装作疑惑地问:"二大爷,那他们车外三个、车里三个时怎么没动手啊?"

二大爷哈哈笑着说:"后来公安局审他们时,他们交代说,我开得太快了,他们下车撒尿,发现前不着村后不着店,动了手也没地方跑,就决定上车,等快到下一个城市了再动手……哈哈,这就是你二大爷的本事了,当时我不但开得快,还抄了近路,故意往荒村僻壤开……"

二大爷喝醉了,二大妈做的酒菜还像当年一样好吃。二大爷真有福气,当年没有电话,二大妈在大年初二的晚上一口气花了五个多钟头,跑了七十多里地,到县公安局报案,要求警察出警,而她的证据就是:二大爷和她说过,他四年才过一个二月二十九的生日,出事前一年刚过了,怎么会第二年大年初二又过?还请坐车的人喝生日酒?再说二大爷从来都不赊账,二大爷说过,一个女人家开饭店,做的饭菜又这么好吃,谁欠账谁就是王八蛋,二大爷他是绝对不会当王八蛋的。二大妈还说,二大爷爱车就像爱他的命一样,没事绝对不会使劲踩十几脚油门,才把车开走。二大妈最后说,如果警察追上了二大爷的车,发现根本就没事,她就把饭店赔给公安局,值班警察这才相信她,同意出警。

这时候,我想起一个多年来的疑问,就问二大妈:"其实二大爷怀疑那些人,也只是出于他的经验和直觉,您就这么相信他,把饭店都押上了?"

二大妈笑了,说:"小子,其实那时候,我已经喜欢上了你的二大爷。多亏了那次共患难,才让我们捅破了那层窗户纸……"

(吕浩峰)
(题图:刘斌昆)

乌拉吵传奇

都说东北有三宝：人参貂皮乌拉草。那乌拉草不过是冬天人们塞在靴子里御寒的一种干草，怎么能和人参貂皮这等贵重东西相提并论呢？据最新传说，乌拉草其实是一条叫"乌拉吵"河的谐音，乌拉吵河从东北丛林里一个神秘的山谷流出，所有的传奇都从这里开始……

一路颠簸

张家口的百顺车店从顺治爷那时起就已经开张了，如今经过了几皇几帝，招牌越发响亮。这天，从张家口到北京的路上，就有这么一辆百顺车店的黑轴大车在摇摇晃晃地走着，车轿门的蓝布帘儿虽然拉着，但灰尘飘荡，想来也遮挡不住什么。却见车辕上端身坐着一个小伙儿，乌油油的辫子，亮晶晶的脑门儿，年纪不大，却是百顺车店一等一的好伙计——马奔儿。

别看这一路颠簸，可一点都没损到他的精气神儿。他这时正低头盘算一件心事儿：为什么掌柜的把客人送上车后，要低声对自己说："这可是一趟险差啊，记着，自己当心。"

马奔儿今年才二十一岁，但从小是在车辕上长大的，耍鞭子的本事行内第一。他心思也深，这时想着心烦，猛地一扬手，一声脆鞭儿就向空中打去，只听"噼叭"一响，车帘里的人不由打开车帘子把他看了一眼。那帘子里的是个中年人，五短身材，人不打眼，唯一出奇的是他左手虎口上厚厚地结了一层茧子，马奔儿回头瞥见他的左手，脑子里登时闪现出一个画面。

那还是他出发前在张家口套车时候，套车的地方旁边有座土墙，墙那边是空地，不少客人就在墙那边方便。那天中午，只马奔儿一个人在备车。隔了一会儿，他就听到隔墙那边有两个人操着京片子在说话，一个说："你敢肯定，刚刚那个订了车的汉子就是于佩伦？"

另一个嘿嘿两声道："这还会错？你别看他个儿小，不认得他的人，还不认得他左手上的那层老茧？除了他，还有谁有那么厚的老茧，他练的可是左手刀！"

当时，马奔儿暗地里不由一惊：江湖人物？他平日里对江湖人物最感兴趣，不由要细心听去，偏那两人尿了半天还没尿完。马奔儿好奇，凑着墙缝往那边看了看，一看之下，捂着嘴差点儿没笑出来。那边两人，虽都穿着青衣布装想装作普通百姓，其实却是两个太监！

马奔儿一缩头，心里暗奇：大清律令，不是太监不许出京的吗，怎么这两个会溜出来？要说起来，他对太监可没什么好感，那些年，中国老百姓光受洋人的气了，没几个喜欢朝廷的软弱与腐败。就这么一愣的工夫，他听到墙那边传出两声低哼，像是特别痛苦。马奔儿忙向那墙缝中看去，就见那两个青衣太监都已倒地，朝着墙的只有四只挺得僵直的脚。马奔儿吓得心里一跳，但他胆大，抄了鞭子，悄悄就往那边转，要看看到底发生了什么事。等转过去，让他更惊讶的是——土墙那边什么也没了，没有人，没有倒地的太监，什么也没有。马奔儿揉揉眼，刚才有人小便过的痕迹还在，还有，就是地上几滴不仔细都发现不了的星星血迹。

马奔儿一回头,往那边院门一看,就见个人影提着东西似乎晃了一晃。院东头有口枯井,马奔儿怀疑,那两个太监只怕就要被人撂入那两口枯井了。他想去看看,这时就听见东边"轰"的一声,然后就有人传告,说东院那口没人用的深枯井塌了。

天上太阳明晃晃的,马奔儿掐了把自己的大腿,确信自己没有听错,然后就听见掌柜的叫他,订他车的那个客人来了。马奔儿无意间瞥见那客人的左手,竟然结了一层厚厚的老茧!莫非他就是刚才那两个太监议论的左手刀于佩伦?但马奔儿没说出来,他是个心里藏得住事儿的小伙儿,连掌柜的悄悄叮嘱他时,他都没把看到的说出来。眼下,这坐车汉子那只长满茧子的左手,让马奔儿暗地里绷紧了精神——掌柜的说得没错,这是趟险活儿。马奔儿盯着那客人的左手,身子里不知什么地方像是血气一涌!

王府泄密

马奔儿的车进了北京城,就停在了大佛寺西首的一个胡同里。那胡同背静,胡同里只一个门,如果不是看那有点儿掉了漆的牌匾,只怕没人会想到,这么背静的地方居然会躲着一个王府:慎亲王府。

其实,连老北京人只怕都没几人知道北京城还有这么个王府的。但那招牌上的落款还是御笔,马奔儿很识得几个字,又听说书的听熟了,熟知本朝掌故,一看——啊呀呀了不得,竟是顺治爷题的。他们这车走的是后门,直接赶进马房停的,整个马房静悄悄没什么人,那个客人下了车后就直接被引进院内东首的厢房坐了。管事儿的给马奔儿送了份饭,可马奔儿的心老不定,吃着饭时还不时瞧瞧马房外面。他们进北京已经是快要关城门的时候了,冬天的北京天黑得早,眼看外面已乌鸦鸦地黑了,这时听到院门一响,一个小僮提了个灯笼送了个老爷模样的人进来。那人步履之间也看得出是个当大官儿的,神态相当从容,马奔儿见他走到那个客人的厢房门前时,那个客人就'呀'的一声开门迎了出来，开口低声道："慎亲王……"

来人一摆手，两人就住了口，携手走进了厢房。马奔儿咬了咬自己手背儿——没错，不是梦，那人是个亲王！活这么大，他还是头一次见到亲王这么大的皇亲。

那小僮自己出去，又把院门关了，整个院子里已没有一个人。马奔儿坐在那儿忍不住心里好奇，脑子里不断地斗争来斗争去：去还是不去？他想偷看，看看这么大的人物这么神秘地究竟在干些什么。

终究他战胜不了自己的好奇心，悄悄溜出门来，沿着墙角往前爬。他在阴影里，没有人看见，忽然他眼角似被什么闪了一闪，他一侧头，就见东首厢房顶，黑黝黝的，乍一看看不到什么，但仔细一看，才看得出伏着的有一个黑衣人影。那人已轻轻揭开了屋顶的瓦，正在低头向下看呢，刚才在马奔儿眼前一闪的就是他佩的刀折射出的屋里的烛光。

马奔儿倒吸一口冷气，好家伙，这可是只在故事里才听过的场面。明知危险，但他忍不住好奇，更要看个究竟。他悄悄爬到了东首厢房窗口，站起来，伸一指沾了唾沫轻轻向窗上戳去，刺破一洞，就见屋内一张榻上，慎亲王与自己送的那客人据几而坐。那客人看来真的叫于佩伦，因为慎亲王称他作"于兄"。可惜马奔儿悄悄爬过来颇费了些时间，只见那两人似乎已快说完，慎亲王就向于佩伦手里交了一样黄布包着的东西，咳声道："那么，一切就拜托于兄了。"

于佩伦点点头。那慎亲王说着，却走下地来，忽地向下一跪，竟向于佩伦拜了一拜，于佩伦一惊，忙跪倒相扶。只见那慎亲王站起身，取过桌上之酒，自斟一杯道："那么，载丰就以此一杯，为于兄壮行。"

于佩伦正忙着向怀里揣慎亲王交给他的那东西，也没在意，马奔儿眼尖，却见慎亲王衣袖里就漏出些绿粉，洒在酒杯里了。马奔儿一惊，才待怀疑于佩伦这下要遭殃，却见慎亲王自己端起那杯子一仰脖，一饮而尽。于佩伦鼻子似乎特别灵，他向空中嗅了几下，已觉有异，四处看看，忽然抢过慎亲王杯子一闻，面色惨变："毒酒？王爷，你怎么服了'千蛇涎'这种剧毒酒？"

慎亲王摇头苦笑道:"我把东西托给你,无论怎么说,也是有负祖上对顺治爷的承诺……"他指指西边,"何况——我就是不死,那个太后也不会放过我的。好在我心愿已了,于兄,你上路吧。"

马奔儿亲眼看着慎亲王慢慢软倒在榻上,心里大惊:他喝的真的是毒酒!然后他就看见慎亲王倒地,于佩伦含泪把慎亲王的尸体在榻上扶正,轻轻替他合上了眼,然后跪在榻前,一拜、二拜、三拜。

只听于佩伦口里轻轻说道:"王爷,你放心走好吧,这件大事,我于佩伦就是拼了性命,也会代你办妥,黑旗军上下几千子弟,也都感激你的大德……"马奔儿正要细听他还说什么,就听房顶轻轻一声瓦响,如果不是他早注意到房顶有人,这轻轻一响他绝对不会听到,想来那人是想趁于佩伦伤心之际悄悄溜走。马奔儿正这么思忖着,只听于佩伦低喝一声道:"你听够了,就想走了?"

马奔儿一惊,只见于佩伦一扬手,手里一只筷子就向天棚顶射去。房顶上人似乎闪了一下,但于佩伦手头极准,那人没闪利落,却不敢大叫,只是一声轻呼,已被射中。那人还想逃,于佩伦抓起桌上的一根鞭子轻轻一抖,只见那鞭梢毒蛇一样向房顶钻去,那夜行人逃也逃不开,被鞭子一下裹在腰间,连人带鞭,穿瓦而入,摔在地上。

马奔儿眼却亮了,他看的是那条鞭——只见那鞭子乌溜溜的,杆儿是黄杨木的,巧手细鞣,在马奔儿这识货的眼里,一看就知趁手异常。他这里不及细想,于佩伦已扯开那夜行人的蒙面布,轻哼一声道:"果然是左赤手下的人。"说着,伸手一扯,"哗"地一下拉开了那人的裤子,竟又是个太监!

马奔儿已知自己看到的太多,要想留命的话千万别被于佩伦发现,于是忙悄手悄脚地溜回马房。

走马关东

马奔儿才进马房喘了一口气,不到一刻工夫,于佩伦就已走进来,木着脸道："明儿天一早,咱们就出城。"

想来慎亲王吩咐过,院内虽有动静,但并没有人来查看。

马奔儿一愣,问:"去哪儿?"

于佩伦若有深意地看了马奔儿一眼,说:"你胆色倒挺不错,我就出三十两银子买你这胆气,包你这车一月,去关东。"

马奔儿又一愣:难道他知道自己刚才偷看了?但还是点头答应了。要说马奔儿接这趟远差,为的主要不是钱,而是好奇!跟这客人在一起才三天,他就见到了这么多诡秘奇异的事,都是平时想都不敢想的,要是别人可能早就吓退了,但马奔儿不,他平时就是个胆大心细的小伙儿,一心想做大事。做非常之事必须遇非常之人,他认定了这于佩伦便是非常之人,而且似乎一身正气,所以于佩伦开口雇他车到关东时,马奔儿没多想就答应了。

这一路直走了一月有余,然后才到松花江畔,那里有个镇子,名叫"粗碾子",在松花江大拐弯处。到了这儿,于佩伦付清了马奔儿要的三十两银子,就撒开手自己去了。这一路上他的话极少,两人都没交谈过什么,接过银子,马奔儿心想:就这么把我打发走不成?不信我查不出你的秘密来!

马奔儿把车赶回松原,自己一个人又悄悄返回粗碾子镇来。他已探听到于佩伦就住在"鸿发客栈",马奔儿自己买了身当地东北人常穿的衣服,决定跟于佩伦耗上了,要看看他来关东到底是什么目的。马奔儿也住在鸿发客栈,只是注意不让于佩伦看到。一连几天,他都见于佩伦天天一早出去,晚上才回来。外面开春,只见他回来时一靴子的又是泥又是雪,想来是到山里去了。

马奔儿也曾悄悄跟踪两次,但因为不敢跟得太近,也就跟丢了。

这天,眼看着天色都擦黑了,于佩伦还没有回来,马奔儿就想偷偷溜进他房里去看一看。这个客栈后院的东厢房就是于佩伦的住处,马奔儿悄悄地溜了过去,才到窗口,他耳朵尖,隐隐约约就听见里面有人说话。马奔儿一惊——这房里还有别人!

他人机灵,一猫身,就躲在了墙根阴影里。只听里边一人道:"老张,你手脚利索点儿,别翻乱了,小心正主回来发现。"

那个被叫作"老张"的"嘿嘿"道:"看见又怎么样,左统领明天就要赶到,就是来硬的咱也不怕他。何况,这'竹根黄'还从来没失过手……"

另一个人冷笑道:"也别太大意了。左统领,嘿嘿,左统领自己只怕也不敢说这个大话,人家通州大侠于佩伦可不是什么软柿子好捏的。你不是不知道,小四儿和小六儿上个月在张家口盯着他——他俩儿够机灵吧,但莫名其妙就失踪了,到现在活不见人死不见尸,你想想于佩伦他这手段吧。"

马奔儿就想起那口倒塌的枯井——原来他们跟那两个太监是一伙儿的。那老张便也倒吸了一口气,口里轻声道:"小顺子,你说的不错。你说这次大功告成后,太后她老人家一高兴,咱哥儿们是不是也能弄个一品侍卫当当?"

那小顺子笑道:"快干你的活儿吧,我说你还是放在被子里,他只当店伙儿来叠的,不会疑心。"

正说着,马奔儿就听大门口传来一声重重的吆喝:"小二,你给我端的洗脚水呢?"

那声音颇大,房里的人就吃了一惊,那个小顺子道:"快,正点子回来了,外面放哨的已经在报信儿了。"

那老张似乎就加快了手脚,只一刻,就听他们把门"吱呀"一开,两个人影已偷偷从房里溜了出来,把门掩好,一溜就溜到隔壁去了。马奔儿这边儿却已听得心头暗惊:原来这事儿还不只牵扯到一个王爷,连宫里的太后也牵扯上了。然后他就听见脚步响,是于佩伦回来了。马奔儿缩在暗影里一动不敢动,眼看于佩伦进了屋,他才悄悄直起身,顺着窗户缝儿往里看,只见于佩伦一脸疲惫,在桌前坐了会儿,掏出个黄绢包儿,拿在手里反反复复掂弄了一阵子,然后就盘弄那条马奔儿见过的鞭子。半晌,他可能累了,才向炕头走去。

马奔儿看他坐向炕头,伸手去摸那被子,不知怎么心里就觉得一阵不安。于佩伦的手已要摸到那被子了,马奔儿猛地一敲窗子,叫道:"不可!"

于佩伦一惊，当下忙一缩手，就见垛里已有一条黄影闪电般钻出，原来这就是什么"竹根黄"！那是一条毒蛇，好在于佩伦这一缩手，大血管已让过了，但左手虎口还是被那蛇一口咬住。好个于佩伦，只见他右手闪电般地伸出，一把就抓住了那毒蛇的蛇尾，向空中一抖，那蛇身骨节一抖而散，登时死了。他再看自己左手伤口，伤口是在左手厚茧上，蛇牙真利，居然直透而入，才这么一霎的工夫，伤口四周已隐隐变黑了。

于佩伦已知房子四周必有敌人埋伏，情况相当不妙。他一开门，扔出个凳子迷惑敌人，然后一掀后窗，人就已从窗口翻了出去。窗外就是客栈后墙，他跃过墙，直向北跑去。可此时客栈内外已钻出了五六条人影，呼哨连声，喊着："点子伤了，别让点子跑了！"直向他追去。

月下较量

马奔儿回房，抄了自己的鞭子，也跟了上去，直追了一盅茶工夫，跑到镇子外，才在月亮地里看到前面一片白杨树林。冬天的杨树林，叶子一片没有，疏疏落落的枝杈中可见到七八个人影。马奔儿沉了一口气，悄悄靠上前，不知怎么，他就觉得那于佩伦像是个好人，而那批后党爪牙行事卑污，做的一定不是好事。

地上雪泥参半，那边对峙的人想来精神太过紧张了，都没发现他这个后来者。马奔儿靠到他们三十步之内，躲在一棵大杨树后，就不敢靠前了。他悄悄爬上白杨，见那些人站在林中一小块空地上，把于佩伦围在中间。只听是那个叫小顺子的声音："嘿嘿，姓于的，我劝你还是识相一点，你也是混过江湖的，该知道那句顺口溜儿：'竹叶青好觅，竹根黄难挡。'实话告诉你，你今天中的就是'竹根黄'的毒。这蛇本已是千毒之王了，又在太医院被御医们调养过，有多毒你就可想而知吧。你赶快把图交出来，就万事大吉。哼，太后老佛爷盯上的东西你也敢抢？你别仗着你刀利，嘿嘿，你现在左手被'竹根黄'咬了，你这个左手刀还有什么用！"

看来小顺子是领头的,旁边人都附着他的话笑。那于佩伦却不说话,他就着月光,抬起他那只受伤的左手看了一眼。马奔儿也就着月色看去。他惊讶地发现,就这么一刻工夫,于佩伦的左手已从虎口到手腕全部肿了。但于佩伦看他自己的手时自有他的气魄,只见他一拍腰间,一把刀已脱鞘而出,小顺子叫道:"大伙儿小心!"于佩伦已经出招,一上手就朝对方一个使铁棍的看着像铁塔一样的汉子击去,这一招就是于佩伦的成名之作"力劈华山"。只见那汉子伸手一挡,可于佩伦的刀已劈到他铁棍上,刀锋顺势而下,直削向他的手指,那汉子大惊弃棍,这一刀却无情而来,直劈到他的额头上,那汉子当场倒地。好个于佩伦,左手已伤,右手之刀一出手,马上就搏杀了对方体力最强的一名好手!

剩下六人大惊,各持武器退后了一步,圈子拉大了些,于佩伦却没有再出手,只森然地把对方望着。那小顺子尖牙利齿,可刚才的一招太惊人了,他也噤得说不出话来。

马奔儿身在高处,又在局外,所以看得更明醒些,只有他明白,现在真正危险的并不是那六人,而是于佩伦。他见于佩伦明显是在硬撑,一条黑线已出现在他的额头,而他的额头满是虚汗。马奔儿出身贫苦,多少知道点蛇毒发作的迹象,他知道,自己再不帮忙,等小顺子六人回过神来就来不及了,于佩伦明显已是强弩之末,无力自保——他一人怎抵得住他们六人?马奔儿向小顺子几人看去,只见他们身子不停地在抖,他突然明白了,原来他们也在害怕。马奔儿一拍大腿:就赌这一回吧!只见他捏起喉咙,在这个静寂无人的暗夜里忽然尖声大叫道:"来人哪!"

小顺子六人本已神经绷得紧紧的,马奔儿这一声突如其来,他们也分不清是谁叫的,却正合他们的恐惧心态,当下不管三七二十一,一个个飞奔而逃。眼看他们退出树林,于佩伦才无力倒地。马奔儿迅速溜下树,用几根树枝编了个犁耙,挟起昏过去的于佩伦,放在上面拉了就走。于佩伦身子一动,却从衣服里面掉出个牌子。牌子是黑木制的,马奔儿拣起一看,上面写了四个遒劲的字:黑旗军令。

义士筹饷

马奔儿把于佩伦拖到几里外，才找到了一个伐木人夏天住的小木棚。棚里虽乱，但空着，也还背风。他找来桦树皮和几种草药，把它们合在一起捣碎，挤出汁来抹在自己的嘴唇上，然后才开始吸于佩伦左手上的伤口。那伤口太小，马奔儿只有用于佩伦的刀把口子割大，一口一口使劲儿地吸，结果吸出来的全是黑血。直吸了一顿饭工夫，马奔儿嘴唇都麻了，血才见红，于佩伦终于呻吟了一声醒了过来。

一连几天，于佩伦都要靠马奔儿照顾，不过他的底子很好，虽然中了剧毒，但康复也快，没两天居然可以下地了。一天里大半时间，于佩伦都在运气自疗，但几天下来，他的一条左臂还是有些僵硬。马奔儿把他照料得极为仔细，但却没问过什么。

这天晚上，于佩伦好得差不多了，他们两人坐在一起，升起了篝火，烤马奔儿打来的一头獐子。于佩伦明显精神多了，他转着烤叉，笑着对马奔儿说："你果然胆大，连大内侍卫手中的人你也敢救！你有什么想问的就问吧，我一定知无不言，言无不尽。"

马奔儿想了想，他一时也不知从何问起。他之所以救于佩伦，可能只是出于一时意气。他思忖了一下，从怀里掏出了那天拣起的那块'黑旗军令'，放在于佩伦手里。于佩伦脸上的表情相当复杂，只见他沉吟良久，才开口道："我知道你那天在慎亲王府偷听了我跟慎亲王的讲话，也猜你那天在张家口看到了我杀两个太监的事，这一切，都要从这块黑旗军令说起。

"你知不知道，现在的朝廷多么腐败多么衰弱？我于佩伦从小习武，这些年也算小有所成，但这些年的经历让我明白，天底下就算再多一万个我于佩伦这样的武人，也没有什么用，还是抗不住洋人的洋枪洋炮。近几年，法国人对我国边境不断骚扰，意图立足越南，把实力伸进咱中国境内，但朝廷里都是些无用的孬种，只知割地求和，于是才有了刘福通大帅和他的'黑旗军'。这几年，我一直在广西，我也参加了黑旗军。我们黑旗军以保家卫国为己任，这些年，帮着越南百姓，也跟法国人干了好多仗，算是暂时扼制了法国人的野心。但两军对抗，光有青年子弟的热血是不够的，它还需要钱啊。朝廷中这些当家大佬没有一个人肯尽力的，只有慎亲王一人忧心危亡，全力支持我黑旗军上下数千子弟。"

于佩伦看了一眼马奔儿，继续道："你人机灵，来到这粗碾子镇也这么多天了，大概已打听出这镇子里有关'乌拉吵'的传说了。人说东北有三宝，人参貂皮乌拉草——人参貂皮大家都知道，可是那乌拉草不过是冬天塞在靴子里给穷人暖脚的一种干草，怎么能和人参貂皮这等贵重之物一起相提并论呢？你知不知道？"

马奔儿摇摇头。于佩伦说："草呢，其实并不是草，而是一条叫'乌拉吵'河的谐音，这条乌拉吵河从一个隐秘的山谷里流出，那个山谷就在粗碾子镇附近，但还没人找到过。传说满人的祖先就是在那儿兴旺起来的。太祖太宗当年起家，靠什么征服各部族，打败明朝？据说就因为他们身后有一批财源，那是金矿，矿脉就在那条河源头。后来，顺治爷进京做皇帝了，还想着这儿，说这乌拉吵是大清的真正龙脉，据说派人在那里埋了几十万两黄金，留给后儿孙一旦江山坐不稳时，退回关东以谋再起的花用。这事很隐秘，但还是有人知道了，所以从本朝初年才会传出那么个口诀：都说东北有三宝，人参貂皮'乌拉吵'——只不过'吵'字传来传去就被传讹了，时间久了就当成了'草'。嘿嘿，'乌拉吵'与'乌拉草'，一字之别，那可谓差之毫厘，去之千里了。

"所以——乌拉吵就是大清国祖先埋在山谷内的以备后世子孙急难时动用的一笔财宝。这笔财宝的地图当年顺治爷就交托给了清正廉洁的慎亲王一系保管。慎亲王一系为了这张图，必须永不在朝廷做官。这张图也就一代一代传了下去。如今，世界列强都已盯上了中国，中国已在危急存亡之秋，慎亲王载丰也就想起了动用这笔财宝保家卫国。可惜朝廷上太后当政，奢侈淫靡，皇上太小，无有主意，慎亲王就打算把它直接接济给抗法义军。

"但慎亲王也没想到，这笔财宝同样也被西太后盯上了，她一心想用这笔钱扩建圆明园。慎亲王自知无力和她对抗，便找到了我，他这么做也已有违当年他祖上对顺治爷的承诺，所以心中有愧，一杯毒酒先去了。我却受命于险阻，这一路上，你可能不知道，西太后派来的大内侍卫统领左赤的人一直紧盯着我，这左赤是个高手，本来我还可以与他一拼，但偏偏左手被暗算了。老天老天，当真是天不佑我义军吗？"

马奔儿看着于佩伦的脸，觉得自己真是没有救错人。猛然间他一拍脑袋，想起来一句话，说："我想起来了，我听有客人说起江湖上的两句口号——南通州、北通州、南北通州通南北；东当铺、西当铺、东西当铺当东西。说的是不是就是你们两个？"

于佩伦微微一笑："不错，我出生在通州，那上一句便是江湖朋友对我的抬爱，他们称我为通州大侠；下一句说的就是左赤了，因为他在东西两宫皇太后面前同时受宠，但为人却卑鄙下流。说来惭愧，这几年，在江湖上，字号最响的大概就数我们两个了。"

他们说话时正坐在木棚前，这时，忽听木棚后传来一个声音："可是，这两个今天看来应该只剩下一个了！"

冰上惨斗

马奔儿当场吓得一颤。他一回头，就见火光照耀下，木棚后面转出来一个人，那人穿着件黑缎面皮袍，紧紧裹在身上，身段里透出一股剽悍，脸色阴沉。原来他就是大内侍卫总管左赤！于佩伦望着他，面色平静地说："咱们好久没见面了。"

左赤冷笑一声："今天也是最后一次见面，因为——这一次之后，不是你死就是我亡！"

于佩伦似在思考，左赤就往前跨了一步，于佩伦忽然拿起手里的獐子腿，用力向篝火中击去，只见炭火飞溅，眼前一炸，都向左赤飞去。马奔儿正惊愕间，只听于佩伦叫了一声"走"，他的手已被于佩伦拉住，两人拼命地向前疾奔，左赤却被柴火阻了一阻。马奔儿和于佩伦于是向东逃去，东边就是松花江，不过两三里地的路程，虽说已经开春，但乍暖还寒的天气，江面还没有化冻。

于佩伦拉着马奔儿到得江面上，却见前面站了六七个黑影，马奔儿不由暗暗叫苦！天上的月亮已过半弦，马奔儿眼尖，认得那正是小顺子几个。但此时于佩伦别无选择，只有向前疾冲。那几人上前阻拦，于佩伦腾出右手，接着就出刀，只见月光下银光一闪，他已一刀劈翻了当前一个，然后刀锋回抹，又削中了一个侍卫的双足，那侍卫也应声倒地，但两人的前进之路仍被小顺子几人遮住。

左赤来得极快。不待于佩伦有机会伤那余下五人，他已赶到，伸手一抓，不攻于佩伦，反向马奔儿抓去。于佩伦果然无暇攻敌，马上回刀相救，两人也立刻缠斗在一起。只见左赤不慌不忙，对那五人道："你们不用管我这儿，把那小子先给我拿下。"

于佩伦不由担心地向马奔儿望去，看来自己是连累了这个血性小伙子了。但他与左赤本就武功相当，这时左手又受了蛇毒，也就无暇相救。好在马奔儿人机灵，没等别人来抓，他已先向江心位置跑去。要说在平地上，马奔儿可真不是那五人对手——他虽也不是省油的灯，从小练过点功夫，可无奈对方人多势众呀。可到了冰面上就不同了，马奔儿早换了当地老百姓平时冬天走路穿的'雪蹬子'，鞋底有钯钉，站在冰面上就比小顺子他们穿的官靴要踏实些。只见马奔儿跑出一段路，与对手拉开距离后就从腰间扯出了他从小玩到大的鞭子。要说马奔儿耍鞭子的本事，只怕一时无双，他那鞭梢又长，足足一丈有三，一鞭抽出，专卷对手的脚腕儿，冰上本滑，一抖一拖，不等近身就把他们撂倒了。所以对方人数虽多，但月下的冰面上，只见马奔儿一支长鞭耍得矫若龙蛇，那五个汉子跌倒了爬起，爬起了又跌倒，虽不至重伤，但也一个个摔了个鼻青脸肿。马奔儿边耍长鞭边打量四周，忽然发现月光下左面的冰面颜色有异。他这些天来一直在研究这一带地形，心中大喜，知道那一块的冰面肯定很薄，多半承不住一个人，他就小心地向那边退去。那五个人没注意到,还是成半圆形向马奔儿进逼,忽听其中一人惨叫一声,原来是围成这半圆形的最外边一个人,他最先踩着薄冰,一脚之下,冰面破裂,他已掉进冰窟窿里。旁边四人大惊,侧首去看,马奔儿找准时机,一鞭就卷住了另一个人的脚腕儿,那人一滑跌倒,马奔儿更不留情,把他向薄冰处一拖,只听冰面"呲"声而裂,又一个对手被送进了冰窟里。

东北的水本就凉而且急,那些侍卫本不太会水,加上身上穿得笨重,掉下去可想而知就难浮起。剩下的三人不由慌了神儿,忙往后退,但马奔儿岂容他们三人就这么走了?鞭子一卷,又放倒一人,再次把他拖入江中,那人在水里只冒了下头,就被马奔儿劈头一鞭,打得沉了下去。

这时马奔儿才腾出空去看于佩伦,只见于佩伦那儿的局面却大大不好,他的伤本不好,碰到的又是与他齐名的高手左赤,交战到此时已是气喘吁吁。只听左赤狞笑道:"姓于的,交出宝图,留你一命。"

于佩伦只是"唰"地回了他一刀,也不答话。马奔儿刚才连连得手,信心大增,这时就往前凑了两步,要助于佩伦一臂之力。只见他扬起鞭儿,准头奇准,一缠就缠在左赤的足腕上。马奔儿心头大喜,用力一拖,只要这一拖把左赤拖倒,于大侠再一刀砍下。不就什么都完结了?可马奔儿心头想得正美,没想吃惊的反是他,因为他刚才这一拖,左赤分毫没动,倒是左赤把他往前拽了一步。马奔儿不服,把手里的牛皮鞭子绷得笔直。只是左赤依旧没被拖动。马奔儿心想:哪怕帮得了于佩伦一点点也好,当下就跟左赤耗上了。没想一股内劲从鞭身传来,马奔儿只觉鞭身一颤,那鞭子竟生生地被左赤震断了——这可是上好的熟牛皮制的鞭子!马奔儿万万没想到会这样,他自己使的力太大,这时手里猛地一松,人不由自主向后踉跄倒去。他也知道退不得,可是足下吃不住劲,眼看他"蹦蹦蹦"地向后连退了十几步,然后一声脆响,他自己也踩到了那片薄冰,掉进了冰冷的江水里。

他费尽全力,好容易才挣扎到冰沿儿,用手攀住。那边左赤似已对这小伙子极为恼怒,挥手朝剩下的小顺子两个叫道:"别让那小子活下来!"小顺子两个就操着刀,小心翼翼地向冰窟的沿儿靠来。

马奔儿知道这种形势，要想爬上来几乎绝望，眼看那两人越来越近，小顺子已脸上狞笑着举刀向他剁下来，马奔儿用尽浑身力气，扳住那冰沿儿就使劲儿一掀。那块冰本不厚，居然被他一掀掀得晃动起来。小顺子两个足下不稳，心下大慌，忙要退后。马奔儿知道自己只有这个机会了，又用力把那冰沿一扳再扳。也不知道他情急之下哪来的那么大的力气，那块本已松动的冰面"哗"地一声，当真被他用力掀翻了一大片。只听小顺子两个尖声惊叫，人已随那一大块冰面翻进江里。马奔儿趁乱揪住那个好像懂点水性挣扎的人，把他头按在水里，一直到他不能动弹为止。他自己这时也几近脱力，费力游到了冰沿。

马奔儿才抓住冰面，刚有机会抬头看，就听耳边"嗖"的一声，一把宝刀擦着他的耳朵钉在了他面前的冰上。

那是于佩伦的刀，于大侠怎么了？马奔儿抬眼望去，只见于佩伦赤手空拳，刀已被击飞，右肩上更是被左赤指上钢爪掏出了五个血洞，血染冰面！

临终赠鞭

马奔儿倒吸了一口冷气：这左赤好生厉害！可他武功这么高，自己此时似乎也帮不了于大侠了。马奔儿无奈一叹，但就在那一瞬之间，黑旗军那数千子弟在越南与法国人英勇恶战的景象像是都浮现在了眼前。虽然马奔儿只是个赶车的小老百姓，但从英国人炮轰塘沽炮台后他已感到了国家的苦难，不能让太后的人就这么得逞，把这可以用来抗击侵略的财宝拿去修什么宫殿。他虽在冰冷的江水中，却只觉身上热血一涌，插在他眼前的这把刀刀锋明亮，分明是一把好刀。马奔儿从怀里掏出个小酒壶，把一壶白干全灌进了嗓子眼儿，然后费力地脱下缠在身上的棉袄，拔出那把刀，长吸一口气，就钻进了水底。

他看准了方位，游到左赤与于佩伦两人相斗处脚下的冰面位置，天上月亮明净，加上冰色透彻，马奔儿甚至看得到上面的人影。他一喜，这一块冰面果然也不太厚,他一咬牙,吸口气,挥起宝刀,拼尽全力向那块冰面削去。

马奔儿知道自己在和时间赛跑,他的胸口越来越闷,手臂也越来越软。这时候,只见冰面上,左赤忽地一声长笑,戴着钢套的五指终于趁一招空隙,直抓在佩伦胸口,他手上的钢爪极为锋利,知道自己重创了佩伦,一招把对手击出好远,不由大笑。这时马奔儿也在水下运起最后一口气,挥刀劈向冰面。苍天不负有心人,只听那冰面"哗"地一声,应声而破!左赤得意之下,不防有此,随冰陷落。马奔儿只觉眼前一亮,他长吸一口气,已看到左赤身影,他二话不说,照落水的左赤头上一刀劈去。这一刀劈中了,只见水中血色一冒,左赤已向水底沉去。

马奔儿这时才觉力乏,他四下里一看,于佩伦重伤之下正躺在不远的冰面上。马奔儿费力爬上冰面,爬到于佩伦身前,抖声说:"于大侠,咱们赢了。"

于佩伦费力地从怀里掏出个小酒壶,让马奔儿喝下去。他也没想到这年轻人这么血性仗义且胆大心细,有这样的年轻人,看来中国不会亡。他只说了声:"好兄弟!"

马奔儿撕下于佩伦一块衣服上的布给他裹伤,他没注意身后,于佩伦的脸色却忽现惊容。马奔儿这时才听到身后水声一响,他还待回头,于佩伦已用力一扯,把他甩到了远处。马奔儿一回头,才见冰破处,左赤带着一大片水花从水底跳了出来,他一掌就击在马奔儿刚才立身之处,只听于佩伦一声哀呼,胸骨齐断,那左赤却肩头流血,在月色下狂笑不已——他这个恨之十年的对头明显活不成了,日后江湖可就是他左赤的了。

左赤一步一步向马奔儿逼去。马奔儿心头掠过一个字"死",但马奔儿现在不怕死,马奔儿只觉心中血气奔涌。那左赤忽然跃起,一座大山似的朝马奔儿压来。马奔儿避无可避,他也不屑于避,任左赤抓住自己脖子,却低头一口向他腕上咬去。可马奔儿还没咬到左赤,已觉眼前越来越黑了,他知道自己离死不远了,月光下,冰面的景物在他眼里都迷离起来,越来越暗。就在这时,马奔儿看见一片光华升起,泛着月光的皎洁与冰棱的坚厉,他开始不明白那是什么,是临死之前的幻觉吗?后来才恍惚想起:那是刀,是于佩伦的刀,这个通州大侠在临死前,用一只长满老茧的坚定的手,发出了他最后的一招"左手刀"。

那刀光在左赤背后绽开,左赤的脸色惊变,可是他已经没有机会了,他倒下了。然后,马奔儿恍惚地看到于佩伦顶天立地地站在那儿,有一会儿,才"通"的一响,宝刀落地,于佩伦也山崩一样地倒地。

临终前,于佩伦从怀里掏出了马奔儿艳羡已久的鞭子,说:"好兄弟,这根鞭子里面藏着慎亲王给我的那张地图,关于乌拉吵的全部秘密都在上面,我把它托付给你,你一定不要负了黑旗军几千子弟的热望。"

马奔儿含泪把这个暗藏秘密的鞭子接到手里,他觉得自己长大了。看着月光下冰封的江面,他心想:不管多冷多严寒,春天总要来的,这江也会开。

月光下,他冲于佩伦拜了三拜。

（小　步）
（题图：杨宏富）

小岛谋杀案

绝路逢生

夜幕刚刚拉上,一家超级市场后门显出一个姑娘的影子,只见她四处观察了一下,便伸手打开插销,悄然无声地溜了进去。她见四周没人注意,就抓起一只面包往嘴里塞,就在这个时候,身后传来一声怒喝:"小偷!"姑娘见被值班的发现,像只受惊的兔子,逃出门外,撒腿就朝马路对面奔去。刚穿过马路,突然,"嗞"一声,一辆轿车停在她身旁,"快上车!"一个陌生的男子打开车门,急促地喊道。她疑惑了一下,但见身后的商店值班的人快追到身边了,便一纵身上了车。还没等她坐稳,那男子一踩油门,汽车像离了弦的箭,甩下值班人员,扬长而去。

姑娘坐在车里，见摆脱了追捕，心里一块石头落地。她正在暗暗庆幸，耳边传来了那个陌生男人的声音："请问小姐贵姓？回家吗？"

姑娘警觉地看了一眼身旁的陌生人，不由得打量起这位半路杀出来的救命恩人，见他四十余岁，样子挺斯文，可是脸上的表情让人难以捉摸。她怕上当，警觉地反问："你是什么人？"那人没有回答，只是掏出一张名片。她斜眼一瞧名片上写着："律师加岛和也。"姑娘沉思片刻，随后捋了捋额上的刘海，说："我叫仁简，没有家。"原来仁简是个孤儿，已流落街头流浪一年多了，一直没有找到工作。刚才饿得难挨，才铤而走险去偷面包。

这时，加岛把车停靠在一家服装店门口，随后那双深不可测的眼睛，冷冷地望着仁简。他俩互相注视了半天之后，加岛咳嗽了一声，微微点点头道："我看得出你不是个坏孩子，如果你不介意，我能不能给你介绍个工作？"

一直为找不到工作犯愁的仁简，一听顿时来了精神，抬起那双黑亮亮的大眼睛，惊喜地问："真的？"

加岛点点头说："我有位主顾，是位大家小姐，她想给弟弟阿进找一名家庭教师，你不想试试吗？"

仁简一听，失望地垂下了脑袋，神情忧郁地说："我只上过中学。"

"阿进是个才六岁的孩子，只要你愿意干，总能对付的。"仁简听了加岛的话，抬起头来朝加岛点了点头。

加岛见仁简点头答应了，就打开车门请仁简下车，然后扶着仁简的肩膀走进了那家服装店，特地为仁简挑了件漂亮的连衣裙。等仁简从换衣间走了出来，宛如换了个人一样，只见仁简容光焕发，亭亭玉立，如同仙女一般。站在一边的加岛连连拍手叫道："太漂亮了，走，我们现在就去米仓家。"仁简脸颊上浮上了两朵红晕，急忙低着头朝小轿车跑去。

米仓家在远离东京的乡间，这是一座豪华的别墅。米仓家是日本声名显赫的大富豪。三个月前，米仓夫妇双双去世，家里只剩下姐弟两个人。姐姐妙子是刚从美国回来的服装设计师。为了让弟弟能成为家里的继承人，姐姐一直在为弟弟物色一个家庭教师。仁简正在目不暇接地环顾四周，大厅里出现了一个容貌美丽、服饰讲究的妙龄女郎。她径直朝仁简走来,随后拉起仁简的手,对跟在后面的加岛说:"加岛先生,我猜她一定是仁简小姐?"仁简见一位身份高贵的千金小姐,这么亲切地接待她,一时竟手足无措。妙子见神情紧张的仁简,不由会心地一笑,随后她搂着仁简,笑着对加岛说:"咱们坐游艇去海上游览吧?"

在游览中,加岛指着前面的几座小岛对仁简说:"这些都是米仓家的财产,只要你带好阿进,妙子他们会送座无垢岛报答你的。仁简,加油干吧!"

妙子在一旁默默地朝仁简点点头。仁简惊讶得吐了吐舌头,她没想到米仓家竟这么富有,人又这么和善,不觉为自己来到这里当家庭教师暗暗高兴了起来。她刚想对妙子说声"谢谢",突然,她呆住了,只见一个头发像刺猬的毛一样竖起来的男孩站在窗外,手举一支汽枪,正对准她。仁简本能地一蹲身子,"砰"的一声枪响,玻璃被打得粉碎。仁简吓得浑身发抖。这时妙子小姐一把抓住那个只有七八岁的男孩,说道:"阿进,这是我给你请来的家庭教师,你再不听话,谁也不会喜欢你!"仁简这才知道这个男孩就是她要教的学生阿进。妙子转向仁简说:"仁简,你对阿进可要严加管教,他如不听话,你就替我们米仓家好好管教他!"仁简心中暗暗叫苦,心想:这一枪不是自己反应快,非挨枪弹不可。但她一想到呆在米仓家,吃、穿、住不用再发愁,再加上有这么一位能体贴人的女主人,仁简强忍着泪,点点头。

第二天上午,仁简按时去敲阿进的房门,准备给他上课。敲了好久没人开,她只好推门而入。不料仁简刚推开条门缝,从屋里飞出一把小刀,擦着仁简的耳际而过,吓得她半天没回过神来。这时屋里传出了阿进一阵"咯咯咯"的笑声,仁简气得刚要转身离开,却想到了妙子的嘱咐和自己的职责。于是她只好强忍怒火,返回阿进的屋里。阿进见仁简没有被吓走,立刻又号叫了起来,连声叫骂:"我不喜欢你,快滚!快滚!"说着撕碎了课本,又在地上打起滚来。仁简一见,不由得火冒三丈,她一把揪住阿进的耳朵,把他拖下楼,一直拖到院子里,用力推进水池里。

仁简的举动，被在楼上干活的管家木代太太看得一清二楚。木代太太在米仓家做事多年，对主人忠心耿耿，对小少爷阿进更是百般依宠。她见阿进在水中挣扎，连哭带叫地从楼上冲下来，手忙脚乱地把阿进拉出水池。木代太太像一头发了疯的狮子，大声吼叫道："你滚，马上滚。"说完，带着全身湿淋淋的阿进到客厅，气呼呼地打电话给加岛，让他马上带走仁简。

闻讯赶来的加岛，好言劝慰了木代太太后，他对满腹委屈的仁简说："现在找工作很难，等我帮助你找到新工作再离开，再说妙子小姐也不在家，先忍耐一下吧！"仁简觉得加岛的话有道理，就含泪答应暂时留在米仓家。

风云突变

加岛走后，仁简觉得十分苦恼，为了驱散心中的烦恼，她来到了小河边，呆呆地望着河面发愣。突然，阿进出现在她面前，怯生生地问她还给不给他上课。仁简正在气头上，没好气地"哼"了一声，转过身就往前走，阿进却寸步不离地跟着她。

这时，有一辆邮政车缓缓开来，有一个青年探出头喊了声："仁简！"仁简闻声，见是小时候的邻居佑介，她想摆脱阿进趁机跳上车。谁想到阿进也一骨碌爬上车，并大声叫道："我不让你走！"

仁简望着阿进，心里一热，情不自禁地抱住阿进，说："我们乘车去兜兜风好吗？"阿进一听，兴奋地扑进仁简的怀里。

这时阿进看见佑介抽出一副鱼竿，不由得眉开眼笑，他平时最喜爱钓鱼，这时又耍起少爷的脾气叫了起来："钓鱼去，我要钓鱼去！"仁简尴尬地看了看佑介，佑介却爽快地点了点头，抄近路驶上盘山公路。

不一会，他们在一处四面环山、人烟稀少的河谷旁的一座二层小楼旁停了下来，阿进高兴地跳下汽车，扛着鱼竿，朝一条小河奔去。仁简见阿进一副高兴模样，笑着对佑介说："你陪少爷去吧，我给你们做吃的。"

仁简从车内拿下佑介带来的牛肉，拾点树枝枯叶点起了火，这时她一抬头，见天色渐渐暗了下来，这才想起自己因赌气而离开米仓家，没有和木代太太打招呼，他们不见阿进一定会焦急万分。想到这里，她急忙走进客厅。她刚要拿起电话筒，却被一只手按住了。她惊讶地抬起头，只见佑介笑嘻嘻地对仁简说："你读过书，请你给我读封信。"说着，佑介从口袋里掏出一张信纸。仁简点了点头，接过信纸读了起来：

"阿进少爷被我们绑架了。请不要声张，准备好三千万日元。如果报告警察，我们就杀了他——"

仁简读到这里，她抬起眼睛对佑介说："开玩笑也不能这样开……"

这时，佑介凶相毕露，从腰间拔出一把匕首，打断了仁简的话，"嘿嘿"一阵奸笑，说："开玩笑? 我才不干这傻事呢! 你现再多问了，现在你只要同意合伙，那么你就有一份赎金；如果你不肯合作，那孩子和你的性命，嘿嘿……"说到这里，佑介把手脚被捆的阿进像扔皮球一样扔到仁简脚下。仁简这时才知道自己上当受骗了，自己带着阿进钻进佑介他们一伙的圈套。她一把抱住吓得魂不附体的阿进，恼恨地嘤嘤地哭了起来。

突然，门外传来一阵汽车的马达声，佑介恶狠狠地对仁简说："你好好再想想，不要敬酒不吃吃罚酒! "说着就走出了门外。仁简见佑介走出门外，忙爬到窗口向外张望，只见汽车上跳下一个满脸杀气的中年男子。这时佑介拦在他的面前说："你可要守约，我除了要一千五百万日元之外，我还要那个姑娘。"

"有姑娘? 你真有艳福。"说着发出一阵淫笑，"好，那你少拿五百万日元吧! "

佑介一听，顿时跳了起来，大声叫道："你这个小气鬼，你敢少给我一分钱，哼! 我佑介也不是好欺负的。"

中年汉子看着脸涨得通红的佑介，口气缓和地说："好吧，先看看我们的猎物吧! "

仁简见佑介和那个汉子一前一后朝小楼走来，急忙解开阿进的绳子，背起阿进从后窗爬了出去，朝深山里逃去。

仁简拉着阿进的小手跌跌撞撞地在黑黢黢的山路上奔逃。不一会，身后就传来了汽车的马达声。这时，气喘吁吁的阿进"扑通"一声摔倒在地上，累得再也爬不起来了。仁简见汽车直朝阿进冲来，急得直朝佑介摇手。追赶仁简的佑介看到这一情景，脸上露出一丝得意的狞笑，他急忙刹车，拿起绳子朝仁简阿进他们跑来。仁简见汽车停下来，忙拖起阿进就地一个翻滚，躲进了树丛。佑介跑过来，边搜查边喊道："仁简，我看见你们了，快出来，不然不要怪我不客气了。"他刚走到树丛边，突然仁简从树丛后面蹿出来，用木棍狠狠地猛击佑介的后脑勺，佑介晃了几晃，身子一斜，发出一声恐怖的号叫声，向山下栽了下去。仁简吓得急忙扔掉木棍，背起阿进继续上路，没想到脚底一滑，两人顺着山坡滚了下去……

黎明时分，仁简慢慢地苏醒了过来。她急忙寻找阿进，只见阿进甜甜地伏在她的怀中，睡得很香，身上一点也没受伤，心里才放下心来。这时阿进也醒了过来，突然他惊恐地叫了起来，原来在他们身边，横着一具血肉模糊的尸体，仁简仔细一瞧，那是佑介。她忙捂住阿进的眼睛，改道朝铁路边跑去。

仁简带着阿进出了东京车站，她舒了口气，心想：总算摆脱了佑介一伙的魔掌，平安到家了。她刚要替阿进整理一下凌乱的衣服和头发，突然发现昨晚那个汉子正等候在车站门口，顿时倒吸了口冷气，拖着阿进钻进了人群。她偷偷地望着那个汉子，心想：只有打电话通知妙子小姐来接阿进，才能摆脱那汉子的魔掌。想到这里，她带着阿进悄悄躲进电话亭，好不容易挂通了米仓家的电话，谁知木代太太一接电话就愤怒地骂道："好狠心的女人，为什么要绑架阿进？"

仁简听了莫名其妙，一时竟难过得说不出话来，只得让阿进来接电话。阿进说："大妈，没钱我就回不去了！"

电话里传来木代太太颤抖的声音："我知道了，少爷，你不在家，家里闹得天翻地覆，我已一天一夜没合眼，妙子小姐也从外地特地赶回。不要说三千万，五千万、六千万都行，只要你平安回家。"仁简听见电话里说

"三千万"一下明白了,一定是佑介让她读那封信时偷偷地录了音了,然后把录音放给米仓家听。

她刚想解释,这时电话筒里传来妙子的声音:"仁简,我相信你不会绑架阿进的,你要好好保护好阿进,我会重赏你的!告诉我,你现在住在什么地方?"

仁简一听妙子的话,心一酸,泪水禁不住流了下来。她哽咽地说:"小姐,我一定会保护好阿进的……"她望了望火车站的大时钟说,"现在已是8点了,那么上午9时在神宫电影院门前见面吧。"

上午8点50分,仁简领着阿进在神宫电影院门口焦急地等候妙子。这时一辆汽车在离仁简他们不远的地方停住。仁简以为是妙子来了,赶忙迎上去,不料从车上跳下来的不是妙子,而是那个汉子。只见那汉子伸出两只粗胳膊朝阿进腰里一夹,就往车子里塞。仁简大吃一惊,这时她见路边正巧停着一辆没熄火的小型摩托车,急忙跳了上去,开足马力就朝那汉子撞过去。那汉子躲闪不及,一下子被撞个四脚朝天。他刚爬起来,仁简骑车又冲回来,这一次他再也没爬起来。仁简见那汉子躺在地上一动不动,忙飞身下车,从轿车内抱起吓呆了的阿进,放在摩托车后座上,驾着摩托车飞一般地朝郊外开去。

仁简一面在拼命地驾着摩托车,一面却在脑子里转悠开了,心想,今天这事好蹊跷,那人怎么这么巧又找到他们了?突然一个念头闪进她脑海:会不会是妙子小姐设的圈套?仁简想到这里,脑子里一片空白。这时她想到了加岛,心想:快把这一切告诉加岛,也只有加岛才能使她和阿进摆脱险境。她调过车头,朝加岛寓所驶去。

虎口余生

仁简带着阿进,骑着摩托车七转八兜,终于找到了坐落偏僻的加岛寓所。加岛从屋里走了出来,他看见仁简带着阿进,急忙把仁简让进屋,迷惑不解地问道:"看你的神色,是不是出什么事了?"仁简一听,"哇"地哭了出来,断断续续地叙说自己上当和屡遭杀手追击的经过。

加岛听了,感到事态严重,忙拿起电话,准备打给米仓家。仁简一把按住加岛的手,神色紧张地说:"很可能罪犯就是妙子!"

加岛大吃一惊,想了想,又摇摇头:"会有这么荒唐的事么?"加岛沉思片刻,又问仁简,"你说,有一个人一直在追踪你们,什么样的人?"

"说不出来,反正我们到哪儿,他就像鬼影似的出现在哪儿。"仁简苦恼地说。

加岛一听,又陷入沉思,好半天才说:"如真是这样,他们一定会把绑架阿进的罪名戴在你的头上,一旦他们阴谋得逞,你就再也洗不清了。这样吧,今天下午3时,你坐"日出号"去无垢岛,暂避几天,过后我抽时间去接应你们。"然后他把钱包里的钱都掏给仁简,并再三叮嘱一定要保护好阿进。"只要给我几天时间,我会证明你是清白无辜的。在此之前,你必须忍耐。"

"总是忍耐……"仁简哽咽着说,委屈得泪水夺眶而出。

好不容易等到了下午8时,仁简带上阿进来到轮渡码头。她遵照加岛的嘱咐,准备先去无垢岛躲避几天,再等加岛来接他们回去。这时"日出号"正停靠在码头旁,这是一艘驶往附近小岛的小轮渡。不料,仁简和阿进刚要上船,忽然扩音机里传出了"日出号"推迟启航的消息。仁简一听,呆住了。这下怎么办呢?家,家回不去;无垢岛,无垢岛去不了。现在这里处处是陷阱,一不小心又会陷入魔掌。仁简心里正在犯愁,这时一个穿着花衬衫的小伙子走了过来,同仁简搭讪道:"这趟船常常误点。你是去无垢岛的吧?我可以用我的船送你去,就你一个人吧?"仁简一看,害怕又是佑介他们一伙,忙摇了摇头,拉着阿进朝人群里挤去。

这时,阿进一眼望见前面小商店里摆着一排排钓鱼工具,挣脱了仁简的手,一溜小跑朝商店奔去。仁简急忙追了上去。她一踏进商店,一把匕首亮在她的胸前。仁简惊愕地一看,见那个汉子正得意洋洋地站在自己的面前。

望着明晃晃的刺刀，仁简只得乖乖地跟着那汉子走了。

仁简和阿进被那汉子押着走到堤坝边。这时，刚才与仁简搭话的小伙子和他的同伴正在堤坝上嬉闹。他一见仁简，惊奇地叫了起来："咦，那不是刚才那个小妞吗？"

那汉子听见有人招呼，不由地一愣。仁简趁那个汉子发愣的当儿，情急生智，大喊一声"救命"，拉起阿进就跑了起来。

小伙子一听立刻得意起来，他走近那汉子说："老兄，人家可不喜欢你。"

那汉子等小伙子走近，冷不防给了他一拳，小伙子趔趄几步，倒在了沙滩上。几个同伴见哥儿们受人欺侮，便一拥而上，扑向那汉子。仁简见他们扭作一团，忙和阿进跳上停在旁边的游艇。仁简和阿进刚跳上游艇，游艇突然启动，飞速离开堤坝，向海上急驶而去。

等海岸线从仁简的眼睛里消失之后，她才想到要好好谢谢这位素不相识的游艇主人，不是他拔刀相助，她和阿进就难逃大劫了。仁简扶着栏杆，慢慢走到驾驶室，一看开船的竟是妙子！

妙子固定了轮舵，冷冷一笑，讥讽道："你的命可真大呀！"

仁简见妙子终于露出了真面目，愤恨地骂道："你这个没有人性的豺狼，为啥要谋害自己的弟弟！"

原来妙子和她父亲关系不和。一场大吵之后，妙子出走美国八年，不回来探亲，也不写封信回来。米仓盛怒之下，把财产全部归阿进继承。因此妙子怀恨在心，设法谋财害命，以夺取阿进的财产。这时，她瞧着被愤怒扭曲了脸的仁简，嘿嘿一阵冷笑，慢慢地举起了麻醉枪，把仁简逼到船头，然后将麻醉抢的频率调到最高，她要把仁简击昏，推到海里。她阴森森地说："这次我要让你死得利索！"

就在这危急关头，阿进端着鱼叉对着妙子大叫："住手！"妙子一愣，仁简眼快手疾地从她手里夺过麻醉枪，反手一用力，把妙子击倒在地。

仁简一见妙子倒在地上，身后淌了一大滩鲜血，吓得目瞪口呆。她恨妙子，但她并不想杀她。本来人们就怀疑绑架阿进，现在她又失手杀了妙子，事情更是复杂化了。她正在束手无措的时候,海面上传来一阵汽艇马达声。她回过头一看,顿时大喜过望,原来是加岛赶来了。

加岛跳上游艇,望着奄奄一息的妙子,惊恐万分。他不相信这是发生在他眼前的事情,顿时张口结舌,半天没说出话来。随后他对还没安下神的仁简说:"你怎么会打死妙子呢?这样警察就要抓你了。"

仁简一听,吓得魂不附体,她指着躺在甲板上的妙子,战战兢兢地说:"她还有口气,快送医院抢救吧!"

加岛摇摇头说:"你太天真了!不到医院妙子就死了。"

"那怎么办!"

加岛看了一眼仁简,转向大海,说:"其实,这也是报应,让大海收留她吧!"说完,他抱起妙子"扑通"一声扔进大海。望着向远方漂去的妙子,他拍手说:"好了,一切都已过去了,一切都结束了,我们从头做起吧!"仁简感激地望着加岛,突然她心头一热,一头扎进加岛的怀里。在这个世界上她太孤单了。命运之神太不公平了,她好不容易找到一份体面的工作,却又被卷入一场谋杀案中,她需要帮助,她需要友谊,她更需要像加岛这样人的爱情。加岛也紧紧地搂住仁简,深情地吻着仁简。仁简依偎在加岛的怀里,像躲进了避风港,顿时仿佛忘却了所经历的劫难,舒服地闭上了眼睛。

突然,仁简从加岛的怀里挣扎了出来,失声叫道:"加岛,你……"只见加岛一只手搂住仁简,一只手举起那支麻醉枪,满脸杀气地对着阿进。

原来,这起绑架谋杀案是他和妙子合谋的。如果谋杀成功,他可以从妙子那儿领取一笔可观的酬金,而且还可娶妙子为妻。然而,这个天衣无缝的计划,竟然因为他物色的仁简是个纯洁而有胆识的姑娘而遭到落空。当他看见妙子被仁简击昏在地时,老谋深算的加岛又生一计,索兴一不做,二不休,杀死阿进,也趁机杀死妙子。然后把谋杀的罪名戴在仁简的头上。他凭着已和妙子订了婚的身份,将合法继承米仓家的庞大的家财。就在他扳动枪机的一刹那,仁简猛地推开加岛,一把打落那支麻醉枪,加岛大怒,猛地抓起身旁的鱼叉,朝仁简刺去,就在这时,加岛身后传来一阵恶狠狠的吆喝声:"好小子,你他妈的变心了!"只见加岛背后出现了那个汉子。加岛一听,突然神经质地浑身一颤,忙转过身,把手中的鱼叉朝汉子刺去。鱼叉被那汉子抓住。瞬间,那汉子一个飞腿,把加岛踢倒,猛地拔出匕首向加岛扎去。就在这时,一声枪响,那个汉子的脑袋被子弹打穿,身体一歪,一头撞在铁墩上,顿时血流如注,沉重地倒下,他手中的匕首不偏不倚正好扎进加岛的脖子,加岛在血泊里蠕动了几下,终于不再动弹了。仁简朝枪响的地方望去,只见船舱里走出了一个人,仁简一看,原来是阿进端着那支麻醉枪。

霎时,空气像被凝固了一样,两双惊恐的眼睛,直瞪瞪地互相注视着。好半天,仁简慢慢地从甲板上爬了起来,感激地对阿进说:"谢谢你,阿进少爷!"

这时阿进像从噩梦中惊醒,一把扔掉了麻醉枪,"哇"的一声,哭叫着冲到仁简的怀里,叫道:"姐姐,好姐姐!"仁简一听,顿时愣住了,但她很快明白了,在这场生死搏斗中,他们相依为命,在各自的心目中早已成为了真正的亲姐弟。仁简激动万分,张开双手,紧紧地抱住阿进。阿进把小嘴贴在仁简的耳边,亲昵地说:"姐姐,你不离开我,好吗?"

仁简一听,鼻子一酸,哽咽地说:"姐姐不离开你,永远不离开你!"说到这里,仁简的泪水像断了线的珍珠,一滴一滴掉在阿进布满泪水而又漾着笑意的脸上……

(改编:任忆学)
(题图:张恩卫)

吃人怪床

巴巴拉是一个外省青年。他准备结婚，便随身携带了很多钱，去巴黎置办一些结婚用品。不料，火车在路上出了点事故，午夜时分才到达目的地。

这一下可难坏了巴巴拉，这当口到哪里去找旅店？以前他听到过不少有关巴黎夜街的暴力事件，现在一想起就不寒而栗。但老是在车站呆着也不是事儿，不得已，巴巴拉硬着头皮走出了车站的出口。

在车站广场，他伸着脖子向四处打量着，猛地，发现不远处就有一家旅店。他心里一喜，便急速地穿过街道，向那家旅店走去。

这是一家二流旅店。底层大部分用作赌场，透过玻璃门，巴巴拉看到许多人在赌桌旁玩纸牌，掷骰子，甚至还听到了轮盘赌具的轻微转动声。这时，他心里有些懊悔来这里了，但他马上转念一想：唉，这旅店不管怎么说，都比怀揣巨款在街道上荡来荡去要强！想到此，巴巴拉下意识地摸了摸围在腰间的钱袋子，并仔细地扣好了外衣，推门进了旅店。

旅店值班的伙计打量了一番巴巴拉，随即就给他开了一间405房。巴巴拉登上楼梯，走过一个长长的通道，找到了那间房。锁上房门，巴巴拉立马有了一种安全感。他环视了一下整个房间，并仔细地察看了床的下面和壁橱的内部，认真地检查了窗扇。在确认万无一失时，巴巴拉才脱掉外衣，把钱袋压在枕头底下，然后才上床睡觉。

巴巴拉想强迫自己入睡，但今晚偏偏办不到，甚至连合上眼皮都感到挺费事。他的头脑非常清醒，每根神经都在警觉着，躺在床上辗转反侧，各种睡觉的姿势都尝试过了，却依然没有丝毫睡意。他不禁叹息起来，知道自己即将要度过一个不眠之夜了。

眼下能做什么呢？什么也做不了！没有书好读，没有可供消遣的东西，甚至连一粒安眠药都找不到。巴巴拉尽量想往好处去想，但还是不由自主地想到了种种不祥之事。他用胳膊肘支撑起上半身，环视着整个房间。美丽的月光如水银一样洒满了房间，同时也勾画出种种奇形怪状的阴影。不看则已，越看这些阴影，巴巴拉的心里就越觉得害怕。

巴巴拉睡的是张有四根粗床柱的大床，柱端有个床顶覆罩着；床顶四周有挂幅和幔帘把床整个地围住。在巴巴拉刚走进房间时，他已把这些幔帘撩到了一边。房间里有张梳妆台，还有一个高大的多屉柜，一个盥洗架，两张直背座椅。床边有把扶手椅，巴巴拉的外衣和领带就放在上面。

借着月光，巴巴拉看清对面墙上有幅十分离奇的画：一个西班牙绅士戴着高顶帽，帽顶像个圆锥，上面插着五根羽毛。巴巴拉不禁笑了起来，他知道如今只有妇女才戴这种帽子。这个滑稽的家伙目光朝上，好似正在面对着审判官或是绞刑架。

突然，巴巴拉觉得自己的眼睛有些发花，他眨眨眼睛，又使劲地揉了揉眼，天啊！怎会出现这样的事？那帽顶上的羽毛到哪里去了？他再也看不到那几根羽毛了！没一会，连帽子也看不见了！当巴巴拉睁大眼睛再看一次时，发现油画上那个人的脸部也在渐渐消失——现在他只能看到他的下巴尖了,紧接着只能看到那人的胸部和腰部了。巴巴拉纳闷了："我是在做梦吗？我神智不清了吗？是画像在往上'走'呢，还是床顶在往下降？"

巴巴拉的心似乎一下子凝结住了。顷刻间，一股阴森的冷气笼罩着他的全身。他在枕上四面张望，想弄明白这张床究竟是不是正在移动。他又朝那幅画像看了一眼，这一下他确实看清楚了：床顶挂幅的阴影已在画中人的腰部之下。慢慢地，画中的人像和画框的底边全部消失了。

巴巴拉不是一个胆小的人，但是当他朝上望着床顶并确信它正在朝他慢慢移来时，他感到绝望了。他清楚地意识到，是有人在故意用这张床想把他活活闷死在这儿。

巴巴拉屏住气息，默默地朝上看着。往下，往下……床顶悄无声息地缓缓往下沉降。恐惧牢固地把巴巴拉束缚在躺着的褥垫上，使他动弹不得。往下，往下……床顶在一点一点地向他逼近，巴巴拉差不多已嗅到了床顶上那积尘的气息。很明显，如不赶紧爬起来，用不着一会儿，他就会被怪床窒息而死。眼看着床顶就要压到巴巴拉身上了，说时迟，那时快，巴巴拉侧身一滚，落在了地板上，心里怦怦狂跳，脸上汗珠吱吱直冒，眼看着床顶还在继续往下降着。往下，往下……它终于紧紧压在了褥垫上。

直到此时，巴巴拉终于看清了。结结实实的框架上绷着一幅又厚又大的衬垫，框架中央有一个像榨酒机上使用的那种巨大的木头螺栓，螺栓是从天花板上的一个孔穴里伸下来的。这可怕的装置无声无息地平稳运转着。看到这一切，巴巴拉吓得魂飞魄散，身体软绵绵的，一点也动弹不了。

过了一会儿，突然，床顶"咯咯"地，又移动起来：慢慢地向上升去。不多时，床顶又寂静无声地升回到四根床柱的顶端。显而易见，楼上有人在操纵这怪床！此时，巴巴拉终于喘过气来能够行动了。他站起身，迅速穿好了衣服。他预料歹徒们很快就会赶来，收拾残局，销赃灭迹。

巴巴拉焦急地看着窗外，猛地见到窗旁有一条排水管，心里一阵狂喜。他明白，如沿着排水管滑下去就可以脱身。他慢慢地轻轻地抬起了窗子，不让发出一点声响。当他的一条腿跨过窗槛时，这才想起还没拿钱袋——他无论如何也不能丢掉这笔钱啊！他快速返回取来钱袋，紧紧地扎在腰间。

别看巴巴拉是个年轻后生，走南闯北倒也有好几年了，滑下排水管道只不过小菜一碟。下到地面后，巴巴拉就尽快地赶到了警察局。

巴巴拉简短地向警长报告了自己的遭遇。警长立即下令包围那家旅店，进行调查。接着，巴巴拉领着警长，直奔自己刚住过的405房间。警长检查一番感到很惊奇，又带人去了楼上的505房。他踩了踩地板，下令把地板拆掉，并拿过灯来向里面照去。人们发现这间房的地板和楼下那405房的天花板之间有一个很深的夹层。歹徒们就是在这里操纵那根螺栓来升降床顶的，而且，还有一条秘密通道通向位于过道的一间小密室。

巴巴拉见此，心有余悸地问警长："这帮家伙是怎么知道我身上有巨款的？这张床还杀过其他人吗？"

警长腆着肚子，拍拍巴巴拉的肩膀，笑嘻嘻地说："小伙子，你立大功了！最近我们碰到不少自杀者，他们的口袋里一般都有遗书，说他们是在赌窟里输得一干二净，觉得无颜见亲人而自杀。现在总算弄清楚了：这些可怜的受害者中有许多是曾经在赌博中赢了大笔钱的，他们事后被人劝说到那间房中去过夜，接着就在睡梦中被怪床窒息致死。然后，杀人凶手们写下伪造的遗书，放进被害者的口袋，把他们的尸体抛进河里。"

巴巴拉问道："可我并没有赌钱啊，他们为什么会打我的主意呢？"

警长晃着个大脑袋，说："那个旅店的伙计，均精于此道。任何人身上有没有钱，他们看一眼，就能估摸得出。"巴巴拉听罢，惊得吐了吐舌头：我的妈呀！真是林儿大，什么鸟儿都有。看来我得赶紧买好东西，打道回府。

（改编：崔叶盛）
（题图：张恩卫）

暴风雪之夜

辽阔的大草原上，出现一辆飞驰着的奥迪，开车的是个四十三岁的中年男子，叫黄玉舟，是北方实业公司的董事长兼总经理，坐在旁边的是他的女秘书林凤英。

在草原上飞车，与在城里大街上的感觉大不相同，公路两边那一望无垠的天地，能给你一种天高任鸟飞的豪情。虽然这会儿是隆冬季节，天黄地黄草也黄，但冬季的草原，自有一种苍凉的美。

黄玉舟多次来过这一带。想当年，他第一次下海，就是利用这里信息闭塞，人们孤陋寡闻，把一批城里卖不掉的假表拿到这里来推销，结果净赚了两千多元。初战告捷，黄玉舟尝到了卖假货的甜头，便视卖假货为致富之捷径，从此就卖起了假表假烟假酒假药……总之，除了骗人是真的外，其余都是假的，钱袋一下子就像吹气球般地迅速膨胀起来。直到最后，他竟然靠这骗来的钱财，组建成了今天的北方实业公司。这次，他是为一批羊毛收购合同而来的。近几年，南方新建的毛纺厂比羊还多，作为原料的羊毛自然日趋匮缺，羊毛价格翻跟头似的往上涨，于是倒腾羊毛成了眼下最赚钱的生意，这次若能做成，少说也能赚它个百八十万。想到此，黄玉舟情不自禁地吼起了秦腔。

黄玉舟的情绪感染了他旁边的林凤英。林凤英到北方实业公司只有半年，今年夏天刚刚大学毕业，说是要到"商海"中畅游一回，来实现自身价值，于是应聘来公司，当了黄玉舟的秘书。林凤英当然不会知道黄玉舟发家的底细，对他的精明胆略佩服得不得了，而黄玉舟对林凤英的才貌也极为欣赏。这次到草原来，黄玉舟借口熟悉业务，独独带了林凤英一个，醉翁之意不在酒，聪明的林凤英哪会不解其中之意？虽说黄玉舟已有妻室，但林凤英不在乎，哪管天长地久，只愿今朝拥有嘛！

此刻，黄玉舟一手紧握方向盘，一手顺势把林凤英揽进了怀里。

突然，林凤英惊慌地喊了起来："黄总，你看！"黄玉舟定神一看，远方一团乌云，正呼啸着由远而近，阳光顿时褪尽，天色暗了下来。黄玉舟心里一惊：不好，暴风雪要来了，黄玉舟深知草原上暴风雪的可怕，他立即开足马力，必须赶在暴风雪到来之前找到一户人家，以免遭冻死之厄。

草原上的天气也真邪乎，说变就变。霎时已是飞沙走石，天昏地暗，说是下午，更像晚上，能见度极低。车子在草原上艰难地向前挺进，一块飞石"呼"一声旋转着打来，只听"轰"的一声穿窗而过，前窗玻璃砸出一个大窟窿不说，车子喘息数声之后也熄了火。"该死的！"黄玉舟嘀咕了一声，顶着旋风下车一检查，最后认定，他就是在汽车修理学校再进修三年，也休想让这辆车子再发动起来。

林凤英惊恐地问："怎么办？我们该怎么办？"

黄玉舟两手一摊："有什么办法，只好在这里等了，看能否等到一辆过路车，把我们带走。"其实黄玉舟的心里很清楚，在这种恶劣的天气里，撞见鬼的机会要比撞见人的机会大得多。

等了一会儿，风倒是小了，可是铺天盖地的雪片呼啸而下，顿时草原上天地混沌一片，气温骤然降到零下三四十度。黄玉舟和林凤英两个人虽然都穿着极考究的皮夹克，但也难抵逼人的寒气。草原上的暴风雪冻死两个人，并不比冻死两只苍蝇更费事。

两个人蜷缩在没有前窗玻璃的车子里，冻得直打哆嗦。就这样等啊等，等了半天，也不见有什么车子的影子。黄玉舟意识到：与其这样坐以待毙，还不如顺着公路向前走，只要找到人家，就能死里逃生。于是，黄玉舟一手拎起装满钱款的密码箱，一手扶着林凤英，两个人顶着风雪跌跌撞撞向前挪。

挪啊挪啊，他们在暴风雪中已经苦苦挣扎了四五个小时，当黄玉舟觉得该遇到人家而眼前仍是一片渺茫时，便意识到他们迷路了，心中倏地升起一股惧意："我们迷路了，我们完了……"林凤英初时尚不相信，待看到黄玉舟确实是一脸的灰败，完全没了平时的自信，不得不相信的确"完了"时，忍不住失声哭了起来。泪水刚一涌出眼眶，就变成了两串冰溜子，挂在她脸上，她再也挪不动步子，身子一软，瘫倒在地上。

蓦地，一个卑鄙的念头在黄玉舟脑子里一闪：甩下她，甩下这个逃生的累赘。如果继续拖着她走，自己也肯定死路一条！

于是黄玉舟蹲下身，对林凤英说："凤英，你在这里喘口气，我先到前面去找找！找到人家后，我立刻就来接你。"

林凤英一听不知哪来的力气，两只手死拉住黄玉舟，惊恐地说："不不不，黄总，你千万别把我一个人甩在这里，我害怕。就是死，我也要跟你死在一块儿。"

眼看四周黑压压一片，黄玉舟逃生心切，一时又摆脱不了林凤英，只好假心假意地抚摸着她的脸庞，说："我的小姐呀，你想死，我还不想呢。我还有公司，还有我的事业，我们一定要活下去，但我们只有找到人家才能得救。凤英，你放心，你是我的红颜知己，我怎么会撇下你不管呢？"说罢，硬是撂下林凤英，提着密码箱急急地走了。

望着黄玉舟离去的背影，林凤英神经质地冷笑了一声，她那被暴风雪折磨得空空的头脑里偏又生出许多感悟。她自以为她与黄玉舟的爱是基于一种理性的思考,可结果理性还是欺骗了她,黄玉舟那潇洒外表掩盖着的其实是一个卑鄙怯弱的灵魂。林凤英深深感到了自己的可笑与可悲,口中不由骂了一句:"可耻!"

出自林凤英心底的骂声刚出口,就被淹没在狂风怒吼之中。此刻,林凤英的眼前不断地出现幻影,她仿佛看到死神的黑翼正在她头顶凶狠地抖动着……

"叮当叮当……"蓦地,从远处传来一阵铃声。起初,林凤英以为是幻觉,可是侧耳谛听,那铃声由远而近,越来越清晰。林凤英惊喜万分,求生的本能使她硬挣扎着站了起来,伸出僵硬的手,朝着铃声的方向,使劲挥舞。

不一会儿,一辆马车出现在她的面前。乍一见这赶车人,林凤英不由一哆嗦,因为她平生还从未见过外表如此凶悍的男人。这汉子身材高大,豹形脸上短髭密匝匝的,双眉又浓又黑,两只深陷的眼睛里闪烁着猛兽的机警。他的穿着比林凤英想象中的土匪还土匪,头戴狗皮帽,身穿油污的羊皮大衣,却敞着怀,腰间系一根麻绳。因此,当他手执长鞭逼近时,林凤英本能地向后退了几步,怯生生地又跌坐在雪地上。

只见赶车人俯下身,凝视了她几秒钟后,惊讶地"呃——"了一声,目光极怪异。林凤英顿时感到了另一种威胁,不由自主地身子向后一缩,颤抖道:"我、我迷路了……你……你要干什么?"

赶车人直起身,冷冷地说:"我知道你迷路了,要不我来干啥!上车吧。"说着,他又警觉地四下望了望,问:"还有一个人,他在哪儿?"林凤英指了指黄玉舟离去的方向。赶车人似乎已经明白了刚才发生的一切,冷冷笑道,"往那边走上百十里地就到咸水湖了,那里又没人家,他往那儿走,哼,真是见鬼了!"林凤英这才知道,黄玉舟企图自逃活命,结果是加速了死亡。

在赶车人的注视下,林凤英挣扎了几次想站起来,却没有成功。赶车人哼了一声,一把将她揽上车,然后从怀里掏出一瓶烧酒塞给她,瓮声瓮气地说:"多喝几口,否则你连鼻子都保不住。"酒很辛辣,但几口下肚,便似乎有一团热流向四肢扩散,林凤英的感觉顿时好了许多。

"啪——"赶车人长鞭一甩,马车向黄玉舟离去的方向驶去,一路上,赶车人一直缄默不语,也不看林凤英一眼。林凤英猜想,一定是自己刚才的反应刺伤了他的自尊心。林凤英有些不好意思,便搭讪道:"你怎么知道还有一个人呢?"

赶车人斜睨她一眼,忿忿地说:"别说是人了,就是一群兽印,我也能分出它们共有几只,其中几只是公的几只是母的呢。"赶车人尽管态度冷淡,但没有不理睬林凤英,这使林凤英的心情安定下来。

林凤英喃喃道:"感谢上帝让我碰到了你。"

赶车人斜她一眼,冷冷地问:"你说上帝是让你碰到了我呢,还是让我碰到了你?"林凤英听不懂这话里是什么意思,看着他没吭声。就听赶车人嘲弄说:"你想,我在这种鬼天气里会出门么?就是我无所谓,可我还心疼我的马呢。"

林凤英一听,惊讶道:"你……难道你是专程来救我们的?"

事情确实如此。原来天气突变那会儿,赶车人为了寻找几只丢失的羊,很偶然地发现了他们这辆被砸坏的车,又见车里没人,就知道驾车人肯定弃车逃生去了。根据以往发生的情况,城里人在暴风雪中十有八九会迷路,若钻入草原腹地,后果更不堪设想,不是暴死荒野,就是葬身兽腹。于是,赶车人立即顺脚印追踪了一程,就看到脚印果真偏离了正路,向草原腹地咸水湖方向延伸,"不好!"他惊呼一声,连忙回家套上马车一路寻来,这才救了林凤英。

林凤英知道事情真相后,简直不知道说什么好,心里既感动又惭愧,人家顶着风雪来救她,她居然怀疑人家有非礼之举。这像话吗?她鼓起勇气,嗫嚅道:"对不起,我刚才误会……"

她这么一说,赶车人的脸色也就缓和下来,说:"也难怪呢,你这么年轻。不过,你们也不看看天气,这大草原可不是你们城里人乱闯的地方呀!"话锋一转,他又问:"大妹子,那人是你丈夫呢,还是你的相好?"林凤英脸一红,支吾着答不上来了。赶车人别看他粗鲁,脑子挺好使,一看林凤英这神色,便把他俩关系猜了个八九不离十,不吭气儿了。

马车走了大约半个小时,前方似乎出现了一团黑黢黢的暗影,赶车人手指放在嘴边打了个唿哨,那黑影突然就倒在地上不动了。待马车走到跟前一看,不是黄玉舟是谁!

此时的黄总,早已没了平日的傲气,一脸的雪渣子,两只眼睛呆滞无神。好端端的一个北方实业公司董事长兼总经理,竟被暴风雪折磨得人不人鬼不鬼的,见了他俩,也傻呆呆的不说一句话,好像还在梦游之中。林凤英尽管刚才恨他在关键时刻弃她而去,可到底是女人,心肠软,这会儿见他这副惨兮兮的样子,心里一酸,连忙拂去他脸上的雪渣子,又一口气把赶车人顶风冒雪前来救他们的事讲了一遍。直到这时,黄玉舟的眼神才活转起来,拉着林凤英拼命问:"凤英,你说咱俩真的得救了?"林凤英流着泪使劲点头。黄玉舟激动地一把抱住林凤英,大喊道:"天不灭曹,天不灭曹啊……"

看着黄玉舟这副神经兮兮的样子,赶车人"呸"一口浓痰吐在雪地上,砸出一个黑洞。

黄玉舟一愣,赶紧跑过去,握住他的手,说:"谢谢你,谢谢你救了我们的命,我们是来做生意的,我是公司的总经理,我保证,以后一定会好好报答你。"

赶车人甩开他的手,对着他身边的密码箱斜了一眼,目光又在他脸上转了几圈,狡黠地说:"以后?以后我到哪儿找你们?你们城里人鬼得很呢,那年我爹四十几块大洋,就是被你们这种城里人骗走的。"黄玉舟一听,当然明白赶车人话里是什么意思。黄玉舟平时是个一分钱也想掰成两半花的人,虽说有个总经理的头衔,手脚却吝啬得很,可眼下人家救了你的命,你总不至于一毛不拔吧?没办法,他只得心疼地打开密码箱,从里面数出一沓子钱来,递给赶车人。

只见那赶车人接了钱,可手并不收回,两只眼睛依然盯着密码箱。黄玉舟见状,心里骂了句:"你这个狗贼!"他知道不给他过不了这道关,就只好又打开密码箱，点出一沓子钱给他。赶车人这才撩起羊皮大衣，将钱装进悬在他腰间的羊皮袋里，然后朝他们手一挥："上车吧。"

车轮子又重新滚动起来。黄玉舟的脸阴沉沉的，他是心疼落在赶车人羊皮袋里的那些钱呢。可赶车人却显得异常快活，鞭儿一甩，哼起了草原小曲："山妹子你十八哟实在漂亮，走起路来哟就像水上漂，哥哥偷眼看妹妹哟，妹妹的腰儿轻轻地摇呀晃……"他越往下唱，越是盐少醋多。可那宽广的音域，浑厚的嗓音，充满了一种深深的感染力，平时听惯了那些矫揉造作、无病呻吟的流行歌曲的林凤英，乍一听这山乡野调，心灵为之一震。

虽然坐车不用走路，省了不少力气，但寒冷依然无法缓解。林凤英因为喝了不少酒，倒也罢了，黄玉舟则冻得像发疟疾，浑身抖瑟不止。林凤英看他这副可怜样，便求赶车人也给黄玉舟一些酒喝。赶车人嘿嘿冷笑着说："要酒喝可以，但不能白喝。"赶车人话里的意思再明白不过了，黄玉舟翻了翻鼓凸的金鱼眼，一肚子火又不敢发作，只好暗暗叹口气，再次打开密码箱。

林凤英默默地看着赶车人得意地接过一沓子钱，又装进他腰间的羊皮袋里，心里感到一阵失望。现在她终于看出，赶车人救他们的目的，离"崇高"二字相差太远了，他一而再的贪婪，使原本绝处逢生的诗般的意境变得灰白了。

而赶车人仿佛也看穿了林凤英的心思，他毫不隐讳地说："你们也甭不服气。你们如果不是为了做生意赚钱，何必跑到草原上来吃这般苦头，还差点儿送命呢？我也不是个瓜熊，这种鬼天气，我窝在屋里喝酒岂不更滋润？所以你们付给我钱是天经地义的。对我来说，这不也是一种生意？何况我要到城里向你们讨口水喝的话，你们怕也要我掏两角钱吧，难道这酒比水还贱吗？"说着，便把烧酒瓶递给了黄玉舟。

既然把话说开了，黄玉舟反而佩服起这个粗犷汉子的精明脑袋来。酒一下肚，浑身燥热，黄玉舟就想说话。他很想和赶车人侃侃，可是一路上赶车人就是只和林凤英说话，不理黄玉舟，根本不把他这个黄总放在眼里。黄玉舟尴尬不已，只得悻悻地缩在一边。

正走着,"吁"的一声,车停了下来。黄玉舟心不由提了起来,惊讶地问:"咋不走了?"

赶车人头也不回地说:"你付的钱只够坐到这里。要走得再付钱。"

黄玉舟再也忍不住了,憋了半天的火气一下子冲了上来,脱口道:"你这明摆着是敲诈嘛!"

赶车人狞笑道:"做生意嘛,讲个两厢情愿。你掏不掏,不掏就滚下去!"

滚下去?滚下去还不又是死路一条?黄玉舟只好又打开密码箱。

此后,这一幕不断重复上演,走走停停,停停走走。总之,黄玉舟一次又一次地掏钱,每掏一次钱,就像割了他一块心头肉似的。黄玉舟惊诧赶车人这羊皮袋,看上去不大,容量却惊人,有多少装多少,并不见撑破。

直到最后,黄玉舟连钱带箱都给了赶车人,前后一共有三十万元哩,原来都是准备谈生意时打通关节用的。

赶车人笑嘻嘻地接过密码箱,把羊皮袋里的钱统统转移到密码箱里,整齐地放好。"我还从来没有见过这么多的钱呢。"他搓着两手,瞧一眼沮丧的黄玉舟,放肆地大笑起来。他对林凤英说:"有了这些钱,足够我到西安去做一笔大生意了。到时候,大妹子,你是不是会帮我的忙呢?"没有回答。赶车人回头一看,只见林凤英低着头,双目紧闭,满脸通红。他吃了一惊,一摸她的额头,不由惊呼一声:"糟糕!"原来林凤英经不起这一路颠簸和风寒,还没走出草原就发起了高烧。

黄玉舟急了,翻翻金鱼眼,连声嚷:"怎么办?怎么办呢?"

赶车人朝他瞪一眼:"你把身上皮夹克脱下来,给她裹上。"

黄玉舟惊愕道:"那怎么行?这么冷的天,我不穿皮夹克还不得冻死?"

"你脱不脱?"赶车人一把抓住黄玉舟的衣领狞笑道,"少废话,快脱!"

这时,只见林凤英抬起头,睁开眼,费力地朝赶车人摆摆手:"大哥,别……别逼……逼他,我……我能挺……挺得住……"

"哼!"赶车人松开黄玉舟,恶狠狠地骂道,"熊包!亏你也是个男人呢,什么德性,真不该救你出来……"赶车人一边骂一边脱下自己身上的羊皮大衣,将林凤英裹了个严严实实,之后又命令黄玉舟下来推车……

一个多小时后,几近半夜时分,马车终于在一家客店门前停了下来。赶车人大喊一声:"二狗子,来生意了!"店门应声而开,走出一个小伙子来。赶车人吩咐道:"二狗子,这位大妹子受了风寒,快扶进去,把炕烧暖些,再多烧点姜汤。"被叫做"二狗子"的小伙子扶着林凤英走进了店堂,赶车人自己则披上羊皮大衣,心疼地抚摸着他的那匹高头大马。只见这马浑身湿漉漉的,急促地喘着粗气,嘴里喷出一团团的白雾。

不知为什么,黄玉舟没有立即跟进店堂,而是默默地站在那里,注视着赶车人,谁也猜不透他心里在想些什么。

黑暗中,赶车人也斜着他的那双锐眼,缓缓问道:"黄老板,你还认识我么?"

黄玉舟心里一惊,他借着店门口的灯光,仔细地打量着眼前这个人,脑子里拼命转了起来。可是想了半天,毫无结果,便试探着问:"我们见过面?"

赶车人冷笑道:"黄老板,难道你忘了是谁给了你脖子上那一拳的么?"

黄玉舟倒吸了口凉气,喃喃道:"你……原来是你……"

事情是这样的。五年前,因为一桩假酒案,黄玉舟受到当地法院起诉,被迫出庭受审。庭审结束,他刚走出法院大门,受害者家属便"轰"地一下围了上来,大骂他是黑心肠、杀人犯。人群中突然冲出一个身形彪悍的汉子,冷不丁拔拳就朝他的脸上击去,他身子一躲,拳头击在了他的脖子上。那一拳极沉重极有力,致使他的声带受损,从此连嗓音也哑了。

黄玉舟明白了,眼前这个赶车人,正是当年受害者家属之一。他心有余悸地说:"对不起,我、我……"

赶车人打断他的话:"别我、我、我了,你何止是假酒一案。我还从你手上买过一块表,那是用来送给我没过门的媳妇的,可她用了没几天就坏了,硬说是我骗了她,连婚事都差点儿吹了。黄老板,老实说,你为了赚钱,到底坑害过多少人?"黑暗中,赶车人那眼光咄咄逼人。

黄玉舟抖动着双颊,说不出一句话来。赶车人气狠狠地转身从车上抓起密码箱,用力摔到黄玉舟脚下,吼道:"把你的钱拿回去。你以为我会贪你这点钞票?哼,我早认出你来了,我是要让你也尝尝被诈的滋味。"

赶车人说完,又跳上了马车。凛冽的寒风中,只听鞭儿"叭"的一声,马车便迅速地消失在夜幕之中,只留下两行清晰的车辙印儿,一直伸向远方。

黄玉舟追了几步,终于又站住了,怔怔地,怔怔地,站了很久很久……

(李志明)

(题图:张恩卫)

无价玉镯

邬县这地方，虽是江南水乡，但人们都称它"有天没日头"。为何？原来它分界三省，接壤五县。有人在这里作科犯案，只一脚便逃到邻省邻县去了，待官府行文过去，他不知又在哪省哪县了，加上邬县近郊港汊连港汊，滩埂上柏林成片，芦苇丛生，村落稀少，地面上历来很不太平。

话说邬县有个年轻人，名叫张大器，当年21岁，人极是聪明，长得清秀文气，只是因为父母亲过世得早，家境清贫，全靠两个叔伯把他抚养大，成人后在一个小学里教书，薪水极少。

不久，县城四五里外，有一个做古董生意的老板看中了他，托媒给自己女儿提亲。

这个老板叫高达人，他的女儿叫必圆，也20岁了，是读过县立女子小学的。

大器打听到高家姑娘贤淑大方，心里自然高兴得了不得，没几日便托媒人去下聘礼。

大器家里只是一个空壳屋子，他就去求叔叔伯伯们。叔叔伯伯们家也不富裕，但还是东拼西凑攒了40元现洋给了侄子。大器得了钱，花20元在银楼里打了一对龙凤金戒，又恐分量太轻，想了半天，记起家里还有一副手镯，连忙找出来，加上茶枣，掇了一个盘，让媒人送到高家去。

　　聘礼送出去之后，大器心里就忐忑不安，他担心高家会嫌弃这份寒酸的聘礼。因为他心里清楚，他曾拿那副手镯去过当铺，当铺朝奉只瞄一眼就丢出来："开什么玩笑，去地摊上换二张毛票罢！"

　　不久，媒人回来了，大器就问了高家的态度。不料媒人回说高家很是高兴，说女婿聘礼太重了，单一副翡翠手镯就足足值二千现洋。大器当时呆了，思忖丈人是做古董生意的，怎么会连石头翡翠也看不出来呢？不过脑中一转心里就亮堂了：丈人是给自己脸面。大器嘴里不解释，心里很感激。

　　秋末冬初的一个吉日，他们办了喜事。高家吹吹打打，很体面地将新娘送过来。

　　闹新房时，大家都留心看新娘腕上带不带手镯。原来，媒人替大器下过聘礼后，曾对旁人说过："别看张家外面穷，屋子里还有三担铜，一副翡翠手镯值二千银洋钿！"大家听了，都想开开眼界，见识见识。不过看了，都有点失望，那新娘腕上的手镯，绿倒是绿色的，打磨得也光滑圆溜，却暗沉沉好像是假货，但没人敢明说，毕竟大器丈人是吃古董饭的，他不会不识货！

　　婚后，按照鄞县的风俗，新娘要由新郎陪了回娘家做客的，叫做"回门"。大器早早备了茶点，一早就和必圆高高兴兴去见丈人。高达人兴致很好，好酒好菜招待。他趁着酒兴对大器说："我只必圆一个女儿，这家也都是你们的。必圆从小没了娘亲，我把她全托给你了，你一定要好好看待她。另外，你教书之余要用功做些学问，一年半载必圆怀了孩子，你可再去深造。"

　　大器连连点头："岳父不须说，这一生我就是必圆的保护人！"

　　欢娱日短，高达人看天色已晚，便催促女婿女儿："这年月不太平，我们这里虽说离县城只四五里路，但常听说有'背娘舅'谋财害命的事，你俩还是趁早赶回城去!"

夫妻俩就辞过父亲回家。这时夕阳已经下去,新月高高升起,路边大片的乌桕林,显得幽深可怖,里头还不时传出寒号鸟的哀鸣,令人有些毛骨悚然。

走过一二里路,忽然一边乌桕林里窜出一个黑黝黝的身影,当路横住:"呔,给爷留下买路钱!"

小夫妻俩大吃一惊,见前面站着一个满脸横肉的彪形汉子,手中紧紧握着一柄寒光闪闪的匕首。

大器已是浑身筛糠一般发抖,倒让必圆搀住了。必圆怯怯地说:"大叔,我男人是个穷教书的,挣的钱不够二人口食,大叔缺钱花,我身边还有刚才我爹悄悄塞给我的五块银元,全给大叔买碗酒喝吧!"说着就从衣兜里掏出钱来,递给拦路汉子。

"爷不是叫花子!"那拦路汉子手一挥,只听见"哧啷啷"一阵响,必圆手中几块银元飞散开去,滚落在石板路上,"爷专门候你们到现在了,我不稀罕你们性命,只要拿那价值二千元的东西出来,就走你们的!"

必圆一怔,望着那拦路汉子说:"大叔,你别开玩笑了,我们家连房带屋卖了也值不了几百元钱,哪有值二千元的东西?"

拦路汉子冷冷地说:"爷没工夫跟你啰嗦,快除下你手上那副镯子给爷!"

必圆正想说话,大器这时已经定了神,连忙说:"快给他!"

必圆却沉默着不说话,下意识地护住了手镯。

"你们要不要命!"拦路汉子低低吼一声,猛然提起了匕首,一道寒光朝必圆身上落下。"哟!"大器一声惊叫,身体像一摊稀泥软在地上。不过那拦路强人并不像要人家的性命,手中的匕首突然收住,没刺下来。

必圆看看瘫软在地的丈夫,鼻子忽然一酸,半响,缓缓地除下腕上的手镯,但仍死紧死紧攥着。那拦路汉子已是极不耐烦了,伸手要抢。必圆闪过了,泪水流了满面:"大叔,这手镯你拿去换不了几个钱,你能不能等一等，让我男人回家一趟，我还有点压箱钱，让他拿来给你，让我留下这副手镯吧！"

那拦路汉子瞪圆了双眼，又断喝一声："到底给不给？"

必圆还没答应，不料，大器已哆嗦着从地上爬了起来，一下从必圆手里夺过镯子来，塞到拦路汉子手里，颤颤地说："给，给！"

必圆眼睁睁看着大器递过镯子去，顿时呆住了，好半晌，"哇"地哭出声来。

大器赶紧安慰道："这不是翡翠镯子，是石头做的，你……"

拦路汉子正待转身要走，听了大器的话，忽然迟疑着立定了身子。

必圆哽咽着说："大器，我早知道它是石头的——我爹是吃古董饭的呀！我性命似的看重它，是因为它可是你给我的定情物呀！"

大器偷眼瞧瞧拦路汉，拉着必圆的手："多说什么，快回去吧！"

那拦路汉子看了他们一会，忽然说："给！"把一双镯子放回必圆手里，同时狠狠地瞪着大器，骂了一声，"脓球！赶不上女人一根毛！"一纵身子，人影就消失在乌桕林子里去了。

乡路上，只剩下小夫妻两个呆呆站着，四周出奇的静。大器又一次催必圆赶路，必圆似没听见，神情恍恍惚惚的。忽然间，静寂中只听见"啪"的一声脆响，大器一惊，看地面，石板路上一片粉碎的手镯块。

自此之后，必圆便每天像丢了什么的不快活。一年后她生下一个面目清秀的孩子，便长住在娘家，说是侍奉父亲，高达人也没让她回转的意思。

一副普普通通的手镯，在夫妻心中，分量竟是天差地别，最终便产生了悲剧。粉碎的手镯难以复原，而受伤的心灵，更是难以愈合。看来夫妻间需要更多的——理解。

（徐自谷）

（题图：庞先健）

楼兰惊魂

古教授是一位有名的动物学家,在北方的一所大学执教。这天,他在给研究生们讲"生物与环境"一课时,说起了他在戈壁死城楼兰进行科学考察时的一段经历。

那是去年夏天的一天,由北京几所大学组成的"楼兰古城生命考察队"从乌鲁木齐出发了。古教授是这支五人科考队的队长,他虽然年过五十,但多年来的野外考察工作,使他经验丰富,精力充沛。科考队的另外四人是古教授的老搭档汤教授、刚毕业的博士生小庞、留美回国的江涛和古教授的助手兼司机李纲。

科考队从乌鲁木齐出发,途经吐鲁番之后,从龙城、土垠进入罗布泊,再往前走,那就是戈壁死城楼兰了。他们的汽车沿着干涸的河道,行驶到楼兰古城边的雅丹台上,就再也不能前行了,因为前面出现了五米多深的断崖。他们五人在绳索的牵引下滑到沟底,然后步行来到古城里。楼兰古城内一片死寂,四周的墙垣大部分坍塌,只有那千年的烽火台依旧肃穆地矗立在那里。

古教授一行在烽火台边艰难地考察着,这里没有水,没有生命,他们感到异常孤独、难受。就在这时,奇迹出现了,古教授和小庞同时大叫起来:"有个虫子!"

"在哪里?在哪里?"大家兴奋地向古教授和小庞跑来,可他们什么也没有看见。

汤教授怀疑道:"看花眼了吧?这地方能有虫?"

小庞满怀自信地说:"真的,那虫就爬进这条裂缝里了。"古教授点了点头。

他们回到车上,把铁铲拿来,开始沿裂缝挖掘。一尺,两尺,已经挖了一米多深了,还是没有发现虫子的影子。

"不会有虫子的。"有人泄气了。

古教授却不断鼓励着大家:"再挖挖看,我们可是在寻找世界级的新发现呀。"

挖着挖着,他们突然听到下面发出嗡嗡的声音。当他们再往下挖的时候,脚下突然出现了一个大窟窿,把窟窿挖大一点,原来底下是一个墓穴。墓穴里面有一具骷髅,骷髅的上面盖着一个草帘子,下面垫了一些木条。看来这是楼兰古城一个普通人的坟墓。

古教授把骷髅上的草帘子轻轻地拿下来,突然,几只小甲虫样的小东西从草帘底下匆匆向四周爬去。这一幕,五个人都看见了,是蟋蟀,对,是蟋蟀!这种顽强生命的出现,把大家惊呆了。

顷刻,大家兴奋起来,急忙捕捉蟋蟀,然而,这几只蟋蟀爬得太快了,一眨眼便消失在墓穴四壁的裂缝里。

小庞找准一个裂缝挖掘起来。挖着挖着,他发现前面有一个小小的孔洞,于是,他便沿着孔洞继续向里面挖掘。

孔洞快挖到尽头了,一只蟋蟀突然爬了出来,李纲眼疾手快,一下用空罐头瓶把它扣住,然后小心翼翼地把它装在一个细口的空汽水瓶里。这只蝼蛄形状与我们常见的蝼蛄没有什么大区别,但比普通蝼蛄要大一倍以上。

"再挖挖,或许还能找到几只。"古教授拿起铁锹又按原孔洞挖了起来,果然不出他所料,原孔洞消失后,在侧面又出现了一个更大的孔洞。

沿着这个碗口粗的孔洞,往里面挖,突然听到"咔嚓"一声,一股怪味从洞里飘了出来,仔细一看,是古教授把一只蝼蛄铲成两半了。这是只比刚才那只大两倍的大蝼蛄,有一只小老鼠那么大,大家既感到奇怪,又觉得可惜。

小庞接过古教授的铁锹继续挖了起来,洞穴越来越大,竟然像条地道。就在这时,小庞突然发现一只更大的蝼蛄堵在洞口,这只蝼蛄有半尺长,一寸宽,头部有一个小红点,小庞惊呆了。这只蝼蛄突然向小庞冲来,从口中喷射出一种液体,正好溅到小庞的眼睛里。小庞发出一声尖叫,眼前"唰"地黑了下来……

大蝼蛄继续喷射液体,液体落到古教授身上,他感到像火烧一样疼痛。这时,李纲迅速举起铁锹,一下将这只大蝼蛄拍成肉饼。突然,大家发现,一只只蝼蛄正源源不断地从洞穴里爬出来,向人们发起了冲击。

"快撤,快撤!"古教授指挥着大家,"快回到车上去!"

李纲先扶着小庞向汽车跑去,古教授带领其他两人断后,阻止着这些可怕的怪物。

蝼蛄越积越多,大的小的混杂在一起,很快将古教授三人包围,三人用铁锹拍打着冲上来的蝼蛄,血肉横飞,他们杀出一条血路来到断崖下,蝼蛄们也穷追不舍地跟着他们。

古教授带领两人抓着绳索向崖上爬,突然,绳子断了,他们三人结结实实地摔落在崖下的蝼蛄群里。原来,蝼蛄们似乎看穿了他们的意图,几个大的蝼蛄快速爬到绳索上,从上面用它们像铁锯一样的大钳子把绳索夹断了。

古教授三人被困在崖下,他们重新拾起铁锹与蝼蛄们搏斗,蝼蛄们沿着断崖向上爬,爬到半腰再跳下来,向古教授三人身上落,落到身上就开始厮咬。此时，汤教授身上爬上了四五十只蝼蛄，渐渐地有些支持不住了，倒在了地上。

就在这时，蝼蛄群里起火了，蝼蛄们四散逃窜。原来，早已爬上断崖的李纲把小庞扶上汽车后，用汽水瓶从汽油桶里灌了几瓶汽油，从崖上向蝼蛄泼去，然后把一盒火柴点燃扔了下去。这一招果然有效，蝼蛄们立刻慌乱起来，四散逃去。

古教授和江涛趁机打死汤教授身上的蝼蛄，抓着李纲放下来的绳子，把奄奄一息的汤教授拉上断崖。

这时，蝼蛄们又反扑回来，还没等古教授爬上汽车，已有很多蝼蛄抢先上了汽车。

"快，快开车!"爬上车的古教授一边命令李纲开车，一边扑打着爬上来的蝼蛄。

汽车在这种高低不平的沙石地面上行进得很慢，很难摆脱蝼蛄群的追击。

突然，车胎瘪了。那些可怕的蝼蛄竟聪明地用铁锯般的钳子咬破了他们车胎，他们的车抛锚了。

"汽油，火!"古教授对李纲喊着。李纲把一部分汽油泼在汽车周围，然后点着了。汽车周围立刻形成一道火墙，大部分蝼蛄退却了，火墙内的蝼蛄也被他们消灭掉了。

他们终于松了口气，再看看他们四人，早已遍体鳞伤，面目皆非了，李纲趁机置换轮胎。

蝼蛄们退后一两米后依然不肯退却，古教授很清楚，蝼蛄们是在等待汽油燃尽，再做最后一次反攻。

汽油越来越少了。如果把所有的汽油都泼出去，那么，他们即使把蝼蛄全部烧死，也无法徒步走出这漫无边际的荒凉戈壁。那样结果只有一个，就是死！因此古教授想，必须留足返程的汽油。

汽油不能再加了，火墙开始变矮。蝼蛄们蠢蠢欲动，心急的蝼蛄已经开始跳跃火墙了，但它们跳高的功夫毕竟很差，结果是葬身火海。可这并没有把它们吓住，跳跃火墙的蟋蛄渐渐多了起来，已经有几个幸运者越过火墙向汽车爬来了。

此刻，新轮胎已换好，李纲开着汽车向蟋蛄群冲去，碾去，汽车突然拐了个弯，江涛一不小心闪了出去，掉到汽车外面。江涛还算机灵，刚一沾地，就立刻一骨碌爬了起来。可这个时候，骚乱的蟋蛄成群地向江涛冲来，这么多的蟋蛄，比刚才任何时候都多，都猛，似乎所有的蟋蛄都要冲向江涛，连伏在汽车上的蟋蛄也弃车向这边爬来，情况对江涛十分不利。

令人奇怪的是，蟋蛄们不是直接冲向江涛，而是冲向江涛旁边的一小堆东西。

车上的古教授发现，那一小堆东西是江涛刚才带出车外的一瓶摔碎了的水果罐，他眼前一亮，让汤教授把车上的食物扔出去一部分，果然奏效，一些蟋蛄放弃追踪江涛向食物爬去，一会儿，一场小型的蟋蛄与蟋蛄间的食物争夺战便开始了。

古教授把车上的食物留够两天吃的，剩下的向车外四散扔了出去，很快在汽车周围形成了许多小型战场，蟋蛄们开始自相残杀。

趁此机会，江涛爬到车上，汽车冲出了蟋蛄群的包围，离开了那可怕的楼兰古城。

科考队回到乌鲁木齐后，将车内的蟋蛄尸体进行了处理，然后做成昆虫标本带回到北京。在古教授的试验室里，经过对这些样品进行解剖，人们惊奇地发现，在这种蟋蛄的腹内，竟然存在着大量的石灰岩粉末。难道这些蟋蛄在荒芜的戈壁上是以这些坚硬的含碳化合物为食物的吗？如果是这样的话，它们是怎样将这些无机物消化的呢？经过进一步研究发现，在蟋蛄的腹内存活着一种消化细菌，这种细菌能以无机的含碳化合物为碳源，进行消化反应，同时代谢出许多含有氨基酸的有机物，这些有机物就成了蟋蛄的生命能源。

在大量植物和动物包括人类都灭绝了的沙漠死城里，蟋蛄竟然以特殊的生存方式，适应了恶劣的环境而活下来，这真是一个生命奇迹呀！

听了古教授这一番近似"天方夜谭"的历险故事，几个研究生很长时间都没有作声……

(侯树河)

(题图：张思卫)

荒野秃鹫

人和动物一样,不能有贪欲之念,否则,祸期不远……

沃尔特和维克托是对铁哥们,这年两人一同来到越南瓦尔瓦克度假。这地方风景优美,但他们最喜欢的还是在格哈特利的荒野打猎。

这天下午,他们看到了一桩捕捉秃鹫的奇事:

有个老人,看样子已年过七旬了,只见他戴着一双手套,四仰八叉,躺在沙地上。老人这么做,是想引诱秃鹫上勾,据说那家伙喜欢吃死尸。果不其然,不到一个时辰,天空便出现了几个黑点,没过多久,四五只巨大的秃鹫就俯冲下来,蹲在老人附近,可它们没敢移动半寸,接近老人,只是蹲在那儿随时准备振翅而逃。

又过了会儿,有一只秃鹫壮着胆子,朝老人方向移了移,但老人没有一点动静。其余的秃鹫见没有危险也就都纷纷靠近了。突然间,老人出其不意,劈手抓住一只秃鹫的脚,秃鹫惊惶地挥动翅膀,老人紧抓不放,翻身坐了起来。按住秃鹫的头颅,用力猛击,一直到秃鹫昏迷了,才把它放入大袋里。他们俩在一旁都看呆了。沃尔特用肘捣捣维克托,激动地说:"咱们也去捉只秃鹫吧,这玩意儿比打猎有趣,也容易得多。你看,只要买双手套保护手,不被利爪所伤,就万事大吉了。你说怎么样?"维克托听了很赞成,他们无心再去打猎,就开车回旅社了。

第二天天刚破晓,沃尔特准备好所有的东西,然后便去叫维克托。但是他不在房间里,桌子上放着一张纸条:"沃尔特,我去商店买手套和袋子,你等等我。"沃尔特看完后拿起笔在下边加了一句:"我先走了,在昨天那地方。"写完,沃尔特就出去了。

不一会儿,沃尔特就到了格哈特利荒野。沃尔特往四周瞧了瞧,发现前方有一片碧绿的草地,心想在那里等候秃鹫,肯定会比躺在沙地上舒服。于是沃尔特下车朝草地走去。他躺在草地上伸展四肢,一动也不动。

这是一个寂静而又令人毛骨悚然的早晨。虽然太阳渐渐从东方升起,但四处仍然一片灰暗。沃尔特仰望天空,一点秃鹫或是其他动物的踪影也没有。过了二十多分钟,沃尔特忽然有一种极奇怪的感觉——似乎真有瞌睡虫向他悄悄逼近,使他昏昏欲睡。沃尔特很纳闷:"昨天晚上我很早就睡了,而且睡得很香,可现在为什么还想睡觉呢?"

他很想爬起身,在草地上伸伸腿,弯弯腰,使自己清醒一些,但马上转念一想:不行,那样做会前功尽弃,自己一举一动都会引起秃鹫的注意。于是他没有爬起来,而是在静静地等待着。不久,沃尔特隐约看见天空中出现了几个小黑点:秃鹫来了!它们依次落在草地上。他看见一只巨大的秃鹫就蹲伏在附近,而自己好像喝醉般地昏昏欲睡。5分钟后,他又看到了其他秃鹫。它们如小矮人般地在他眼前跳跃,沃尔特如在做梦般数着它们。令他感到恐惧的是,他竟已无法动弹,而且呼吸也似乎要停止了,仿佛有一股怪异的力量紧紧地抓住他,使他动弹不得。秃鹫们贪婪的眼光紧紧盯着他,而他现在只能静静躺在那里,无助地等着被分解。

一只秃鹫在离沃尔特大约一米处驻足了好一会儿,然后上前用嘴啄他的左脸颊。沃尔特感到皮肤被啄破了,阵阵疼痛传来,血慢慢地流到他的脸颊、脖子……另一只秃鹫猛啄了沃尔特的前臂一口后,紧张地往后跳,似乎怕他突然活过来。它跳出不远,沃尔特清楚地看到它嘴里叼着一块染血的肉。还有一只大鸟剌啄他的腹部,啄穿了他的夹克,在它的小腹上留下好几处伤口。他知道自己只要动一下,它们便会立刻飞走。但是他根本就没有一点力气,也无法叫出声来,只能慢慢地享受死亡的滋味!沃尔特见到它们之中最大的一只秃鹫摇摇摆摆地站在他脑后,以贪婪的眼光盯着他,似乎准备随时用那锐利的嘴刺向他的右眼,把眼珠子挖出来。沃尔特仍然无法动弹,全身像被打了麻醉剂,就连头脑也被麻痹得无法思考了,似乎要关闭所有的意识。

突然,这只大鸟害怕得呱呱叫,猛烈挥动翅膀飞向天空,其他的秃鹫也都惊慌地飞走了。可沃尔特怀疑它们是否真的飞走了,或许它们习惯从空中往下冲向尸体,然后叼走肉。可是它们没有再飞下来。他感觉身体被人拖离草地,并且像木头般被人揉着在沙地上任意翻滚。沃尔特逐渐恢复了知觉。几分钟后,他坐了起来,黑影慢慢地在他面前蹲了下来。沃尔特终于看清楚了,那黑影原来是维克托!

维克托眼中充满了焦虑,说:"沃尔特,你怎么躺到毒草上去呢?"

"毒草?"沃尔特惊讶地问道。

维克托点点头:"那是片毒草地,躺在那些草上,就会吸进毒草所发散的香味,身体虚弱的人会完全失去知觉,幸好你身体强壮,只是昏昏欲睡而已。我刚才看见你躺在那里时,我不敢靠近你,怕把那些大鸟吓走,于是我就躲在旁边注意你的举动,希望看到你大显身手,抓住一只大鸟。等到那只秃鹫一点点靠近你,要啄你的眼珠,而你却纹丝不动,我才恍然大悟。于是,我马上跑过来,把大鸟轰走,拖着你离开毒草地,帮你在沙地上翻滚,吸进清新的空气。你终于醒过来了,真是谢天谢地!"沃尔特艰难地爬起来,维克托递给他一个水壶,沃尔特猛灌了一大口水。

这一次虽然差点送了命,但沃尔特并不甘心就此罢手,他不顾维克托苦苦相劝，发誓一定要活捉一只秃鹫！为了避开那些致命的毒草，他选择了沙地，在一块较为平坦的地上躺了下来。维克托在不远处挖了一个洞，身体藏起来，伺机出击。

天空很快又出现了好几只秃鹫。大概它们在被维克托赶走之后，并没有飞远，而只是在附近徘徊。它们渐渐飞了下来，落到沃尔特附近。它们注视着沃尔特，但心存疑虑——眼前之物是活人还是死尸？它们在旁边观察了很久，才慢慢一点点靠近。这时，沃尔特突然想：为什么不一次捉两只，一手一只？说时迟，他突然两手出击，右手捉住一只秃鹫的脚，左手抓住另一只秃鹫的脖子，在一旁窥测的其他几只大鸟，被突如其来的偷袭吓住了，扑棱棱扇着翅膀飞走了，而被抓住的那两只秃鹫为了逃命，也都奋力挣扎，拼命地挥动翅膀想把沃尔特带上天空。挥动的翅膀打到他的脸、脖子、手……由于非常疼痛，他不得不放弃其中的一只。他把全部注意力集中在剩下的一只秃鹫上，捉住双脚，任秃鹫怎么折腾，死活不松手，直到它不再动弹为止。

这时，维克托从隐蔽处奔了过来，他看到沃尔特手里擒着秃鹫，一个劲地称赞道："沃尔特，你真有能耐！"

沃尔特苦笑一声，道："我有什么能耐？两只大鸟我都对付不了，还差一点丢了命。不过，这件事给了我一个教训：人和动物一样，不能有贪欲之念。"说着，竟松开手，让秃鹫飞走了……

（缪影龙）

（题图：箭　中）

夜谈·怪事
yetan guaishi

你也许想知道这是哪儿,我告诉你,这是一个你可能将长眠于此的地方。

魔鬼的权力

在巴黎一家名为"纽沁根"的银行里,有个出纳员叫卡斯塔尼埃,五十岁上下,秃顶,圆脸,矮胖。他在这银行勤勤恳恳已干了十多年,很得老板的信赖。

卡斯塔尼埃多年来一直过着独身生活,可是一年前艳福突然降临到他的头上,他与一个年轻漂亮的妓女阿吉莉娜好上了。卡斯塔尼埃爱阿吉莉娜爱得发疯,为了显示自己的慷慨富有,他给她购了一套豪华的公寓,配上新颖时髦的家具,把她打扮得花枝招展,一身珠光宝气……总之,她要什么,他总是有求必应。

日子一长,卡斯塔尼埃的所有积蓄花光了。然而尽管袋里空空,他也不愿对阿吉莉娜的要求说一个"不"字。钱哪来?首先,他利用职务之便向别人借,可是光借不还,日子一长,这条路也走不通了。怎么办?卡斯塔尼埃思来想去,最后狠狠心,决定偷银行里的钱。

这天，银行里的人全下班了，卡斯塔尼埃仍装着埋头工作的样子，等到天黑时，他关好甬道铁门，放下百叶窗，再关上办公室的门，然后在办公桌前坐下来，从抽屉里拿出几张信用证，提笔模仿老板的笔迹，在所有信用证的下边签了名。

他刚签好名，猛然觉得心被什么刺了一下，接着，传来一个声音："你不是独自一个人！"这声音把他吓得差点跳起来。他一抬头，见小窗前站着一个陌生人，只见他面孔细长，前额突出，脸色铁青，嘴唇血红，像个停止呼吸的僵尸。卡斯塔尼埃顿时惊呆了。

就在他惊慌失措时，陌生人拿出一张汇票，要立即提取五十万法郎，而且陌生人手一指，那早已上锁的金库就开开了。陌生人冲卡斯塔尼埃咧嘴一笑，这一笑，笑得卡斯塔尼埃毛骨悚然，就身不由己地接过对方递来的汇票，乖乖地付给他五十万法郎。陌生人向卡斯塔尼埃要过笔，在汇票背面签上了"约翰·梅莫特"的名字。

可谁知，当卡斯塔尼埃接过这个梅莫特还来的笔，再抬头时，已不见了他的人影。而那支被他拿过的笔，竟使卡斯塔尼埃的五脏六腑顿时像火烧一样翻腾起来。卡斯塔尼埃紧张极了，他来不及细想，赶紧把那些假证据扔进火炉，随后把要用的那张假信用证盖上印鉴，从保险柜里取出五十万法郎，熄了灯，出门而去。

卡斯塔尼埃走在林荫大道上，边走边盘算起下一步的打算。他想：我现在逃走，等到银行发现起码得到星期一，这样我就可以先到伦敦提取一百万，再到意大利买一幢漂亮的别墅。可是，我带不带阿吉莉娜一起走呢？谁知他这念头一起，突然听到背后传来一声："不带她走！"这一声惊得他猛一转身，只见那个梅莫特正站在他的身后。

卡斯塔尼埃惊得"哟"一声惊叫。梅莫特又咧嘴一笑道："你想远走高飞吗？告诉你，你跑不了！"说完，跳上街边的一辆马车，飞驰而去。卡斯塔尼埃吓懵了，但他不甘心就此罢休，立即迈步朝阿吉莉娜寓所走去。

卡斯塔尼埃走进寓所，见阿吉莉娜正在把一封信揉成一团，用火钳夹着慢慢在烧。他半开玩笑地说:"怎么?你就这样处理情书?"

阿吉莉娜若无其事地说:"这办法最妥当,免得让人截获了就麻烦。"

"亲爱的,你这么讲,好像这真是一封情书了。"

阿吉莉娜嘲笑道:"哎,难道我还不够漂亮不配有情书吗?"她边说,边勉强地把前额伸给卡斯塔尼埃。

卡斯塔尼埃兴奋地边吻边说:"今晚我在剧院订了个包厢,咱们早点吃饭,去看戏吧。"

阿吉莉娜懒洋洋地说:"我不想去。"

"不,不,你今晚一定得陪陪我。亲爱的,我要离开巴黎,今晚就走,你……"

阿吉莉娜没等他把话说完,就说:"哦,你去吧,去吧!"

"那你不打算跟我走了?"

"嗯!"

"为什么?"

阿吉莉娜嘲弄地指指火炉里的灰,笑道:"我能抛弃那个给我写信的情人吗?"

卡斯塔尼埃睁大眼睛问:"你真的有情人了?"

阿吉莉娜说:"怎么?你不相信?你去用镜子照照你自己。你看你那脸像只老南瓜,放在水果铺卖也没人要。你上楼梯喘得像只海豹。你是个老丑八怪!你以为我会用如花的年华来换取一个气喘老头的爱情吗?"阿吉莉娜说的倒是真心话,她的确在偷偷与一个叫雷翁的军官私通。

卡斯塔尼埃听她这么说,愣了。

就在这时,阿吉莉娜见女仆珍妮在向她使眼色,她忽然娇声对卡斯塔尼埃说:"我可怜的猫咪,我是和你逗着玩的,你真的要走?"她说着一把搂住卡斯塔尼埃的脖子,把他的头按在自己的怀里,趁他被闷得透不过气来的当口,悄声关照珍妮:"你告诉雷翁,叫他一点以前别来,万一今晚碰不到我,就叫他留在你的房里。"说完,她用手揉揉卡斯塔尼埃的鼻子,亲昵地说:"我最美丽的海豹,今晚我陪你去看戏,咱们快吃饭吧!"

卡斯塔尼埃欣喜若狂,他吻着她,愉快地吃了晚饭,便一起坐上马车去剧院看戏了。

第一出戏演完,卡斯塔尼埃利用幕间休息,打算到大厅里去与几个熟悉的人打打招呼,让人们尽量推迟对他逃亡的怀疑。谁知他刚迈出几步,就骇得站住了,只见那个可怕的梅莫特正迎面向他走来。

他想避开,可双腿却不听使唤。梅莫特又冲他大声喊道:"喂,伪造票证的人!"这喊声把卡斯塔尼埃的魂差点吓飞了。他想抬手揍他,可手不知怎的却动弹不得,他只得像个俘虏被梅莫特挽住胳膊,看上去像两个好朋友在悠闲地溜达。

梅莫特边走边轻声说:"谁有本事能反抗我?告诉你,我是万能的。我的目光能穿透墙壁,能看到人们心里的事。你竟敢逃避我?哼。我一直在寻找伙伴,现在终于找到了你。你是属于我的!你刚犯下一桩罪行,你想知道你的命运吗?你跟我一起去看一出戏吧。"说着就进了包厢。

这时,戏台上幕已拉开,梅莫特用手向台上一指,剧目便改了。卡斯塔尼埃顿时惊得张口叫喊,却又喊不出声。

此刻,卡斯塔尼埃看到的是:自己的银行老板正和一位警官在办公室交谈。警官向老板介绍卡斯塔尼埃怎样盗窃金库,怎样伪造他的笔迹,怎样逃亡。老板于是写好了起诉状,签了字,交给警官后问道:"还来得及吗?"

警官回答:"来得及,他正在剧院看戏呢。"

卡斯塔尼埃不敢往下看了,他想溜,但被梅莫特用手按住,动弹不得。梅莫特冷冷地说:"别动,我要你看下去!"

卡斯塔尼埃只得再往舞台上瞧去。这时,布景换了,他看到自己正和阿吉莉娜一起走下马车,他刚要迈进家中。台上的布景又换成了他家的室内情景。只见女仆珍妮正坐在女主人卧室的火炉边,在同一个年轻的军官讲话,那军官说:"这老丑八怪一走,我可就自由了。我太爱阿吉莉娜了,我怎么也忍受不了她委身于这只老癞蛤蟆!我发誓,我一定要娶阿吉莉娜为妻!"

卡斯塔尼埃听了这话，痛苦地呻吟了一声。接着又听到珍妮惊叫道："雷翁先生，他回来了，快，你赶快躲起来。喏，就藏在这儿！"卡斯塔尼埃看着那个军官躲到盥洗室内阿吉莉娜的睡衣后面。这时，他见自己登上舞台，向阿吉莉娜道别，阿吉莉娜一边对他甜言蜜语，一边跟珍妮通过旁白在奚落他，冲着这面哭，冲着那面笑，引得观众连声叫好。

这时，卡斯塔尼埃又看到自己沿着利歇街逃跑。随着场景的变换，这时已是清晨两点，他带着各种票证和护照，坐着马车往关卡驰去。可是到了关卡，他看到有许多宪兵正虎视眈眈地站在那儿等候着他，他吓得惊叫起来。

梅莫特用目光制止了他，让他继续往下看。卡斯塔尼埃又看到自己被押上警车，被投进监狱。三个月后，他被判了二十年苦役，被押出刑事法庭，到司法广场上示众。当他看到执行的狱吏拿着烧得通红的铁器烙在他身上时，他禁不住惨叫起来。

戏演完了，当卡斯塔尼埃面色惨白地刚要跟阿吉莉娜往外走时，被梅莫特叫住了。卡斯塔尼埃忙问："你还要干什么？"

梅莫特说："你可以与你的情妇到意大利去，我保证不会有人阻止你。不过，你得说一句，你愿意以你的灵魂换取上帝一样的权力，这样，你就可以还清一切债务，消除你一切犯罪的痕迹。从此你能自由自在，为所欲为。"

卡斯塔尼埃听说有这样的好事，立即高兴地说："要真能如此，那太好了！"

梅莫特说："卡斯塔尼埃先生，你愿意听我的话吗？"

"愿意！"

"你愿意接替我的位置吗？"

"愿意！"

"好！"梅莫特拍拍他的肩膀说，"过一会我到你家去。"说完便消失了。

这会儿阿吉莉娜发现卡斯塔尼埃变了，变得像喝醉酒一样失去了理性。当马车到家，他一下马车便晕倒了。当他被看门人和女仆抬进房间，放在沙发上时,他苏醒过来,嘴里喊着:"他来了,他来了!"

果然门铃响了,女仆打开门,梅莫特走了进来。梅莫特朝看门人和女仆扫了一眼,就拉起卡斯塔尼埃走进没开灯的客厅。

过了一会,阿吉莉娜见卡斯塔尼埃从客厅里走出来,她顿时惊叫起来:卡斯塔尼埃好像换个人,面色铁青,显得凶狠而冷酷,眼中射出的光阴森森的,刺得人毛骨悚然。

卡斯塔尼埃冷冷地说:"我把灵魂卖给梅莫特了。他要走了我的本质,把他给了我。"

阿吉莉娜惊愕地问:"怎么回事?"

卡斯塔尼埃冷冷一笑:"我现在已看清了一切,了解了一切。我为你倾家荡产,甘心犯罪,可你一直在欺骗我!"说着他点亮烛台,走进盥洗室,一伸手从衣架后面把那个军官拎了出来。阿吉莉娜吓得脸色发白,瘫倒在地。

卡斯塔尼埃赶走了军官和阿吉莉娜,又拿了一些钱,把看门人、厨师和女仆打发走。

现在,卡斯塔尼埃具有了可怕的权力。他用这个权力轻而易举地还了债,同银行老板结清了账目……他已不受时间、空间、距离的束缚,随心所欲,为所欲为。然而,随着魔力而来的便是虚无,他觉得对金钱,对女人,对人生的各种欲望与乐趣得来的太容易了,反而产生了厌腻、摒弃的心理。他决心从纵乐中跳出来,他产生了要去看看他的前任梅莫特先生现在怎样的欲望,于是,便直奔梅莫特的住所而去。

梅莫特住在靠近圣苏尔彼斯教堂附近的一间阴暗冷湿的屋子里。他一进门,只见大门和拱顶都披着黑纱。灵堂上白烛摇曳,一个年老的看门人一见卡斯塔尼埃就说:"先生,你是死者的兄弟吧,你来晚了。梅莫特绅士前天夜里去世了。"

卡斯塔尼埃问道:"他怎么死的?"

老教士介绍说:"令兄虽干过坏事,但结局值得羡慕,他拯救了犯罪者。你知道一个罪人的转变会在天国引起怎样的欢乐?他没有给家人留下什么财富，但他那颗圣洁的心灵，会护着你们全家，指引你们走向正路。"

老教士的话震撼了卡斯塔尼埃的心灵。他默默地走出门，边走边想着自己从十六岁参军以后的几十年经历与遭遇，想着自己年近半百时竟在金钱与情欲的唆使下犯了罪。他决心赎罪，他要像梅莫特那样去拯救那些犯罪者和落难人。怎么去拯救? 他猛然想到梅莫特可以找替身，我何不学他的样也这么做? 怎么去寻找替身呢? 他猛然想到去证券交易所。因为那儿免不了有陷于绝境的人，他要以魔力去拯救落难者，从而使自己能幸福地走向天堂。于是，他兴冲冲地迈开大步朝证券交易所走去，他准备做一笔如同买卖公债似的灵魂交易。

卡斯塔尼埃轻而易举地就与一个面临破产的投机商达成了交换灵魂的交易。刚才还是威严可怖的他，在失去魔力的一眨眼工夫，就变得憔悴、苍老、衰弱。他可怜巴巴地对获得魔鬼精神而显得骄横冷酷的投机商说："行行好，替我雇一辆车，把我送到圣苏尔彼斯教堂去吧。我还来得及忏悔吗? "投机商斜睨他一眼，把手一指。

于是，一辆马车载着一个垂死者，向圣苏尔彼斯教堂而去……

(改编：劳　沉)
(题图：李　加)

幽灵马车

莫拉现在是一家商行的经理,二十年前,他曾有过一次惊险恐怖的经历。对这件事,尽管众说纷纭,但莫拉既不和人争论,也从不作任何解释。当然,他也不希望别人的观点强加于自己。

那时,莫拉刚刚结婚,他和妻子到大不列颠岛的北部旅游。

一天,他独自出去狩猎,结果在沼泽地里迷了路。眼看天越来越暗了,不久又飘起了纷纷扬扬的雪花,莫拉焦急地探寻着出路,可是十多里地既看不到炊烟,也看不到房屋、篱笆和群羊的踪迹。想起新婚妻子在旅店里眼巴巴地等着自己,莫拉心急火燎,像一只无头苍蝇团团乱转。

就在绝望之时,莫拉突然看到黑暗中出现一星亮光,一闪一灭,越来越近,莫拉大喜过望,不顾一切地朝亮光奔去。

来到亮光跟前,莫拉才发现,对面站着的是一位提灯的老人。他问道:"老人家,我迷了路,您能带我一起走吗?"

老人举起灯，认真地照照莫拉的脸，然后摇摇头说："我家主人从不见外人，我想他也不会让你进屋的，你还是自己想办法吧。"

在这大雪纷飞、了无人烟的地方，一个陌生人是绝对走不出这片沼泽地的，莫拉又是哀求又是许诺，他左磨右缠，终于说动了那位老人，"好吧，我可以带你去见我家主人，只是你千万别后悔噢！"

于是，老人像林中的妖精那样一瘸一拐地在前面带路，莫拉提起精神在后面紧紧跟着，唯恐失去了目标。

走了没多久，黑暗中出现了一个大黑影，一条大狗蹿出来，对莫拉凶狠地叫着。老人吼了声："阿贝，别叫！"然后又回头对莫拉说："到了，这就是我们主人的屋子。"

莫拉感到有些奇怪，自己似乎走了没多少路，这幢房子好像是从天上掉下来的。没容他多想，老人已经从口袋里掏出钥匙，莫拉借着手提灯的小圈光，看到门上钉满了大铁钉，仿佛是来到了监牢。

门开了，莫拉抢先一步走了进去，里面的一切又让他感到惊奇：大厅的一头像座粮仓，堆满了麦子和面粉，另一头堆着各种各样的农具，而头顶的横梁上吊着一排排过冬用的火腿、熏肉条和一束束干草。大厅正中还有一个用布蒙着的庞然大物，出于好奇，莫拉掀起布角，见到的竟是一架相当大的望远镜。

这时，突然响起一阵铃声，老人指指大厅对面一扇很矮的黑门，说："我家主人在叫你哩。"

莫拉敲敲门，走进屋去。一位个子高大、头发花白的老人从堆满书和纸张的桌子后面站起来，死死地盯着莫拉，好一会才沉下脸埋怨道："雅各布，你怎么可以把陌生人带进来？这里可不是招待所。"

那位被叫雅各布的老人赶紧申辩道："我没让他来，是他硬缠着我来的，我可挡不住他这个高个子。"

主人听了皱起眉头，挺不高兴地责问莫拉："先生，你有什么权力闯到我家里来？"

莫拉见气氛有些紧张，就故作轻松地耸耸肩，说："这是求生的权力，就好像是一个溺水者抓住了一块木板，他没有其他选择！"

"说得不错，你愿意的话，可以呆到天亮。不过，天亮前你必须离开！雅各布，你去准备晚饭。"主人说完，挥挥手让莫拉坐下，随后他自己又埋头钻进了书堆里。

趁着这个机会，莫拉打量起这间令人有些窒息的房子。房子不算太大，白灰墙上贴着古怪的图表，墙边放着一些架子，上面摆满了物理仪器，壁炉一边是书柜，里面塞满了发黄的纸张，另一边放着个小风琴，上面刻着中世纪的圣徒和魔鬼，在房间的另一头，堆满了研究学问的仪器。

莫拉东张西望，他对这里的一切都感到惊讶和不可思议，要知道，这里可是荒野沼泽地呀！

这时，雅各布把晚饭端了进来，主人合上书，态度也显得热情了些，他请莫拉共进晚餐。莫拉已经一天没进食了，他顾不得客套，就狼吞虎咽地吃起来。

主人身体前倾着，一边喝着牛奶，一边自顾自地讲起自己的科学研究，他似乎熟悉所有的哲学体系，对各位哲学家了如指掌。在谈话中，他还讲到了灵魂的力量，讲到了超人的视力，讲到了预言和超自然现象……

莫拉尽管对主人充满了敬意，但此时此刻他更想念新婚的妻子，他站起身，来到窗口，掀起窗帘，朝外望望，不由欣喜地喊道："哟，雪停了。"

主人打住了话头，关心地问："先生，你好像有急事？"

"是的，我妻子不知我迷了路，此刻正担心害怕呢。"

"她在哪？"

"在德沃丁。"

主人脸上露出了微笑，这是极其难得的："你运气真好，从北方来的晚邮车要在德沃丁换马，过一个钟头一刻钟，它将准时到达一个交叉路口。这样吧，我让雅各布带你穿过沼泽地。"说完，当即喊来雅各布。

莫拉大喜过望，忍不住要上去和主人握手致谢，但主人已经转过身去。

雅各布心里不乐意，他骂骂咧咧地带着莫拉上了路。

此刻，四周一片寂静，寒风刺骨，漆黑的天空见不到一颗星星，这里的一切都让人感到害怕。大约走了一刻多钟，雅各布猛地停住脚，用手一指，说："那边就是你要走的路，顺着石墙一直走下去，就能见到邮车。不过，你要当心，那地方太陡太窄，九年前发生过一次车祸，死了六个人。"

莫拉掏出钱包，想酬谢一下老人，但雅各布用手轻轻碰了碰自己的帽子，转身从原路回去了。

夜间的气温越来越低，莫拉虽然走得很快，但他没有办法使自己热起来，到最后他实在走不动了，只能倚在石墙上。到这时，他才有些怀疑起来：这么危险的一条路，怎么可能有一辆私家马车通过呢？莫不是他们在骗我？莫拉想到这里，死亡的恐惧紧紧地抓住了他。

就在莫拉沮丧、绝望的时候，突然前方出现一星光亮。这一发现，顿时使莫拉浑身上下有了力气，他纵身跃起，大步朝前奔去。果然，不多一会，在柔和的灯光下，莫拉看到了一辆被四匹冒着汗气的灰马拉的车，他挥舞着帽子，大叫车夫"停车"。

车夫用披风和围巾捂住脸，只露出眼睛，他既不说话也没有下车的意思，而车里的乘客也没有反应。莫拉也不客气，自己打开车门，爬上车，钻到一个空角落里坐下。

马车里竟然比车外还冷，而且还弥漫着一股非常强烈的潮湿霉味，同车还有三位乘客，都是男人，他们其实都醒着，靠在椅背上，好像在思索着什么。

莫拉想打破难熬的沉闷，就无话找话地说："今夜真冷啊！"

对面那位乘客抬起头来，但没有答话。

莫拉只得转身对第二位说："你不觉得冷吗？"

还是得不到响应。

莫拉有些扫兴，他觉得车内的怪味道重得让他几乎要呕吐，于是就伸手去拉窗上的皮带。谁知稍一用力，皮带就断了，再看看车子内部，更让人胆战心惊：这车已经破到了极点，几乎每一部分都在霉烂，说不定什么时候一声脆响，车子就会四分五裂。

莫拉越看越觉得不对头，不由问第三位乘客："你从哪里来的？"

那人慢慢移动着脑袋，盯住莫拉的脸看，也是一个字不说。

一时间，莫拉的心突然"怦怦"地狂跳起来，他发现那人的脸色苍白骇人，两片没有血色的嘴唇大大地张开着，露出闪亮的牙齿。

此刻，莫拉的眼睛已经习惯了车内的黑暗，他终于看清楚了三位同行者——他们头发上带着坟墓的露水；他们的衣服上沾着泥渍，正在烂成碎片；他们的手是埋葬已久的死尸的手；同样，他们的眼睛里都闪着青灰色的光……

莫拉的精神防线彻底垮了，他发出一声绝望的惨叫，与此同时，一股求生的本能又使他奋力向车门扑去。一转眼的工夫，马车撞上了石墙，反弹过后，朝黑色的深谷坠去……

过了几天，莫拉醒了，他发现妻子正眼泪汪汪地陪在他身边。妻子说，多亏积雪，他才没有被摔死，他是天亮后被两个牧羊人看到给救的。妻子还说，九年前，听说也是在这个地方，有一辆邮车掉了下去。

莫拉明白自己是这辆鬼车里的第四位乘客，不过他没敢和妻子说。事后他又几次去打听过那幢神秘的房子和主人，结果每次都是空手而归，那地方了无人烟。

后来，莫拉实在忍不住了，便把这事告诉曾救过自己命的外科医生听，但外科医生怎么也不相信，说这是莫拉发高烧时大脑中产生的幻觉。

(改编：王进民)
(题图：箭　中)

神秘的维纳斯

深秋的一天下午,考古学家佩拉德的庄园里,一棵老橄榄树死了。庄园内正在筹备佩拉德儿子的婚礼。老佣人科尔便带领几个佃农,把这棵枯枝败叶的死树连根拔掉。谁知这棵老橄榄树根又深又粗,把大家累得满头大汗。突然"啪"一声,把科尔的虎口震得又痛又麻,差一点把手里的锄头甩出去。科尔刚想发作骂句粗话,却失神地呆住了。原来他看见一条黑手从他下锄的地方伸了出来。科尔吓得魂不附体,拔腿就朝佩拉德的住宅跑去,一边狂跑,一边尖声叫道:"老爷,不得了啦,橄榄树下有死人!"

正在忙乎儿子婚礼的佩拉德大吃一惊,一面吩咐请神父来,一面急急忙忙跑到出事现场。到了橄榄树下一看,他惊恐的目光顿时转为惊喜,情不自禁地叫了起来:"上帝啊,什么死人!这是一件古代艺术品!一座古代雕像!"随后,他跳进坑里,小心翼翼地用手挖了起来。

挖了半天，雕像完整地出土了。这是一个健壮的高大的黑色女人，裸露着大半个身子，是由青铜制成的。佩拉德兴奋得不能自己，忙用刷子轻轻扫净了沾在雕像上的泥土。这时，围观的佃农们却一个个吓得脸色苍白，原来这个出土的女神竟是一副凶相，一双睁得大大的白眼睛死死地盯住看她的人，像是燃烧着的两团怒火。佩拉德却满不在乎，围绕着雕像一边转悠，一边嘴里嚷着："怕什么? 这是古罗马时代的一尊雕像，那白眼睛是嵌在青铜里的白银!"

佩拉德这么一说，科尔他们才大着胆子把雕像扶起来。科尔刚准备用瓦片把雕像垫稳当，"哗啦"一声，这尊女神像却背朝下倒了下来，科尔躲避不及，女神的手臂狠狠地砸在他的腿上，顿时，科尔的大腿就像葡萄架倒塌一样折断了。科尔摸着砸伤的腿，连连划着十字，惊恐地祷告着："万能的上帝，一定是我刚才一锄头砸在女神手上，她惩罚了我。请饶恕我吧!"佩拉德无可奈何地摇摇头，便派人把科尔抬走。

当天晚上，科尔的儿子和几个小伙伴悄悄来到竖立着的女神肖像前，开口骂道："你这个坏女人，是你把我父亲的腿压断了，我也要让你尝尝味道!"说着，他弯下腰，从地上拣起块大石头，用力朝女神像扔了过去，"当"一声，石头重重地扔在了女神身上，他刚弯腰去拣块大石头还想再扔时，突然他捂住自己流血的脑袋哭叫道："啊哟，这个坏女人把石头扔回来了，疼死我了!"几个伙伴一见，个个吓得心惊肉跳，没命地朝村子逃去。

很快，科尔的儿子遭到女神惩罚的消息传遍了全村，村里人越想越害怕，没有人再敢接近女神像了，只有佩拉德越来越对她着迷。

一天，佩拉德仔细地研究这位女神，发现在雕像的台座上有一行剥蚀磨损的拉丁文：

勿以爱情作儿戏——爱是危险的。

这句话，立刻使佩拉德想到，这雕像是神话里的美神，同时也是主宰爱情的神。他眯起眼睛更仔细地打量起来，他越看越觉得她美得迷人。她那裸露的身体，曲线柔和而诱人，脑袋小巧而玲珑，简直让人销魂，遐想无限。只是雕塑家故意使脸部的线条稍稍蹙皱：眼睛略斜，嘴角微翘，鼻翼鼓起，使得这张美得让人难以置信的脸庞上，流露出了一丝轻蔑、嘲讽和残忍。这不但没有破坏美，反而更使她活脱脱地酷似一个有生命的真人，一个放荡、骄傲而又不妥协的女人。这一发现，顿时使他文思如涌，一篇有关美神的论文挥笔而成。佩拉德捧着文章，越读越得意，这是他几十年研究生涯中最满意的论文。

就在雕像出土的半个月后，佩拉德儿子的婚事准备完毕。结婚那天，新郎为娇美的新娘准备了一枚巨大的钻石戒指，戒指的形状是两只紧握的手，上面刻着一行小字："永远和你在一起。"

新郎是个网球迷，在新娘还没到来之前，他便和前来贺喜的客人在雕像的附近打网球。不知怎么，这个球场高手，今天连连失利，输给平时从未赢过他的对手。"啪"一声，他脸色阴沉地把球拍往地上一扔，瞧了瞧那只巨大的戒指说："都怪这该死的戒指，箍紧了我的手指。"说着，便从小指上拔下了这枚即将送给新娘的礼物，三步并两步跑到美神像跟前，顺手把戒指套在了她的无名指上。这一脱，他像脱掉了紧箍咒，顿时热情激发，把对手打得一败涂地。直到佩拉德气喘吁吁亲自赶来召唤说"新娘的马车到了"，新郎才恋恋不舍地离开球场，被人们簇拥着去教堂。

回到庄园，参加婚礼的客人们又纵情欢乐起来。在鼓掌声中，佩拉德喜气洋洋地站起来，说："我很幸福，我的家里有两个维纳斯，一个是从地下挖出来的，一个是从天上降下来的。我聪明的儿子选中了从天上降下来的，他选得好；地下的那位是黑色的，天上的那位是白色的；地下的那位是冰冷的，天上的那位是多情的！"佩拉德的话激起了一阵阵震耳欲聋的鼓掌声。在人们把鲜花撒向新郎新娘时，新郎突然惊慌起来，原来他发现那只结婚戒指竟忘在美神像手上。

新郎趁人不注意时，离开筵席去取戒指。这时天已很黑了。新郎来到美神像前，在迷人的月光下，他找到了她的无名指，摸到了那枚巨大的钻戒，这才安下心来，但戒指怎么也拔不下来。他以为是自己喝醉了酒，定了定神，再用力去拔，还是拔不下来。这时，他惊异地发现，那美神的手指慢慢地弯曲了起来，最后竟把手掌紧紧握住了！他的心一下子收紧了，心"怦怦"乱跳，怎么，美神收下他的戒指了？他的脸变得惨白，一种不祥之感从心底升起，难道这雕像真的成了自己的妻子？他抬起头来，借着闪电，看清了美神的脸——她也正斜视着自己，那目光充满了冷酷和嘲弄……新郎浑身颤抖着，丧魂落魄地跑了回去。

婚礼结束了，客人们纷纷离去。几个女人将新娘送上了楼。很快，喧闹了一天的庄园安静了下来，楼内更是静得出奇，只有大座钟发出了有节奏的摆动声。不一会儿，大座钟"当当当……"地响了十下。就在这时，楼内响起一阵沉重而迟缓的脚步声，不一会儿，脚步声慢慢地踏上了楼梯，顿时整个楼梯都被震得摇晃起来，发出"轧轧"的声音。佩拉德躺在自己的卧室里，悄悄地对太太耳语道："这个傻小子一定太兴奋，喝醉了酒，连走路也摇摇晃晃了。愿上帝赐福于他们。"

到了第二天早晨五点左右，睡意正浓的佩拉德又被沉重的脚步声惊醒。就在这时，新房里传来了新娘的哭叫和慌乱的打铃声。佩拉德惊得一骨碌下了床，对太太说："一定是那个混账小子，对新媳妇不礼貌，走，去教训这个小子！"说完拉着太太朝儿子的卧室奔去。一冲进卧室，他就被房里的惨象吓呆了：新郎半裸着横躺在床上，床的木桩已经折断，他脸色铁青，僵直不动，牙关咬得紧紧的，显出了一种可怖的痛苦。佩拉德太太一见，立刻号啕大哭。佩拉德手忙脚乱地抢救，但已经没有用了，儿子的身子冰凉，早已死去多时。

很快，医生被接到庄园，他解开新郎的衬衫，发现他身上没有一点血迹，但胸口有一道青痕，一直延伸到肋骨和背脊，像是被一个铁圈紧紧箍死的。新娘处于一种半疯狂的状态，她在长沙发上拼命地挣扎，沙哑的嗓子含混不清地叫嚷着，注射了镇静剂后才安静下来。新娘惊恐地瞧了瞧四周，慢慢地讲述起发生的事。

原来，昨天晚上，她进入洞房后，放下帐幔，刚躺下不久，就听到房门打开，有人进来。她想这一定是自己的丈夫，她害羞地把脸转向墙壁，闭上双眼，等待那激动人心的时刻。这时，她只听见床"咯吱"一响，仿佛是丈夫一屁股坐下来。不料，过了约摸5分钟光景，丈夫仍没动静，她情不自禁地把手悄悄伸向丈夫，不料她摸到的不是暖烘烘的肉体，而是像冰一样又冷又硬的东西。她吓得浑身哆嗦，拼命贴紧墙壁。就在这时，房门又打开了，有人一边轻轻进来，一边嘴里轻轻说："晚上好，我的小太太。"——这才是她丈夫的声音。她兴奋地转过身，刚要张开双臂搂抱丈夫，不想却见到了一幅恐怖的景象：有个人倏然从床上坐起来，那是一个暗绿色的巨人，伸出巨臂把丈夫紧紧地抱在怀里。她一下子认出了这个巨人，那正是半个月前出土的那尊雕像……

新娘说到这里，嘴唇剧烈地哆嗦了一阵，又昏迷了过去。在场的人听到这里，全都不由自主地颤栗起来，一双双眼睛里充满了恐怖的光芒。

就在这时，人们从死去的新郎身边，捡到了那枚特大的钻戒。在这座房子的周围，人们还发现了几个深大的脚印。佩拉德万分惊奇地望着地上的大脚印，沿着脚印找去，果然大脚印在庄园里竖立美神像的地方消失了。佩拉德仰起老泪横流的面孔呆呆地望着美神，他明亮的目光慢慢地暗淡下去，乌黑的头发慢慢地变成一头银丝，随后像没有魂灵一般，失神地围着美神像一圈一圈地兜着。

一个星期后的早晨，人们发现佩拉德倒卧在美神像的脚边，死了，手里还捏着那只大戒指。

悲痛欲绝的佩拉德太太叫佣人把这夺走她两个亲人的雕像铸成一口大钟，把它送到了伊尔的教堂。谁知，当这口大钟在教堂顶上敲响之后，这一带的葡萄全部莫名其妙地冻死了。惊慌失措的人们只得把这口大钟卸下来，在钟的旁边竖着一块牌子，上面写道：

勿以爱情作儿戏——爱是危险的。

这就是《伊尔的美神》的故事。一百多年过去了，无数的读者为它而着迷，但没有人说得透这神秘故事的含义。有人说，它所表现的是作者的美学见解，它说明了美是庄严的，不可亵渎的。也有人说，它反映的是美和爱的复杂性，那种最为强烈的世俗的美，总是带着非同一般的色彩，带着几分"邪恶"的，"美"和"善"是不能混为一谈的。也有人说，这美神象征着过去时代的妇女的命运，真正美丽的女性总是被埋没在历史和道德的厚土里的，一旦让她们重新"出土"，她们如果要维护自身的尊严，就必将保持格外的警觉，对来自男性世界的欺凌和轻慢作毫不妥协的抗争。——从这位美神的过于残酷的报复中，我们不是也可以反思人类对于女性、对于美和爱情的种种行为么？

以上都只是各自的见解，而不是"定论"。朋友，希望你在听了这则神秘的故事之后，会作出自己的解释。

(改编：榴　雨)
(题图：李　加)

死里逃生

刘英是个大学生,家在重庆。她的家境不怎么富裕,为了让自己的大学生活不至于太窘迫,刘英找了份家教,每星期一、三、五的晚上,她都要转两次车去一个老总家,给他的儿子补习英语。那老总住在一个叫"半山"的别墅区,公交车很少,只有56路,56路末班车的时间比其他线路都要晚一些,十一点半还有最后一班,而且坐的人也少。

这天夜里,刘英补完课,从老总家出来时已经快十点了。一会儿车来了,刘英上去后,发现车上除了司机外只有一个快六十岁的老头。刘英上车后就坐到了那老头的后面。过了一会儿,车又到了一站,从这一站过去有好长一段山路,司机一般都开得比较慢,特怕出事,因此要半个多小时才到山下的广园新村站。就在这时,上来了三个男子,其中一个已经不省人事,是被另外两个硬生生拖上车的,刚一上车,一股酒味立刻传遍了全车厢,显然这伙人喝了不少酒。司机眉头一皱,嘟囔了一句:"呀,那么大酒味,想喝死啊!"

"不好意思，我朋友不会喝酒却硬撑，现在成了一堆烂泥。"那两人一边说着话，一边便拖着那喝醉了的男子往后面走去，他们经过刘英身边时，那浓烈的酒味差点儿把刘英熏晕过去。这时，意外发生了！

刘英前面的那个老头突然冲着刘英骂开了："小姑娘，你怎么乱吐东西，这口香糖都吐到我脖子上了！"说着，他的手向脖子后面一抹，把口香糖扔到了刘英的脸上。

刘英一愣："我没吐东西啊……"

"小姑娘人长得挺漂亮，脸皮怎么这么厚？"老头的话越来越难听。

他这一吵，把前面的司机惹火了，也不知那司机今天碰上了什么不顺心的事，脾气可大了："要吵下车吵去！"司机说着，便把后车门"啪"地打开。接着，怪事又来了，那老头二话不说，一把抓住刘英的衣服，刘英还没反应过来，便被老头拖下了车，司机一关车门，"唰"地一声车子便开走了。

刘英这下可急了，这深更半夜的，又是在半山，真是叫天天不应、叫地地不灵呀！也正在这时，那老头快步走上来，好像要对她说什么。刘英吓得心惊肉跳，深更半夜，荒山野地，虽说是个老头，可谁知道他会做出什么来呀！刘英来不及多想，也顾不得老头在后面喊什么，加快脚步奔下山去，又走了好长一段路，才找到一辆出租车，打的回了家。

不料第二天，报纸上报道了一则新闻：昨夜，在半山发生了一起车祸，一辆56路公交车跌入山崖，车上有死者两名，据查一人身份已明，为该车司机，另一人身份尚未查清……刘英在宿舍里读着新闻，禁不住冷汗一身，心中不觉一阵后怕：昨天晚上可算是死里逃生了，要不是被那老头硬拖下车，哪里还有自己的活路？可老头为什么突然要把自己拖下车呢？刘英总觉得这里有什么玄妙之处，存着这个心，她发誓一定要找到老头，问个明白。

一天，还是在56路车上，刘英果真又一次遇上了这个老头，她软磨硬缠，老头才向她道破玄机。老头说："那天上车的三个人你有没有注意，其中那个醉酒的其实是个死人！"

"什么？"刘英大吃一惊，怎么也不相信会是这样。

老头接着说:"喝酒的人醉得再厉害,他被人拖着时,双脚也是软软的,但死人就不同,身体是僵硬的⋯⋯"

"他满身酒气,不是喝醉了酒吗?"

"那尸体上的酒是被人泼上去的,那两个男人把他拖上车,是想毁尸灭迹,想这样做,最好的办法就是连车带人一起滚下山崖⋯⋯只可惜在当时的情况下,我不能把那司机也一块救下⋯⋯"老头说到这儿,见刘英还是不大相信,就说,"你可以不信我,但你应该知道我,我叫许文龙。"刘英一听这名字,吃惊得连嘴巴都合不拢了,原来这人便是大名鼎鼎的法医学老教授!说来也巧,刘英和那老教授分手后没隔多久,这个案子就破了,事实证明,老教授的分析一点不差⋯⋯

(濮祺国)
(题图:杨宏富)

墙壁里的声音

约翰是个公司小职员，一个人住在单身公寓的四层楼上，他留着一撮山羊胡，架着一副黑框眼镜。三十岁那年，约翰发现自己有穿墙过壁的本领。

那天晚上，他刚到家门口，不巧楼道里停了一会儿电，他只好摸黑开门，忽然又来电了，可一瞧，自己竟然已经在屋里，而回头看，房门却还是锁着的。这让约翰很不习惯，他对自己这种奇异的本领感到不快，第二天便去看医生。经过诊断，医生发现约翰患了"螺旋性硬化症"，便给他开了处方，吃一种长效药片，每年服两片。约翰回家后吃了一片，便将药片往抽屉里一扔，就把这事置之脑后了。

一年过后，约翰穿墙的本领依然如故，不过除非是偶尔疏忽，他平时从不施展这种本领，因为他这个人不爱冒险，也不想入非非。每天下班回家，他总是规规矩矩地掏钥匙开门，从门里走进去，根本不想穿墙而入。如果不是发生一件意外事情，他也许就会安分守己一辈子。

那是因为公司进行改革，经理看不惯因循守旧的约翰，觉得他会妨碍改革的顺利进行，便把约翰打发到经理办公室隔壁的一间小屋子，小屋子的门又矮又窄，上面写着"杂物堆放室"。约翰从未受过这样的侮辱，于是他就悄悄钻进小屋子与经理办公室的隔墙中间，只把脑袋从墙里露出来。这时，经理正伏案审阅文件，突然听到办公室里有人咳嗽，抬头一看，吓得魂飞魄散，只见约翰的脑袋悬在墙上，一双眼睛透过镜片正对他怒目而视。这还不算，这个脑袋竟开口说话了："你这个流氓、混蛋、无赖！"经理被吓呆了，他死命地挣扎一下身子，才从椅子上站起来，冲进隔壁的小屋子，约翰正坐在那里，跟平时一样，一声不响地埋头工作着。经理打量了约翰好久，没发现异样，便回到自己的办公室，可是没等他的屁股坐稳，那个脑袋又在墙上出现了："你这个流氓、混蛋、无赖！"仅仅这一天工夫，约翰骇人的脑袋在经理办公室的墙上出现了二十几次，以后天天如此。可怜的经理被吓得精神失常，住进了疗养院，而新经理一上任，马上就将约翰调回了办公室。

有了这次得意的经历，约翰感觉有一种无法克制的欲望在他身上作祟，他想再施展穿墙之术，从而大显身手。就这样，约翰靠着天生的特异功能，穿墙过壁，频频作案，洗劫银行，抢劫富商，盗窃珠宝店……每次都留下自己笔迹潇洒的化名"哈哈"。一周后，"哈哈"名声大振，警方一时没能破案，约翰每天仍是按时上班。每天早晨，同事们一上班，就在公司评论"哈哈"夜间所作的奇案，赞叹他是个了不起的天才、超人！约翰在一旁听着十分开心，终于有一天，他忍不住向同事们宣布，他就是"哈哈"，可同事们谁也不信，都冷嘲热讽地笑话他。

约翰为了向同事们证明自己就是"哈哈"，于是在这次作案后并不离开，故意让警察抓到，把自己关进监狱。第二天，各报在头版刊登了约翰的照片，同事们果然大吃一惊，都说怎么会有眼无珠，没认出这个约翰同事竟是个奇才。而约翰呢，进了监狱反而感到自己是个幸运儿，监狱的墙壁很厚实，他穿进穿出觉得真过瘾。

就在约翰被捕入狱的第二天,监狱里的看守发现约翰不知什么时候在墙上钉了个钉子,把典狱长的金表挂在上面,还有从典狱长书房里弄来的《三剑客》。这下可把监狱上上下下给搞了个焦头烂额!

这天夜里,约翰虽然受到严密的监控,还是在半夜十二点的时候逃之夭夭了。三天后,他再次被捕,被捕时正和几个朋友在酒吧里喝酒聊天,谈笑风生。被押回监狱后,约翰被关进一间上了五道锁的黑牢,可谁知当天晚上他又溜之大吉,跑到典狱长的客房里过夜。第二天早晨醒来,约翰按铃叫来女佣,说他要用早餐,女佣被吓得惊慌失措,几个看守闻讯赶来,把约翰从床上拉走,约翰未作丝毫反抗。典狱长恼羞成怒,在约翰的牢门前增设了一道岗,中午时分,约翰却又神不知鬼不觉地溜到监狱附近一家饭馆用餐,吃饱喝足后,他给典狱长挂了个电话:"喂!万分抱歉,我刚才出来的时候,忘记把您的钱包带上,结果被扣在饭馆里了。劳您大驾派个人来,把饭钱付清好吗?"典狱长跑到饭馆,气急败坏地对约翰破口大骂,约翰觉得人格受到了侮辱,当晚又越狱了,从此一去不回。

约翰这次越狱后多了一个心眼,他剃掉小山羊胡,换上隐形眼镜,再扣上一顶鸭舌帽,穿上大花格上衣、高尔夫球运动裤……这样一打扮,模样完全变了,没有人认出他。约翰住到郊区一个小公寓里,早在第一次被捕之前,他就把部分家具和贵重物品搬到了那里,他对穿墙过壁的乐趣有些腻烦了,此时在他眼里,再厚实再高大的墙壁也不过是微不足道的屏风,他向往穿行埃及金字塔,于是悠闲地准备起埃及之行。

一天午后,约翰在郊外小路散步,一刻钟的间隔里,竟两次碰见一位迷人的女人,他一见倾心,埃及之行随之被抛到了九霄云外。那位美人也似乎对约翰有意,向他送来几个秋波。可惜后来约翰打听到,那个美人已经有了丈夫,是个醋罐子,生性好疑,而且性情粗暴,每天晚上十点到凌晨四点之间总是跑出去鬼混,把老婆丢在家中,临走时还总是特地给房门上两道锁,每扇百叶窗上也加上一把大锁,把老婆看得紧紧的。有人警告约翰:

"她丈夫一刻也不放松，守得严着呢，谁也别想到他窝里'偷油'！"然而，这种警告只能让约翰欲火更旺。

第二天午后，约翰仍去小路散步，又遇见了那个美人，他不顾一切地跟着美人进了附近的一家杂货店，在美人买好东西等候付款时，约翰向美人倾诉了自己的爱慕之情，说自己对她的遭遇完全清楚，可这没关系，他当天晚上一定会到她的卧室去。美人满脸绯红，摇头叹气说："唉，你不可能进来的。"可约翰怕什么！到了晚上将近十点钟时，约翰便守候在路旁，眼睛紧盯着美人家那道厚实的院墙。不一会儿工夫，院墙的门开了，出来一个男人，只见他仔细地把门锁好，然后迫不及待地离开了。约翰拔腿猛冲过去，穿墙过壁，顺顺当当地一头扎进了美人卧室。美人惊讶万分，随即张开双臂迎接他，直至深夜，两人有说不尽的柔情蜜意。不过第二天的情况有些不顺，约翰头疼得厉害。但约翰哪肯为了一点头疼脑热就与美人失约呢？不过，他要吃些感冒药，于是拉开抽屉翻出一个药瓶，上午服了一片，下午又服了一片，这样到了晚上，头疼好了许多，这一次，两个情人温存了一夜，难舍难分，直到凌晨三点钟，方才分手。

穿过美人卧室的墙壁出来时，约翰突然感觉腰部、双肩与墙壁有少许摩擦感，他觉得很奇怪，莫非是吃了感冒药的缘故？当通过院墙时，他明显感到了墙壁的阻力，身体钻进墙心时，他觉得自己的身子再也无法移动了。他心里一惊，猛然想起白天吃的两片感冒药，会不会就是去年医生开给自己的那种抗螺旋性硬化症的长效药片？自己当感冒药吃了，一定是药力过量产生的结果！就这样，约翰被永远地铸在墙心里了。直到今天，他的身体依然与石墙化为一体。待到夜深人静时，夜行人经过这里，还能听到仿佛来自坟墓的低沉声音，那是约翰在倾诉他心中的一腔幽怨……

(改编：叶　复)
(题图：佐　夫)

笑刑

滦河西岸方圆百里的首富当数坨头寨的史少森老爷，史老爷持家的唯一信条是：心狠手辣。

凡是见过史老爷的人，都从未看到他脸上露过一丝笑纹。史老爷惩罚下人的手段独特而且残忍，比如说，有乱说话的，轻者灌粪汤子，重者就被缝嘴；乱摸的，轻的掀指甲盖儿，重的剁手；乱看的，轻的往眼睛里揉盐，重的就摘眼球；逮着男女偷情的，将女的割下双乳喂狗，男的则被绑在后花园的老椿树上，扒掉裤子，在裆里那玩意儿的根部系上一挂五十响的炮雷子……每到这种时候，史老爷都要亲自动手，用香火头儿慢慢地去点炮捻儿，那被绑的男人或者早已吓得昏死过去，或者鬼哭狼号地求饶，但都无济于事，一阵爆炸声响过以后，男人的裆部早已血肉模糊……

在坨头寨，史老爷打一个喷嚏，就是电闪雷鸣；史老爷跺一跺脚，就是天塌地陷！

史老爷家大业大，可一生只娶过一房女人。史太太刚进史家大院时，所有人的眼睛都亮起来了：瞧那音容笑貌，莫非是仙女下凡？可没过几天，美如仙子的史太太就被史老爷折腾得脱了形。无人知晓史老爷是如何折腾史太太的，只是在半夜里总会听到史太太被鬼掐一般地号叫，吓得人不敢出来解手。

后来，史太太一到晚上就往外跑，哭着喊着要上吊抹脖子，都被家人截了回来。史老爷就说这女人疯了，命人挑断她的脚筋免得乱跑，管家史庆赶忙出主意，说："老爷，倒不如把太太送到青龙山上的慧灵寺去看看，那儿的和尚不但会驱妖捉鬼，还会医治疑难杂症。"

史老爷沉吟半晌，挥挥手说："那就让她去吧。"

青龙山离坨头寨一百多里，坐上马车早早就去，但怎么也得第二天回来。史太太由贴身丫环陪着去了几次，说来也真怪，她的面色红润起来了，渐渐地又恢复了昔日的娇颜。后来，史太太就常去烧香拜佛。

一年后，史太太生下一子，取名家梁。家梁少爷生下就白白胖胖，也不怎么哭闹，口里常常喃喃有声，仿佛念经一般。过一岁生日时，当地有"抓阄"的习俗，史老爷特意把一些银元、书册、笔墨、珠宝、玉器等摆在家梁跟前，不料，家梁别的都不拿，独独将一本书抓在手里，众人定睛一看，还偏偏是本和尚念佛的经书，史老爷的脸上立刻像抹上了一层冷霜。

当天晚上，丫环们抱着家梁到处找史太太，却不见踪影，直到第二天早上，花匠在后花园的井里发现了她的尸体。史太太喜得贵子，高兴都来不及呢，怎么会投井自尽呢？

史老爷来了，他长叹一声说："想不到她的疯病又犯了！"他派人从慧灵寺请来了几十名和尚，为太太超度亡灵。灵堂里正在念经，谁也没有想到，一个白白胖胖的和尚突然扑到灵台前大声痛哭，泪如雨下，任人百般劝阻也拉扯不开。后来，那和尚就不知去向，再无音讯……

星移斗转，家梁长大成人了，和父亲相反，他待人极其和善宽厚，坨头寨的人背地里都叫他活佛。史老爷经常训导他："像你这样心慈手软，将来如何继承我史家大业！"家梁听后虽然唯唯诺诺，但为人处事仍是狠不下心来，而且平时对钱财毫无兴趣，只喜欢读书。

这一年大旱,平时能并着跑数条船的滦河水也瘦成了羊肠子,到了秋后,粮食几乎颗粒不收。不到俩月,坨头寨就有挂着棍子要饭的了。家梁向父亲恳求道:"爹,咱发放些粮食给乡亲们吧,不然要饿死人的。"

史老爷瞪起牛眼骂道:"你放屁!今年的租子还都没交呢,倒向我来讨粮食,做梦!"

到年底时,村里果真饿死人了,村民们纷纷拥到史家大院门外,黑压压地跪倒一片,哀求史老爷赈济灾民,史老爷却命人放出恶狗驱赶村民。

第二天一早,在岩山脚下看守史家祠堂的仆人跑回来报告,说昨晚有一伙人袭击了祠堂,掀翻了祖宗牌位,还到处拉屎撒尿……史老爷一听气得半死:这日头还明晃晃地照着,我史少森还硬朗朗地活着,怎么就有人无法无天啦?他急忙召集家丁,准备赶往史家祠堂。临走,他举起马鞭,指着家梁的鼻子说:"你在家好好看着,少一粒粮食找你算账!"

史老爷刚走,家梁就"扑通"一声跪在管家史庆面前:"庆伯,粮仓的钥匙都在你这儿,看在快要饿死的乡亲们面上,快把钥匙交给我吧!"

史庆吓得面如土色,忙弯腰去扶家梁,说:"少爷,快起来,这事让老爷知道可不得了呀!"

家梁抱住史庆的双腿,说:"你不答应我就不起来!这事由我一人承担,为了救乡亲们的命,我死了也值!"

史庆很受感动,他犹豫了好久,最终还是把钥匙交了出来。家梁立即吩咐佣人去叫乡亲们来领粮食,随后就将所有粮仓的大门全部打开……

就在这时,管家史庆偷偷把家梁拉到自己屋里,叹了口气,说:"少爷,我知道我肯定活不成了,我只是想临死前告诉你一件事……"

"啥事?"

"你不是老爷的亲生儿子。"

尽管家梁和父亲很合不来,但听到这话还是目瞪口呆:"你说啥?"

史庆不慌不忙地说道:"你听我从头讲。老爷六岁时,有一次在院子里拉屎,招来一条黄狗在后面舔食。老爷那时的脾性就很顽劣,拉完屎,非要那黄狗舔他的屁股不可,逼得黄狗发了兽性,一口咬在他的裆部……从此老爷就失去了做男人的能力。"

家梁恍恍惚惚地像是在梦里,他一把抓住史庆的手,问道:"庆伯,那我亲爹是谁?"

还没等史庆回答,"哐当"一声,几个家丁破门而入:"少爷、管家,老爷叫你们去一趟!"

原来,史老爷生性多疑,他刚才在去祠堂的半道上猛然想到:这会不会是有人使的调虎离山计,想借此抢我史家大院的粮食呢?于是连忙喝令人马调头回去。路上,史老爷又偶然看到一个小男孩在史家麦地里放羊,便一同带了回来。

来领粮食的村民们见史老爷回来,早就吓得一哄而散。史老爷一脸杀气地端坐在正房大厅里,脚下跪伏着那个放羊的孩子,两边肃立着手持棍棒的家丁。

史庆一进来就跪下了:"老爷,我有罪,我该死!"

史老爷"哼"了一声,说:"史庆,看你这么多年还算忠心耿耿,就赐你个全尸吧。"说着,他往后一摆手,就有个丫环将一杯酒端到史庆面前。

史庆喝下了这杯毒酒,立刻趴倒在地上,头和四肢扭动着,一点一点缩起来,最后,那么大的个子竟缩成了一个不大的"圆球"。

大厅里死一般地沉寂,那个孩子的裆里尿湿了一大片。

"现在该轮到你了!"史老爷踱到家梁面前,说话朗朗有声,如同洪钟,"但你毕竟是我儿子,就给你个机会,快,掐死这个在咱家麦田里放羊的小杂种!"

家梁跪着向前爬了几步,磕头求情:"爹,我宁愿一死,求你饶了他吧,他还是个孩子啊!"

史老爷一脚踢翻了家梁,怒气冲冲地喝道:"不争气的东西,你还敢替他求情?我让你瞅着他怎么死!"说着,史老爷一把拎起那个哭爹喊娘的孩子,像虎豹豺狼一样,恶狠狠地张开大口,竟一下咬穿了他那细细的喉咙。

史老爷舔净了嘴巴上的血,咬牙切齿地说:"谁敢吃我的苗,我就喝他的血!"

话音刚落,忽见家梁"霍"地跳了起来,怒吼一声:"史少森,你个畜生!"

史老爷犹如被人当胸猛捅了一刀,突如其来,一时竟没觉得疼,两只眼睛直愣愣地瞪着,眨也不眨。在他的记忆里,还从没有人这样骂过他,更何况此刻骂他的人,是平时走路连蚂蚁都不敢踩死的家梁!待他反应过来,便有一口鲜血"噗"地吐了出来,当即昏倒在地……

众人急着想上前搀扶,家梁冷静地说:"都别动,让我把爹背回屋吧。"

也不知过了多少时候,史老爷慢慢醒来,发现自己躺在床上,从胸到脚被捆了三道儿,不由大叫起来:"来人啊,来人!"

家梁从屋外走了进来,笑着说:"爹,你甭喊了,大伙儿都忙着分粮食呢。"

"你、你……"史老爷额角上青筋暴突,"我史家咋会出了你这么个逆子!"

"我本来就不是你史家的人嘛!爹,我摸过了,你裆里果然残缺不全。"

史老爷气得直瞪眼:"谁告诉你的?是不是史庆这个狗奴才?"

"你都到这份儿了,还这样发狠?快告诉我,我亲爹是谁?"

"我不会告诉你的,你就死心塌地地姓我的'史'吧。"

家梁笑笑,转身就走。不一会儿,他牵来了一只羊,还掏出一包盐倒在一碗水里,边搅拌着边柔声细气地说:"爹,我从小到大从没看你笑过,我很想看看你笑时会是啥模样。这只羊——被你咬死的那个孩子的羊,它说能帮我,那咱就试试。"

史老爷不知家梁要做啥,两颗充满血丝的眼珠子滴溜溜地转着。正在这时,只见家梁走到床边,蹲下身来,动手扒掉了史老爷的袜子,又在他的脚心上抹了一层又一层的盐水,然后就把那只羊拉了过来。羊对咸的东西是极感兴趣的,只见它嗅了嗅史老爷的脚心,立刻伸出温温的、软软的舌头"唰唰唰"地舔了起来……史老爷经不住脚底心的奇痒,便爆发出一阵大笑:"哈哈哈哈,哈哈哈哈……"

家梁拢住羊头,显出一副谦恭的样子,说:"爹,想不到你还真会笑,挺快活的……告诉我吧,谁是我亲爹?我娘又是怎么死的?"

"呸!"史老爷恢复了凶相,"想见你爹娘,到坟里去找吧!"

家梁并不气恼,反倒更加温和地说:"爹,你干吗动那么大的肝火呀?来,再让你笑笑。"说着,又撒开了羊头,那只羊就又津津有味地舔起史老爷的脚心来,舔完这只舔那只,家梁就轮番往两只脚心上抹盐水。

史老爷的脸痛苦地扭曲着,嘴里却在笑:"哈哈哈,哈哈哈哈……"他此刻真正体会到了生不如死的痛苦,很想乞求眼前这个管他叫爹的人一刀杀了他,但那只羊不容他说话,还是一刻不停地舔,于是,他也就只有一刻不停地笑:"哈哈哈,哈哈哈哈……"

这笑不知持续了多久,史家大院和坨头寨的人全都听到了,直笑得地动山摇,天地变色,笑得连天上的日头都淡了……

史老爷把积攒了一辈子的笑都笑了出来,笑完了,也就死了。

送葬那天,家梁披麻戴孝,一身白衫,喇叭"呜哇哇"地吹,灵幡"忽啦啦"地飘,纸钱铺天盖地地撒……

按规矩,史老爷的灵柩该和太太的棺木"并骨",可是,当人们打开史太太的坟墓时,却发现太太的棺木前跪着一具颈戴佛珠的骷髅,他的两只手掌平放在棺材盖上,上面分别钉着一根指头粗的铁橛儿。

众人无不称怪,不知这被钉之人是谁。家梁凝视良久,似有所悟,亲手取下那挂佛珠,又叫人将史老爷另埋别处。

送葬回来后,家梁散尽家财分给乡亲,自己则怀揣那挂佛珠上了青龙山,到慧灵寺当和尚去了……

(李　旭)

(题图:俞耀庭)

杀人同谋

在美国中部内布拉斯加州沿铁路线有一座小镇叫龙白塞，镇中有一家旅馆，老板叫斯卡利。为了使旅馆能吸引过往客商，老板特意把旅馆四周的木板墙漆成了醒目的蓝色。

每到冬季，这儿便大雪不断，大地一片洁白。这天，斯卡利老板照例到火车站去接客，这回接来了三个旅客。一个是身材高大满面红光的西部牛仔，一个是其貌不扬的东部小个子，另一个是个身体瘦弱、神色忧郁的瑞典人。斯卡利殷勤地把三个外乡人领进旅馆，亲自给他们安排好房间和各自随身携带的东西，还热情地打水给他们洗脸，然后请他们到客堂里烤火。

对老板的殷勤和热情，牛仔和小个子都很满意，可瑞典人却显得小心谨慎而且有点怯意。到了客厅的火炉边，牛仔和小个子立刻和正在玩牌的老板的儿子约翰尼有说有笑地拉起家常。而那个瑞典人却一言不发地站在一边，好像在暗暗窥察在座的人，显得心事重重，失魂落魄的样子。

吃午饭时，瑞典人终于开口对老板讲了一些话。他自我介绍说他是从纽约来的，他在那儿当了十年裁缝，可是，当老板自我介绍时，他表面上似乎在听，可他的目光却在各人的脸上溜来溜去。最后，他突然干笑了一声，眨眨眼睛，说西部有些地方是很危险的，而后把腿在桌下伸直，歪着头，很响地打了一阵哈哈。他这些怪动作使在场人都感到惊讶和莫名其妙。

饭后，他们又来到客厅。约翰尼邀他们三人组成了新牌局，于是四个人两个人一档，围在火炉边玩起牌来。瑞典人先是惴惴不安地落座，坐下后又逐一盯着大家的脸看，看后尖声大笑，笑声奇怪极了，其他三个人只得坐着，张大嘴，目不转睛地瞅着他。

等他笑了一阵，四个人才开始玩牌。这时屋外大雪纷飞，狂风怒吼。屋内被火炉烘得暖洋洋的，炉火映出的光亮，把每个人的身影映在墙上，成了巨大的阴影在不停地晃动，看来让人心悸；屋内很静，大家饶有兴趣地在打牌，谁也不出声，只有火炉中的木柴在不断地发出噼噼啪啪的声音。

突然，瑞典人眼中露出了一种极其恐怖的光，他望着墙上那可怕的阴影，嘴唇哆嗦起来，一旁的牛仔觉得奇怪，问：“喂，你怎么啦？”

瑞典人"啊"地尖叫起来，"别碰我。"他把眼睛瞪得滚圆，说，"我看这间屋子里有好多人被谋杀了！"大伙一听这话，全惊得目瞪口呆。

约翰尼沉下脸，问："先生，你说些什么，谁把谁谋杀了？你可不要诋毁我们旅馆的声誉。"

瑞典人很快蜷缩到墙角落，双手护着胸，脸色变得越来越难看，声音颤抖地说："你别再骗人了，我看出来了，肯定有人被谋杀在这间屋子，对，就在这儿！我，我想我在离开这屋子前也要被杀害的！"牛仔和小个子听了不由倒吸一口冷气，一齐把目光对准了约翰尼。

"天呐，你这个混蛋一定是疯啦！"约翰尼脸都涨红了，对牛仔和小个子说，"你们别听他胡说八道，纯粹是一派胡言。"说罢想上前制止瑞典人再说下去，不料瑞典人竟像躲开地上的蛇似的跳了起来，眼里流露出临死前的绝望神色。

这时,窗外夜幕下的雪在惨淡的月光映照下,变成了可怕的蓝色。风猛刮着屋子,"啪"的一声,门外墙板上的什么东西被风吹松了,悬荡下来,随风"啪嗒啪嗒"地敲击着墙板,仿佛鬼魂在叩门。屋内的光线更加阴暗,瑞典人的脸像死人一样苍白。

客厅里的吵闹声惊动了老板斯卡利。他跑出来大声问道:"吵吵嚷嚷发生了什么事?"

瑞典人转过身结结巴巴地说:"有人想杀死我!"

"什么,杀死你?谁想杀死你?"斯卡利紧张地问。

瑞典人恐怖得几乎要喘不过气来了,他浑身发抖,一个劲地说:"我不知道。反正我得走,马上得走。我可不愿意也被人杀死在这里。"

斯卡利火了,对他的儿子吼道:"你是不是把客人吓着了?"

约翰尼一脸委屈,道:"我什么也没干,我们都好好的,是他自己一会说有人被杀死了,一会说有人要杀死他。"斯卡利把脸转向了牛仔和小个子,他俩摇摇头,都说不知道这个瑞典人怎么会突然变成这样。

斯卡利回过头想再把问题问问清楚,瑞典人却不见了。牛仔道:"我看见他上楼去了。我见他上楼时好像后面有人在追杀他似的逃上去的。"末了他不放心地又问:"老板,你们旅馆真的发生过凶杀案吗?"

"混话!"斯卡利一脸怒容,对约翰尼道:"肯定你在什么地方把他得罪了。"他想了一会儿,"不行,不能让他走,要是他这么一走,再这么一说,我的旅馆今后还会有谁来住!"说罢急匆匆地跟上楼去。

斯卡利老板气急败坏地奔上楼,在楼梯口遇上了提着大旅行袋像逃走似的瑞典人。瑞典人见斯卡利手里拿着一盏小灯,黄色的灯光照着他那满是皱纹的脸的一部分,显得狰狞可怕,样子活像个杀人凶犯,吓得他"哇"一声叫,跳起来就逃。斯卡利一把拽牢他的旅行袋,连连喊着:"客人,客人,别走,别走!你尽管放心地住在我店,保证不会有人敢伤害你!"瑞典人仍拼命要夺回旅行袋,脸上露出好像马上就要被杀死的神色。

两人你拽我夺了一会,斯卡利忽然灵机一动,笑着对瑞典人说:"来,来,请到我房间坐一会,来吧,就一会工夫。"瑞典人见挣不脱、逃不了,知道自己的末日到了,不由得像死人一样龇牙咧嘴,被斯卡利拖进一间阴暗的小房间里。一进门,斯卡利忙关上门,点上油灯。瑞典人似乎彻底绝望了,他望着脸色阴惨惨的斯卡利,只见他举起灯照着墙上一张小姑娘的照片说:"这是我已过世的小闺女嘉莉,你看美吧。"他又指着另一张年轻男子的像片说,"这是我大儿子米歇尔,现在伦敦当律师,是个受人尊敬的绅士!"说到这,他高兴地在瑞典人背脊上拍了一掌。

瑞典人没吭声,脸上露出了一丝笑容。

斯卡利又突然趴到地板上,把头伸到床底下,嘴里咕噜了一阵,从床底下爬出来,拖出一件用旧衣包裹着的东西。他跪在地板上把旧衣解开,从里面拿出一大瓶黄褐色威士忌酒。斯卡利站起来,笑嘻嘻地望着呆愣的瑞典人,拔去瓶塞,顿时一股浓烈的酒香弥漫在整个小房间里。斯卡利慷慨地把酒瓶递给了瑞典人,说:"这可是好酒,上等老陈酒,平时我也舍不得喝一口,今天特地请你喝。"

瑞典人正想喝点酒壮胆,他急切地伸手接过酒瓶,一抬眼望见斯卡利那张满是胡茬的老脸,又突然撒开手,哆嗦着说:"不,不,我不喝。"

"喝吧。"斯卡利和蔼地说。瑞典人没有回答。斯卡利又说了句:"喝吧。"

瑞典人猛然神经质地抓过酒瓶,放在嘴边,把嘴套在瓶口上,咕嘟咕嘟地喝开了,同时眼睛喷着仇恨的怒火,直勾勾地盯着斯卡利。

再说客堂里的约翰尼、牛仔和小个子,他们沉默了好一会,还是约翰尼先开了口:"我看你们这位朋友一定是中了邪,他妈的!"他朝地上啐了一口。

牛仔和小个子相互看了一眼道:"什么朋友,我们根本不认识他,谁知道他是从哪来的。"

约翰尼奇怪地问:"你们不认识他?我还以为你们是一起的呢,嗨,我真想让我爹立刻把他撵走。"

小个子望了一眼窗外,暴风雪下得更猛了,他回头对牛仔说:"我希望我们大家不要被大雪困在这儿,否则整天和这个神经质的人呆在一块真是倒了大霉。"

他们正说着话,忽听到楼梯上传来脚步声和大声说笑声。他们抬头一看,见是斯卡利和满脸通红的瑞典人,一边大声谈着,一边哈哈笑着走下来。三个人正感到奇怪,瑞典人大咧咧地过来,态度傲慢地说:"喂,坐过去点,给我空个地方。"

约翰尼见他这副盛气凌人的样子,气得正要发作,斯卡利狠狠地瞪了他一眼,训斥道:"还不快给客人让座。"接着他又对其他人说:"从今往后你们谁都不许再有半点欺辱这位先生的行为,否则我可不答应。"说罢又讨好地拍了拍瑞典人的肩膀。瑞典人两眼放光,哈哈大笑起来。

到了吃晚饭的时候,瑞典人变得更加肆无忌惮,边吃边怒冲冲地用亵渎的语言骂骂咧咧地讲话。约翰尼、牛仔和小个子都郁闷地一声不吭,而斯卡利则颇为高兴地听着,还不时地说几句赞同的话。

瑞典人在斯卡利老板的纵容下,越发疯狂了。他一会儿发狂地骂娘,一会儿高兴得乱唱。他蛮横无理,旁若无人,用叉子乱叉软饼,差点儿叉了别人的手。

吃过饭,瑞典人突然往斯卡利肩膀上猛拍一记,说:"哎,老小子,这顿晚饭真不错呀!"这一记痛得斯卡利直皱眉头,他想发脾气,但考虑到店里的生计,忍住了,他只是苦笑了一下,没有吱声。在场的人看得出他在后悔不该过于纵容这个该死的瑞典人。

这时,瑞典人命令式地要大家围坐在火炉旁玩牌,他喷着酒气,口气里带着某种威胁。牛仔和小个子冷淡地说:"玩就玩一副吧。"斯卡利想反对,但一见瑞典人狼一般的目光怒视着他,便推说去接下一趟火车的客人,出门走了。

等斯卡利重新回来的时候,他们还在玩牌,并听到瑞典人响亮而粗鲁的说话声。斯卡利只得叹气摇头,独自坐在一边看报纸去了。

突然,瑞典人狂叫起来:"你偷牌!"屋内的气氛顿时变了。只见瑞典人扬着拳头,瞪着血红的眼睛盯着约翰尼。小个子吓得面无血色,牛仔也一时惊讶得张大了嘴巴。

"你这个混蛋胡说什么!"约翰尼再也按捺不住闷在胸中的怒火,他将手中的牌往地下一甩,蹿起来向瑞典人扑去。与此同时,瑞典人也立起身挥拳向约翰尼击去,双方顿时扭成一团。小个子吓得不知如何是好,牛仔也变得狂怒起来,用力推搡瑞典人,大家叫骂着,厮打着。

"够啦!"斯卡利大声叫道,"都别打啦。"他走上前来问道,"怎么回事,谁偷牌?"

瑞典人指着约翰尼:"他偷牌!"

约翰尼一脸怒气:"谁说我偷牌,我就和谁干!"

瑞典人咬牙切齿地说:"干就干!"

"好!"斯卡利坚毅地说:"你们干吧!"

门被打开了,他们冲到了风暴里。此刻天上的雪虽停了,但狂风把地面上的雪片卷得到处飞扬,极目望去,四周的积雪发出神秘可怕的缎子似的蓝色光泽。

他们在旷地上站定。斯卡利问:"准备好了吗?"

约翰尼跳跃着身子道:"好了。"

瑞典人龇着牙齿道:"来吧,你这个偷牌的小人!"

"开始!"斯卡利嘴里硬梆梆地蹦出两个字。

两个格斗者跃起身向对方扑去。在黑暗中分不清是谁的胳膊谁的拳头,只听见沉重的喘息声。突然"哦唷"一声,约翰尼被瑞典人一拳击得飞了出去,重重地摔倒在草地上。瑞典人发疯似的猛扑上去,牛仔急忙出来阻止道:"你不能这样。"瑞典人狂叫着,简直就像一头魔鬼。

斯卡利急忙跑上前蹲下身子问:"约翰尼,我的儿子,你还能坚持下去吗?"

约翰尼已经满脸血污,鼻子不住地向下滴血,但他仍说:"行!"又喘着粗气重新站立起来。

牛仔也放开了瑞典人,双方重新投入搏斗。约翰尼一拳把瑞典人击倒在地，牛仔和小个子见了都高兴地发出了胜利的欢呼，但是瑞典人很快从地上一跃而起，像公牛一样向对方冲去，拳头如雨点一般，直击得约翰尼连连后退，最后再一次像包裹似的被抛了出去，再也爬不起来。瑞典人靠在一株小树上，像蒸汽机似的喘着粗气，他的两眼射出残忍的光芒。

斯卡利沮丧地问："孩子，你还能坚持吗？"

"不行，我，我再也坚持不了了，他，太厉害了。"接着由于羞愧和身体的疼痛而哭泣起来。

斯卡利回过身低沉地对瑞典人说："我们输了，你赢了。"牛仔和小个子都像傻了似的，他们不明白这个弱不禁风的瘦猴，怎么会变得这样勇猛、可怕，这样残忍、疯狂。瑞典人什么也没说，径直走进了屋子。

斯卡利和牛仔一起把约翰尼从地上扶起来，斯卡利的脸因愤怒而变得十分怕人。他们刚进屋子，瑞典人已收拾好行李走下楼梯，他对斯卡利说："我欠你多少房钱？"

斯卡利冷冷地说："你什么也不欠。"

瑞典人"哈哈"一笑，嘲笑地望着大家道："太好了，那我走了。"说完拉开门走了出去。

"混蛋！"斯卡利等他走出门后终于忍不住地叫了起来，"我真想一拳揍死这个婊子养的，让他满脸开花！"说完竟抱着儿子痛哭起来。

瑞典人冒着风雪来到镇中的一家小酒店。他推开酒店的门，里面乌烟瘴气，很多人围坐在好几张桌子边喝酒闲聊，根本没有人注意到他的进来。他径直走到柜台前，把行李重重地搁在柜台上，大声冲着胖老板说："老板，来一大杯威士忌。"老板倒了满满一杯酒递给瑞典人，刚准备去招呼别人，不料他的胳膊被瑞典人抓住了："别走，陪我喝一杯！"老板婉言谢绝了。瑞典人一仰脖把酒全倒入口中，接着又要了一大杯，然后端了酒杯，摇摇晃晃地走到邻近的一张桌前，把手放在一个满脸络腮胡子的大个子的肩上说："喂，你来陪我喝酒。"

那人回过头，冷冷地说："不，谢谢。你自己喝吧。"

"混蛋!"瑞典人高声骂了起来,"这个鬼镇怎么连个会喝大杯酒的人都没有。"

大个子有点生气了,但仍平静地说:"朋友,请把你的手从我的肩膀上拿开,做你自己的事去。"

瑞典人见大个子不陪自己喝酒,顿时怪声怪调地说:"你不愿陪我喝,我偏偏要你陪我喝,偏要你陪。"说着,一把抓着大个子的胸襟把他从座椅上拎了起来。酒客们见了都瞪大了眼睛,在混乱中大个子从衣襟下拔出一把长刀,一刀刺进了瑞典人的肚子。

"哦——"瑞典人惨叫一声,瘫软下去。"轰",酒店里的人一下都跑光了,只剩下瑞典人孤零零的一具尸体横躺在地上。

几个月以后,牛仔正在自己的牧场干活,见东部小个子骑马而来。小个子告诉他杀瑞典人的凶手被判了三年徒刑。牛仔说:"这个瑞典人死了也活该。"

"不,"小个子说,"你知道吗,要是当初我们不让他和约翰尼打架,也许他根本不会被人杀害。"

牛仔说:"是他自己先侮辱了约翰尼。"

小个子苦笑道:"他没有侮辱他,约翰尼真的偷了一张牌,我也看到的,只是当时没有勇气提出来,而且当时瑞典人也的确让人讨厌。可谁知道他一发不可收拾,去找一个赌徒的麻烦。"他叹了一口气道,"他的死我们谁都有责任,可以说在蓝色旅馆里,你,我,还有斯卡利,约翰尼就已经把他杀死了,我们都是那个凶手的同谋。"

牛仔对小个子这种神秘的理论根本不理解,只是盲目而倔强地说:"同谋,谁是同谋?我可什么也没干哪!"

(改编:秦 钟)
(题图:袁银昌)

飞来的人头

赌鬼老胡，吃了晚饭去参赌，直赌到凌晨三点，将身上的三千元钞票输得精光，才垂头丧气地走出了赌场。他踏着月光，来到村口一家杂货店门口时，不由心里一动，现在夜深人静，何不进去弄几条云烟、红塔山抽抽……他正想着，只听"啪"的一声，一个东西落在他面前，仔细一看，天啊，竟是个血淋淋的人头！老胡虽然走南闯北见过世面，但一见这血淋淋的人头，不禁心里发麻。不过很快他就镇定下来，看看四周没有动静，随手拎起杂货店门口的一只塑料编织袋，又撕下墙上的广告纸，将人头一包，扔进编织袋，拎着走了。

他来到一家茶馆门口，见茶馆里已有人在喝早茶，就悄悄地将编织袋放在门口墙角边，然后再大模大样地走进店堂，要了一壶红茶，直喝到天亮，才伸伸懒腰，回家睡觉去了。

茶馆里热闹了一天。直到太阳偏西，店老板送走最后一个顾客，在打扫卫生时发现了墙角边的那只塑料编织袋。这个老板是既胆小又贪小，因此大家都叫他"阿小"。阿小见了编织袋，以为里面是什么好东西，就急忙将袋子拎进屋里,解开一看是个人头,吓得"啊"的一声,脸都变了色。就在这时,老胡一脚跨了进来,走上前去探头一望,装出大吃一惊的样子说:"好哇!看不出你阿小会杀人!"

阿小吓得浑身发抖,结结巴巴地说:"我,我没,没有杀人……"

"没杀人,这人头哪里来的?难道是从天上掉下来的?啊?"

"天啊,我,我也不知道呀!老胡,我们是乡亲,你说我该怎么办呀?"阿小急得六神无主,都快哭出来了。

老胡却暗暗高兴,鼻子里哼了一声说:"这事给上头知道可就麻烦了,不拿你枪毙,也得判你二十年徒刑!好在这事只有我知道,只要你出三千块钱,我就当作没看见,人头也由我帮你处理。"

阿小一听要三千,吓得差点瘫倒。但细细一想,觉得三千块钱买条命也值得,于是咬咬牙把钱和人头都交给了老胡。

傍晚,阿小的妻子阿玉从厂里下班回家,见丈夫唉声叹气,问他什么事。阿小把人头的事细细一说,气得阿玉火冒三丈:"好一个姓胡的流氓,竟拿人头来敲竹杠,我找他去!"

阿小慌了,连忙拉住她说:"去不得,去不得!那姓胡的能把死的说成活的,我们浑身长嘴也说不过他。自认晦气吧,下次哪怕是一袋金子我也不去动它了。"

"你呀,我对你说过多少次,贪小会失大,你不听!现在事情出来了,你又成了缩头乌龟!你还像个男子汉吗?!"阿玉说完一甩手跑了。

她来到老胡家一问,老胡不在。她又转身回家,拉起丈夫,直朝派出所奔去。

派出所同志听了阿玉和阿小的报告以后,立即出动,在赌场上找到了老胡,经过审问以后,他只得如实作了交代,并带领公安人员到村后葫芦山的山岙里挖出了那个人头。

事情已经清楚,这是老胡输了钱后拿人头讹诈阿小的讹诈行为。可是这人头是哪里来的呢?事关重大,老胡被带到派出所实行拘留审查。

经过调查,真相大白。原来葫芦村有个疯子,那天晚上旧病复发,说是要到月亮上去过中秋节,半夜里疯疯癫癫地爬上了葫芦山。这葫芦山是座石头山,好几家石厂都在这里放炮采石。疯子上山后大概是钻进石缝里睡着了,直到第二天凌晨,"轰"的一声炮响,将他惊醒,吓得他四处乱跑,竟一头钻进炮眼子上,又是"轰隆"一声,疯子跟石块一起飞到了天空,被炸得四分五裂。村里人找了整整一天,身子算是找齐了,唯有人头找不到。谁能想到会被赌鬼捡去,并拿来敲人家的竹杠呢?看来这老胡是聪明反被聪明误,蹲大牢也是罪有应得呀!

(石林松)
(题图:谭海彦)